인상과 편견

印象   偏見

나는 나의 과거를 꼼꼼히 챙기는 버릇이 없다. 가끔 이 일 저 일을 보고 겪으면서 머리에 떠오른 생각들, 책이나 음악이나 여러 매체를 대하면서 받은 인상들, 남에게서 얻어들은 귀한 말들을 적어놓기는 했지만, 그것을 차곡차곡 정리하여 간직하지를 못해왔다. 그래서 지금은 다만 그중 일부분만이 남아 있고, 많은 기록이 어디론가 사라져버렸다. 대학생 시절부터 60년을 두고 적어놓은 것이니까 나로서는 매우 아까운 일이지만, 그렇다고 온 집 안을 샅샅이 뒤질 엄두는 나지 않는다. 그래서 지금 수중에 있는 일부분의 기록 중에서 골라 이 단상들을 엮었다.

폴 틸리히는 이렇게 말한 일이 있다. "만일 여러분이 니체의 단장斷章들을 읽는다면, 그 단장 하나하나에 그의 삶의 철학의 완전한 체계가 함축되어 있음을 발견할 수 있으리라 생각한다." 그런 일은 비단 니체만이 아니라 라 로슈푸

차례

프롤로그   6

1952년~1960년   11

1961년~1970년   19

1971년~1980년   39

1981년~1990년   67

1991년~2000년   141

2001년~2010년   273

에필로그   354

인상印象과 편견偏見

정명환 단상

현대문학

코나 파스칼, 또 근자에는 아도르노의 경우이기도 하다. 그러나 나의 단상들은 그런 종류의 깊은 체계와 견주기는 어림도 없다. 또한 그것들은 나의 사상적, 내면적 성장의 기록조차 아니다. 내 생각과 관심과 체험은 일정한 방향으로 달라진 것이 아니라, 산지사방으로 흩어진 것이었다. 따라서 그 표현들은 변덕스러우며 서로 모순되며 갈피를 잡을 수 없는 잡동사니에 불과하다. 나는 옛 공책들을 들추어 보면서 그 점을 새삼스럽게 느꼈다. 평생을 두고 정처 없이 떠돈 나의 방황의 궤적, 그것이 이 단상들이다.

　나는 애초에는 그중의 어떤 것들을 종자 삼아 커다란 나무를 길러보려고 했다. 그러나 실제로는 그런 바람직한 작업은 이루어지지 못했다. 그렇게 큰 야망은 나의 능력을 넘어서는 것이었기 때문이다. 내 머리를 스친 인상과 생각들은 결국 유산되고 만 것이다. 에릭 사티의 한 피아노곡의 제목마따나 이 '말라버린 태아들'을 대하면서 나를 아는 사람들은 "당신답다"고 할 것이며, 나를 모르는 사람들은 실소를 금하지 못할 것이다. 그러면서도 그냥 내버리기가 아까워서 부끄러움을 무릅쓰고 엮어보았다.

　다만 한 가지 소원이 있다. 독자가 그중의 어떤 것에서 사소한 시사라도 얻고 나의 객담을 부정적 계기로 삼아 자신을 살피고 문학과 인생과 세상을 통찰하는 기회를 갖게 된다면 더 바랄 나위 없겠다. 나의 변변치 못한 '인상과 편견'

이 독자의 깊은 사유와 진정한 견해를 유발하거나 더 단단하게 만들기 위한 일종의 무용지용無用之用이 되기를 바랄 따름이다.

누가 말한 것인지는 잊어버렸지만 지금 생각나는 구절이 있다. 훌륭한 작가가 되기 위해서는 셰익스피어와 같은 대작가에게 홀려서는 안 되며, 도리어 저속한 삼류 라디오드라마 따위를 끝까지 참을성 있게 들어보는 것이 좋다는 말이다. 작가 지망생이 대작가에게 홀려들면 자신을 잃게 되지만, 저속하고 유치한 이야기를 대하면 그것보다는 나은 작품을 쓸 수 있으리라는 희망을 스스로 품어볼 수 있기 때문이다. 그것은 문학작품 이외의 글의 경우에도 마찬가지일 것이다. 그러니 되풀이해서 말하지만, 독자들은, 특히 젊은 독자들은 그런 입장에서 이 글들을 대해주었으면 한다. 염치없는 짓인 줄 알면서도 변변치 못한 기록을 세상에 내놓는 것도 그런 뜻에서이다.

끝으로 덧붙여 말해둘 것이 있다. 이 단상들은 원래 나 자신만을 위해서 적어놓은 초고였기 때문에 불완전하고 추상적인 언어로 되어 있던 것이다. 그러나 이제 남들이 읽어주기를 바라면서 발표하게 된 이상, 대의에 어긋나지 않는 범위 내에서 그것을 되도록 다듬고 구체적인 문장으로 고쳐보려고 애썼다. 그래도 역시 분명치 않고 추상성을 면치 못한 부분들이 많을지도 모른다. 독자 여러분의 혜량을 바란다.

　이 글들을 15회에 걸쳐 『현대문학』에 연재해주시고 이번에 다시 책으로 엮어주신 『현대문학』 양숙진 사장에게 깊은 감사의 말씀을 드린다. 아울러 그동안 원고를 꼼꼼히 검토하는 수고를 아끼지 않은 윤희영 팀장에게도 사의를 표한다.

2012년 11월 정명환

1952년
~
1960년

한 작가의 사상이 어떻다고 미리 결정하고 그의 작품을 읽는 것은 참으로 마땅치 않은 일이다. 만일 그렇게 한다면, 우리는 작품이 줄 수 있는 풍요한 의미를 등한시하고 또 작가의 변신을 모르고 지나간다는 큰 잘못을 저지르기 때문이다. 특히 앙드레 지드처럼 변신을 거듭하는 작가의 경우에는 더욱 그렇다. (1952)

*

사회적 관심을 내세우는 비평가에는 두 종류가 있다. 하나는 사회에 초점을 두고 개인을 성찰하는, 즉 개인이 사회에 어느 정도 작용했느냐는 점을 중시하는 비평가이다. 그리고 또 하나는 반대로 개인에 초점을 맞추고 사회를 성찰하는, 즉 사회가 개인을 형성하는 데 어떤 역할을 했느냐는 점을 중시하는 비평가이다. 나는 지금으로서는 후자에

더 흥미가 있다. (1952)

*

문학은 자기 자신에 대한, 혹은 인생에 대한 복수이다.

(1952)

*

남의 결함을 지적하고 비판하는 것은 흔히 자신의 똑같은 결함을 가리고 옹호하기 위한 것이다. 극렬한 쇼비니스트는 다른 나라의 쇼비니스트를 극력 비난한다. 앙드레 지드의 『전원교향곡』에 나오는 목사가 자신의 사랑이 성적 사랑이라는 것을 애써 가리는 것과 마찬가지로, 그는 자기가 쇼비니스트라는 사실을 의식하지 않으려고 애쓰는 것이다. (1952)

*

종합은 분석의 총화가 아니다. 어느 하나의 유기체로부터 추출된 한 요소는, 추출과 동시에 그 유기적 기능을 상실하기 때문에 그것을 본래의 자리로 돌려놓을 수 없다. 그것은 생명과 해부학의 관계와 마찬가지이다. 폴 부르제Paul Bourget가 심리학적으로 분석한 인간이 인간 자체와 전혀 다르다는 사실은 이것을 증명한다. (1952)

*

육체의 욕구와 정신의 욕구의 이원성은 인정되어야 한다. 한 남자가 정신적 도취를 종교에서 발견하는 한편, 육체적 도취를 매음굴에서 찾는 것은 얼마든지 있음 직한 일이다. (1952)

*

다양성이 없는 생활은 흐르지 않는 물과 같다. 그것은 그 자리에서 썩는다. (1952)

*

약한 자에게 오는 행복은 재난을 동반하는 일이 많다. 메마른 땅을 적시려는 비가 태풍과 함께 오는 것과 마찬가지이다. (1952)

*

발레리가 자신에 대해서 기꺼이 가하는 통제와 지드가 가하는 통제는 그 기능이 전혀 다르다. 전자는 자기통제가 가져오는 고전적 조화를 위한 것인 반면에, 후자는 통제를 벗어났을 때의 쾌감이나 가치를 위한 것이다. 지드를 따라 말해보자면, 슬픔에 몸을 맡기고 쏟아내는 눈물보다는 이를 악물고 슬픔에 저항하려 할 때, 그 저항에도 불구하고 떨어지는 한 방울의 눈물이 더욱 가치 있고 더욱 슬픈 것이다. 지드가 말하는 자기통제는 깨어지기 위해서 설정된 아이로니컬한 장애물이다. (1952)

*

멘델스존을 잠에서 깨어나게 하기 위해서는 제자가 아래층에서 피아노로 불협화음을 하나 두드리기만 하면 되었다고 한다. 반대로 현대인은 협화음을 내지 않으면 잠에서 깨어나지 못한다. 왜냐하면 오늘날은 불협화음이 협화음으로 들릴 정도로 무질서와 혼란이 자연스러운 분위기를 형성하고 있기 때문이다. (1952)

*

우리가 가장 평범하다고 치부하는 사람들의 내면에는 가장 위대하다고 여기는 사람들 이상의 드라마가 숨어 있을지도 모른다. 작가의 임무 중 하나는 침묵 속에 묻혀 있는 이 남모를 영혼에게 말을 하게 하는 것이다. (1952)

*

인간이 지배해야 할 과학이 인간을 지배한다. 인간이 생각을 표현하기 위해서 만든 언어가 인간의 생각을 규제한다. 작가가 만든 인물이 작가를 끌고 간다. 한 집단의 특정한 음식의 맛이 미각을 지배한다.

인간과 인간이 만든 사물 사이에는 반드시 인간이 주이며 사물이 종이라는 식으로 주종관계가 성립되는 것이 아니다. 그 관계는 오히려 역전되는 일이 많다. 인간이 산출한 것은 산출되자마자 독립된 힘을 갖추고 인간에게 도전한다. (1952)

*

소설의 독자와 비평가는 잔인한 인간들이다. 가령 쥘리앵 그린Julien Green을 보면, 『자정*Minuit*』이나 『신을 본 사람*Visionnaire*』이 보여주는 기도와 명상의 평화경平和境보다는 『아드리엔 므쮜라*Adrienne Mesurat*』와 같이 삶의 현실을 두고 고뇌한 그 이전 시기의 작품이 더 훌륭하며, 최근 발표한 작품들은 오히려 과거의 영광에 마이너스를 가져온다고 한다. 그렇다면 그린은 우리의 문학적 감성의 만족을 위해서 언제까지나 존재의 진흙탕에서 발버둥쳐야 한단 말인가? 이런 것은 작가에 대한 우리의 가장 비인간적인 요구 중 하나이다. 그러나 이 요구에 부응하는 작품만이 재미있다는 것 또한 사실이다. (1953)

*

자기의 비밀을 털어놓는 사람의 일반적 심리는 타인에

대한 우월감과 자신에 대한 만족감이다. 혹은 카타르시스를 겨냥한 것이다. 이에 반하여 『백치』의 미슈킨 공작이 자기의 최악最惡까지 폭로하는 것은 완전한 겸허와 인간에 대한 지나친 신뢰—모든 사람이 자기와 마찬가지로 허위를 증오하고 인간의 악에 대해서 동일한 혐오감을 가지고 있으리라는 비현실적인 신뢰에서 비롯된 것이다. 따라서 자기기만을 일삼는 이 세상 사람들에게 그는 백치로 취급받는다. 그리고 가장 통렬한 비극은, 아니 차라리 가장 성스러운 비극은 미슈킨이 이 슬픈 사실을 너무나 모르고 있다는 점에 있다. (1953)

*

남을 비판하는 것은 일종의 투기이다. 상대방이 그 비판을 솔직히 받아들이면 좋지만, 만일 그가 비판의 동기를 캐려 들려고 할 때에는 비판하는 자의 자해행위가 된다. 그러나 상대방이 어느 쪽 태도를 취하느냐는 것을 미리 정하고 들어갈 수는 없다. 물론 그의 습성을 사전에 생각해보는 것이 무턱대고 비판하는 것보다는 낫겠지만, 그런 판단이 적중하리라는 보장은 없다. 무엇을 두고 비판하느냐, 비판을 듣는 순간 상대방의 심리나 정신상태가 어떠냐에 따라서 반응이 달라질 텐데, 그것을 무슨 연역법이나 귀납법으로 적확하게 알 수는 없기 때문이다. 도리어 치밀한 추리가 핵심을 벗어나는 경우가 많다. 우연성으로 가득한 이 세상에서는 비판의 경우만이 아니라 화자와 청자 사이의 소통은 일반적으로 마땅하게 이루어지기가 어렵다. (1954)

*

보들레르는 순수한 향락을 몰랐다. 향락이라는 동전의 이면에는 비애와 전락이라는 상반된 상像이 새겨져 있는데, 그에게는 그 동전을 투시하는, 다시 말하면 동전의 표리를 동시에 실감하는 불행한 능력이 있었기 때문이다. (1954)

1961년
~
1970년

한국 지성인의 어려운 처지는 그가 현실에 대해서 마땅한 견제세력으로서의 역할을 하기 어렵다는 점에 있다. 특히 오늘날처럼 무분별한 자본주의 풍토에서는, 그 견제세력으로 작용할 수 있는 것은 정도와 종류의 차이는 있겠지만 사회주의적인 입장일진대, 이 입장은 자칫하다가는 이북의 체제에 의해서 이용당하기 쉽다. 그러니까 병을 고치려 하다가 도리어 병자를 죽이고 마는 위험이 따르는 것이다. 직접적이며 현실적인 위협으로서의 공산주의 독재가 순식간에 이 허약한 나라를 삼켜버릴 수도 있다는 위험이 우리로 하여금 좌익이 되는 것을 가로막고 있는 것이다.

이런 점으로 볼 때 일본의 지식인들은 행복한 처지에 놓여 있다. 그들의 많은 부분을 차지하는 좌익세력은 내심 일본이 결코 공산화될 수 없다는 것을 너무나 잘 알고 있으면서도 공산당의 동조자 노릇을 한다는 이중성을 지니고 자본주의의 지나침을 견제할 수 있으니까 말이다. 그들은 사르트르의 과격한 발언에 전폭적인 지지를 표명한다. 그리고 사르트르 역시 그들과 마찬가지로 제 나라가 공산화될 수 있다고는 결코 믿지 않는다. 그러나 프랑스나 일본에서 지식인의 좌경화가 과연 자본주의를 견제하는 데 어느 정도 공헌하는지, 혹은 실효 없는 지식인의 양심의 소리이거나 단순한 허세인지는 판단하기 어렵다. 내 생각에는 아무래도 후자 같다. (1965)

*

　역사를 만드는 자와 역사가 만들어지는 것을 방해하는 자가 있다는 말을 하는 사람들이 있는데(가령 사르트르), 그 말은 불합리하다. 왜냐하면 인간의 모든 행위는 미래를 향하는 것인 이상 '역사가 만들어지는 것을 방해한다'는 것 역시 역사를 만들어나가는 길이며, 경우에 따라서는 유일한 진정한 길일 수도 있다. 가령 역사와 미래의 이름으로 자행된 독재와 침략에 대한 필사적인 저항, 제2차 세계대전 중 전개된 프랑스의 레지스탕스나 더 일반적으로는 식민주의에 대한 저항이 그런 것이다. 새로 만들어지는 것이 반드시 역사적 전진이 아니며, 있는 것을 지키는 것이 반드시 역사적 반동이 아니다. 사르트르의 혁명 논리와 카뮈의 저항 논리도 이런 각도에서 고찰되어야 한다.

요새 일본의 중견학자로 부각되고 있는 스즈키 미치히코鈴木道彦는 많은 일본 지식인과 마찬가지로 극좌로 편향한 지적 순정파 중 한 사람인데, 그가 지은 『사르트르의 문학』에는 이런 실망스런 발언이 실려 있다.

"사르트르와 같은 제2차 세계대전 세대 역시 유죄이다. 그들이 어떠한 형식으로든 간에 레지스탕스 운동에 참여한 것은 사실이지만, 그것은 역사를 만들기 위해서가 아니라 역사가 만들어지는 것을 가로막기 위한 것에 불과했다. 제2차 세계대전 이전의 제3공화국으로, 제2차 세계대전을 저지할 수 없었던 무력한 자유와 평등의 공화국으로 다시 되돌아가기 위한 노력에 불과했다."

나는 이 발언에 대해서 두 가지 질문을 하려고 한다. 첫째로, 1942~1943년 독일군 점령하의 프랑스에서, 스즈키가 바라는 대로 '역사 만들기'를 위해서 어떤 행동이 마땅했겠느냐는 것이다. 둘째로 현재라는 시점에서 스즈키가 선택을 강요당한다면, "무력한 자유와 평등의 공화국"과 미래의 이름으로 끔찍한 독재체제를 확대해나가고 있는 소련 중에서 어느 쪽에 살기를 바라겠느냐는 것이다. (1965)

*

월남으로의 한국군 파견은 슬픈 일이다. 미국이 싼값으로 한국군을 살인청부의 용병으로 쓰자는 것이다. 그러나 이 야릇한 세기에는 용병들의 이용에조차 '무슨 무슨 주의主義의 이름으로'라는 수식어가 붙어 다닌다. 차라리 돈벌이를 위해서 외인부대의 용병이 된다고 노골적으로 말하는 것이 한결 덜 기만적이다. 아무튼 한 달에 30달러의 벌이를 위해서 이 용병을 지원하는 사람들이 서독 광부 지망자만큼이나 많다는 것은 더욱 슬픈 일이다. (1965)

*

현재에 대한 판단은 미래의 입장에서 이루어진다는 사르트르의 말에는 일리가 있다. "우리의 고뇌와 고통에 새로운 빛이 비치고 현재를 견딜 수 없다고 단정하게 되는 것은 새로운 사태를 생각할 수 있는 날부터이다."(『존재와 무 L'Etre et le Néant』)

그러나 미래를 생각한다는 것은 이 인용문에서 사르트르가 바라는 것처럼 반드시 현재보다도 더 나은 상태를 전망한다는 것은 아니다. 미래에서 비쳐오는 빛이 현재를 더 견딜 수 없게 만드는 경우와 더불어, 다른 한편으로는 미래에 대한 어두운 전망이 도리어 현재를 지켜나가도록 만드는 경우도 있을 것이다. 카뮈와 사르트르가 다른 점은 단순히 전자가 보수적이며 후자는 진보적이라는 점에 있는 것이 아니라, 두 사람의 미래관이 다르기 때문이다. 카뮈는 사르트르가 바라는 바와 같은 프롤레타리아 혁명에 대한 환상을 거부하고 현재의 서구적 체제하에서의 개량주의를 옹호하는 한편, 사르트르는 소련의 참상에도 불구하고 혁명에 의한 밝은 미래의 도래를 한사코 믿고 투쟁하려는 것이다.

한데 카뮈와 사르트르의 미래관 차이는 참으로 아이로니컬하다. 빈민 출신의 카뮈는 혁명을 거부하고 부르주아 출신인 사르트르는 혁명의 사도가 되려고 하기 때문이다. 빈민으로서의 체험은 카뮈로 하여금 한때 공산당에 가입하게 했었다. 그러나 그는 단지 공산당의 비인간적 처사에 실망했을 뿐 아니라, 사회경제적 문제보다 더 중요한 인간적 문제, 즉 존재 그 자체에서 우러나는 부조리를 뼈저리게 체험하고 이 문제는 정치적으로 해결될 수 있는 것이 아니라는 것을 알게 되었다. 다른 한편으로 사르트르는 그의 자서전 『말』에서 알 수 있듯이, 소외된 부르주아라는 불편한 의식에서 해방될 수 없었다. 무산계급에 대한 부르주아로서의 죄책감과 아울러 그를 괴롭힌 것은 떳떳하게 제자리를 차지하지 못하고 외조부의 집안에 기숙하는 일종의 기생충이라는 소외의식이었다. 그러기 때문에 프롤레타리아 혁명에 이바지한다는 것은 그로서는 부르주아이면서도 거기에서 소외되어 있다는 두 가지 실존적 문제를 동시에 해결해주는 길이 된 것이다.

이렇게 보면 우리의 상이한 미래관의 뿌리는 현재의 체험에 있다기보다도 차라리 과거의 체험에 있다고 말하는 것이 더 온당하리라. 미래로의 투기投企에 우리의 자유는 개인적으로나 집단적으로 과거와 불가분리한 관계를 맺고 있다는 말은 비단 프로이트나 융의 입장에서만 할 수 있는 것은 아니다. (1965)

*

나는 최근에 내가 몸담고 있는 학과의 새로운 교수 후보로 두 사람을 학장에게 추천했다. 그러나 두 사람 모두 거절되었다. 그 이유는 다음과 같다.

한 사람은 대학 재학 시의 학업성적이 좋지 않다는 것이다. 또 한 사람은 서울대학 출신이 아니라는 것이다.

이런 인사방침은 이 사회가 폐쇄적이라는 것을 말해주는 대표적인 경우이다. 더구나 가장 개방적이어야 할 대학이 폐쇄적 사회의 앞잡이가 되어 있는 것이다. 전자의 경우에는 과거가 현재와 미래를 완전히 묶고 있어서 그것에서 벗어날 수 없다는 부당하기 짝이 없는 과거지상의 숙명론이며, 후자는 한국 사회를 망쳐놓은 문벌주의의 한심한 계승이다. 대학의 성원은 이런 반역사적 폐습에 항의해나가야 할 책임이 있다. (1965)

*

사르트르는 누구보다도 재주 있는 사람이지만 훌륭한 소

설가나 희곡작가라고는 말할 수 없다. 그가 작품을 쓰는 동기는 자기가 이미 확실히 알고 소중히 여기는 주제를 남들에게 증명해 보이고 계몽하려는 데 있다. 그것은 다만 직관이나 가설로서 설정된 주제를 끝까지 추구해보려는 기도와는 다르다. 따라서 탐구도 비극도 없다. 탐구의 작품이란 작가 자신이 그 결말을 모르고, 써내려가는 중에 얼마든지 주저와 모순과 변전이 일어날 수 있는 열려 있는 작품, 심지어 중단될 수도 있는 작품이다. 또한 비극이란 모든 가능성이 탕진되는 곳에서, 다시 말해서 인물들이 자신의 종국적 무력과 좌절과 패배를 인식하는 극점極點에서 성립되는 것이다. 한데 사르트르의 인물들에서는 마치 인형극의 인물 같이 작가가 조작하는 끈이나 손가락이 보인다. 흔히 하는 말대로 인물들에게 자유가 없다. 사르트르는 모리악François Mauriac의 소설 속 인물들이 작가의 괴뢰라는 날카로운 비판을 하고 있지만, 이 비판은 바로 사르트르 자신에게로 되돌아갈 수 있다는 자크 로랑Jacques Laurent의 말은 매우 적절한 것이다.

그의 희곡『내기는 끝났다』를 읽다가 이 몇 줄을 썼다.

(1965)

*

두 가지 소설이 있다.

(1) 삶의 뜻을 알기 위하여, 신비를 밝히기 위하여, 미지의 것을 향한 필사적인 탐구로 뛰어들기 위하여 쓰는 소설. 그 결과는 성취일 수도(프루스트), 좌절일 수도 있다(카프카). 그러나 그것은 중요하지 않다. 중요한 것은 물음과 탐구의 궤적, 그 자체의 진정성이다.

(2) 이미 알고 있는 것으로 독자를 계몽하기 위하여 쓰는 소설. 자기의 생각을 짐짓 증명하기 위하여 그럴듯한 이야기를 꾸미고, "여러분 이것이 진리인 것을 아시겠죠?" 하고 말하려는 소설. 이런 메시지를 담은 소설은 우리를 설득할 수는 있지만 매혹하지는 못한다(볼테르, 위고, 사르트르, 그리고 한국에서는 누구보다도 이광수). 그것은 수학 교사가 이미 밝혀진 문제를 마치 처음 대하는 듯이, "여러분, 이 문제를 어떻게 해결할까요? 나와 같이 풀어보죠" 하며 학생들의 호기심을 자극하고 그들을 납득시키는 절차를 교묘하게 밟아나가는 것과 같다. 이런 종류의 소설가는 교육자는 되어도 창조자는 못 된다. (1965)

*

TBC 방송국과 신세계백화점은 모두 이병철의 사업체이다. 그는 자기의 공장에서 나오는 제품을 자기의 텔레비전 방송국을 이용하여 널리 알리고 자기의 백화점에서 판다. 시민들은 그 광고를 보고 좋은 제품을 좋은 백화점에서 사게 되는 혜택을 받는 듯이 착각하지만, 영세한 소매상인들은 그것 때문에 파산하고, 시민은 그의 자본을 자꾸만 더 축적하게 해주는 역할을 한다. 이 나라는 오늘날 이른바 선진국과는 달리 마르크스가 분석한 자본주의 형성기의 현상을 일언일구 어김없이 보여주고 있다.

최근에 이 TBC에서 신세계백화점의 선전을 위하여 '쇼핑게임'이라는 프로그램을 마련했다. 기껏해야 몇천 원짜리 물품을 갖다 놓고, 가격을 알아맞히면 그것을 준다는 속이 뻔한 수작이다. 오늘 저녁에도 밥을 먹으면서 그 프로그램을 보았다. 한데 그 알아맞히기 놀이의 초대객으로 나온 사람들의 면면을 보고 나는 못 견디게 부끄러웠다. 아니, 화가 났다. 한국 문학평론계의 원로라는 P씨, 일급 여류시인으로 자처하는 K여사, 그리고 널리 알려진 영화감독 Y씨, 그리고 또 야릇한 언행으로 신문지상에 자주 오르내리는 J라는 젊은 여성.

지식인의 참여라는 것을 그들에게는 이야기조차 할 수 없다. 제발 근신과 침묵을, 그리고 될 수 있다면 이 사회를 위해서 기도만이라도 해주었으면! 가난한 사람들과 지성을 모욕하는 행위만이라도 삼가주었으면!

더구나 나도 안면이 있는 P씨의 꼴이라니! 지성의 그림자조차 찾아볼 수 없는 멍청한 얼굴에 싱글벙글 웃음을 띠고 그 뻔뻔하고 수치스런 놀이를 즐긴다니! 만일 그가 "나는 이러이러한 놀이에 초대받았는데 지드나 엘리엇이나 가와 바타 같으면 나갔을까?" 하고 잠시라도 반성해보았다면 고 개를 설레설레 흔들고, "사람을 무엇으로 아느냐"라고 방송 국에 호되게 항의라도 퍼부었을 것이다. 그러나 내가 헛소 리를 하고 있나 보다. 카네기의 『돈 버는 법』이라는 책에 관 해서조차 추천사를 쓰는 인간에게 내가 왜 잠시라도 그런 가정을 세워보았단 말인가? 분노가 이제 실의로 바뀌고, 이 런 이야기를 하는 나 자신이 슬퍼진다. (1965)

*

사르트르의 『자유의 길』의 제2부인 『유예』를 읽고 있다. 읽어갈수록 흥미가 줄어든다. 의식의 불협화적 교향곡이라 고 부를 수 있을 그의 수법이 인상적이지만 지루하다는 느 낌을 면할 수 없다. (1965)

*

한일회담을 둘러싸고 야당 측의 반대투쟁이 벌어지고 있 다. 나는 야당의 태도에 전적으로 동조하는 것은 아니지만, 현 정부가 일본으로부터 최대한의 것을 얻어낼 수 있을 것 같지는 않다. 일본을 못 믿겠다는 것보다도 한국정부의 지 도자들을 믿을 수 없다. 왜냐하면 그들에게 항일투쟁의 과 거가 없을 뿐 아니라, 도리어 그 대부분은 일본의 용병이었

기 때문이다. 식민지에서 벗어난 신생국가에서는 누구보다
도 그 지도자가 민족저항의 상징이어야 하는데, 박정희를
비롯해 그들은 이 바람직한 여건과는 정반대이다. 그가 일
본의 대표자를 만날 때에 그의 속에 어떤 뿌리 깊은 증오
와 복수심이 도사리고 있으리라고는 믿기 어렵다. 그리고
그런 감정이 정치적 흥정을 유리하게, 그리고 필요하다면
교만스럽게 진행하는 원동력이 될 터인데, 그것은 박정희의
경우에는 해당되는 것 같지 않다. 국가적 빈곤에서 조금이
라도 벗어나기 위하여 일본으로부터 몇 푼이라도 얻어 오
는 것이 그의 목적인 듯싶어 개탄스럽고, 그런 점에서 쫓겨
난 이승만이 그리워진다. (1965)

*

사르트르가 탄생하기 위해서는 희랍철학에서 연유되는
전통이 있어야 했다. 피타고라스가 제시한 바와 같은 인간
의 본질에 관한 탐구가 수많은 세기를 두고 이어져 내려오
고 그 논의가 더는 전진할 수 없는 한계점에 이르렀기 때
문에, 사르트르는 본질보다 존재가 앞선다고 뒤집어 말할
수 있었던 것이다.

그렇다면 한국의 실상은 어떠한가? 오늘날 훌륭한 철학
자가 없다는 것은, 뜻있고 깊이 있게 성찰되고 밑바닥까지
파헤쳐져서 이미 새삼스럽게 다룰 여지가 없는 개념이나

명제가 과거에 없었기 때문이다. 다시 말하면 변증법적 발전이나 근본적 전환의 계기가 될 만한 진정한 저항체, 즉 반대의 대상이 없었기 때문이다. 그래서 우리의 철학은 일정한 방향을 못 잡고, 새로 불어오는 서양사상의 풍향에 따라, 또는 반대로 연구 미진未盡한 전통사상의 필요에 따라 갈피를 못 잡고 우왕좌왕하고 있는 것이다.

하기야 어느 나라에 있어서나 사상의 발전이나 전환이 완전히 송구영신送舊迎新되는 것은 아니다. 과거에 있었던 것은 여전히 그 잔재를 남기고 경우에 따라서는 다시 표면으로 부상할지도 모른다. 그러나 시대마다 과거를 근본적으로 청산했다고 자부하는 일정한 지배적 사상이 있어온 것이 서양의 경우인데, 우리의 사상계에서는 그런 역사적 전환이 없는 것이다. 그리고 그 이유는 미래에 대한 비전이 확실치 않기 때문이라기보다도 청산해야 할 과거가 단단하지 못했기 때문이다. 따라서 현재 우리의 임무는 차세대에 의한 진정한 전환이 이루어질 수 있도록 '단단한 과거'를 만들어내는 것이다. 그러나 그것은 어떠한 방법과 내용이어야 할 것인가? (1966)

*

나는 최근에 R씨가 한국의 평론계에서 유아독존의 테러리스트가 될 수 있는 이유를 알았다. 그는 황무지보다도 나

뻔 진흙탕을 종횡무진으로 활보하고 있는데, 그것은 서양에 관한 백과사전적 지식이 마련해준 얄팍한 장화를 신고 있기 때문이다. 이름난 소설가나 시인으로 알려진 사람들 대부분이 서양문학을 거의 모르고 또 제 나름의 깊이 있는 생각을 하고 있지도 못한 오늘날의 한국 문단 풍토에서, 그들이 흔히 토하는 유치하고 설익은 문학관은 그야말로 개똥 같아서 R씨에게 짓밟히기 일쑤이다. 한데 바로 이 점에 R씨의 한계가 있다. 무지한 자들 앞에서 과시되는 재능은 그 무지한 자들이 마련해준 것이지 다른 재능 있는 사람들에 의해서 인정된 것이 아니기 때문이다. 자기 자신보다 더 넓고 깊은 식견과 통찰력을 가진 사람들이 있을 수 있다는 것을 인정하고 그들을 두려워하며 그들 앞에서 겸허할 줄 모르는 R씨와 같은 사람은 아마도 평생, 무식하고 약한 자들의 기를 죽이고 그들의 찬탄과 공포를 자아내는 경박한 테러리스트로 남을 것이다. (1966)

*

모기가 많다. 망창을 달자는 나와 그것이 싫다는 어머니 사이에서 이런 말이 오갔다.

"매일 저녁 모기약을 뿌리기가 귀찮기도 하고 또 그게 몸에 좋지도 않으니 망창을 달까 해요."

"나는 싫다. 망창을 쳐놓으면 갑갑하다."

"갑갑하더라도 한결 편리하죠."

"내 평생 그런 것 없이도 잘 살아왔다. 망창은 아무래도 갑갑해서 견디기 어려울 것 같구나."

망창의 상징—합리주의와 인위적 편익을 선택하는 나. 반대로, 그런 생활의 편익을 위한 일이 자연을 향한 열림을 거부하고 마치 창살을 쳐놓은 감방에서 간신히 하늘을 쳐다보는 것 같다고 느끼는 어머니. 시간적으로는 두 세대 간의 차이, 공간적으로는 서양과 동양의 차이? (1966)

*

구텐베르크의 인쇄술 발명은 묻혀 있던 희랍·라전의 문화를 보급시키고 그것이 르네상스라는 의식의 대혁명을 가져왔다. 그렇다면 구텐베르크보다 앞서 세계에서 최초로 인쇄술을 발명한 한국의 경우는? 그것은 어떤 문화적, 정신적 혁명을 가져왔는가? 희랍·라전의 문화 보급에 해당하는 과거의 문화 보급이 어떤 혁명적 전기로 작용했는가? 그런 전기를 초래할 만한 위대한 과거가 있었던가? (1966)

*

한국문학사의 문제점—그것은 문학운동이 그 운동에 대응하는, 혹은 그것을 필연화하는 사회적 변동이나 정신적 요청의 계기 없이 전개되어왔다는 점에 있다. 더욱 딱한 것은 일본에 의해서 굴절된 서양의 문학사상이 두서없이 들어와서 작가의 표피적인 감정을 자극했다는 것이다. 이른바 자연주의는 졸라와는 정반대로 신세 한탄이었고, 낭만주의는 절대의 탐구나 중산계급의 성장과는 아무런 관련이 없는 현실도피였다. 그 뒤를 이은 이상의 작품은 센티멘털리즘을 간신히 가리고 있는 기이하지만 경박한 말장난이었고, 이효석의 소설들은 처음에는 사회주의에 의해서, 후기에는 성적 충동으로 위장된 순응주의였다. 그런 일제시대의 문학에 비하면 해방 이후, 특히 6·25전쟁 이후의 문학은 한결 시대의 실상과 요청에 응하고 있는 것 같지만, 최인훈의 『광장』을 제외한다면(이 소설은 관념적이긴 하지만, 시대의 고난을 주체적 대결의 체험으로서, 다시 말하면 주인공을 문제적 인간으로서 제시하려고 애쓰고 있다), 아직도 공소한 구호가 아니면 여전히 센티멘털리즘으로, 혹은 테제소설로 치우치고 있는 것은 슬픈 일이다. (1966)

*

　나와 같은 연배인 M군의 고백.

　"며칠 전에 한 얇은 책에 끼어 있는 로댕의 「영원한 우상」의 그림엽서를 발견했네. 전라의 여인이 무릎을 꿇고 두 손으로 방바닥을 짚고서 상반신을 뒤로 젖힌 자세를 취하고 있고, 역시 전라의 남자가 그녀에게 마주 기대어 그 가슴에 얼굴을 묻고 있는 로댕 특유의 에로티시즘이 짙게 부각되어 있는 조각의 사진이라네. 처음으로 파리에 갔었을 때 나는 로댕미술관에서 그 엽서를 사고 그 밑에 '나의 영원한 우상에게, M'이라고 프랑스 말로 써서 당시의 약혼자인 지금의 아내에게 우편으로 보냈다네. 한데 그 엽서가 왜 아내의 수중을 떠나 내게로 돌아와서 내 책갈피에 묻히게 되었는지 전혀 기억이 나지 않는군. 필경 고리타분한 집안의 풍습이 몸에 배어 있는 아내로서는 그런 망측한 그림을 간직할 수 없어서 벌써 결혼 초기에 내게 돌려준 것인지도 모르지.

그것을 다시 보니 나 역시 겸연쩍은 느낌에 휩싸였네. 내가 적은 말에 스스로 낯이 뜨거워졌지. 그런 말을 할 수 있었던 나 자신이 야릇하게 느껴지고 쓸쓸한 웃음이 새어 나오기도 했네. 지금이라고 아내에게 무심한 것은 아니겠지만, 결혼생활 10여 년의 우여곡절은 아내를 우상으로 삼았던 그 시절을 돌이킬 수 없는 과거로 만들어버렸다는 느낌을 지울 수 없었기 때문일세. 하물며 그 엽서를 아내에게 다시 보이면서 '여보, 내가 이토록 당신을 우상으로 삼을 만큼 홀렸던 일이 생각나요?' 하고 말할 용기는 없다네. 필경 '징그러운 소리 하지 마세요' 하고 핀잔을 주거나, 혹은 그냥 픽 웃어버리고 말 테니까. 그렇다고 엽서를 찢어버리자니 섭섭하기도 하고 또 비겁하기도 한 것 같아서 다시 그 책에 끼워두었는데, 아마 몇 년 지나면 나 자신도 그 존재를 다시 까맣게 잊고 말걸세. 그러나 몇십 년 후에 내가 죽고 나서 자손들이 내 책들을 정리하는 중에 그 엽서가 튀어나오면 죽어서도 민망하겠지. 그러니 용기를 내서 태워버릴까도 해. 자네 생각은 어떤지 모르겠군."

내게 소설가로서의 재주가 있다면, 서양의 모방과 동양적 에토스 사이에 찢겨 있는 M이라는 인간의 이런 시답잖은 이야기를 삼류 소설로 꾸며볼 수도 있겠다는 허황된 생각을 하면서 그와 술 한잔을 나누러 나갔다. (1969)

*

작가의 손을 떠난 작품과 독자의 관계는 작가와 독자의 관계와는 다르다. 작가와 독자의 관계는 독자가 읽어주는 작품의 부수에 따라 작가가 일정액의 보수를 받는다는 데에 그친다. 다른 한편으로 작품과 독자의 관계는 스티븐 스펜더Stephen Spender가 말하듯이 사회에 의해서 부설된 해저 케이블을 통해서 이루어진다. 이 해저 케이블은 언제 끊어질지도 모르고 또 작가가 통제할 수 있는 것도 아니다. 작가는 독자가 자기의 작품을 몰라주거나 오해하는 것이 안타까울 것이다. 그러나 이 안타까움에 이끌려 자작해설을 위해서 뛰어다녀서는 안 된다. 그것은 마치 제 자식을 역성하려고 나서는 어미처럼 꼴이 사납다. (1969)

루카치의 『비판적 리얼리즘의 현재적 의미』를 읽기 시작
했다. 이 책은 인간을 사회적 동물로만 고찰하고 있는 점에
큰 결함이 있다. 탄생, 욕망, 죽음과 같은 인간의 영원한 문
제들이 특정한 역사적, 사회적 상황에서 어떤 양상을 띠며
사회적 상황과 어떻게 관련되느냐는 각도에서 리얼리즘의
의미를 성찰하지 못했다. 리얼리즘의 바람직한 방향은 내
가 늘 생각하고 있듯이 불변의 인간조건(삶과 죽음)과 가
변적 인간조건(사회적, 시대적 여건) 사이의 착종錯綜을 파
헤쳐보는 데 있다. 오직 역사적 견지에만 의존하는 루카치
의 근본적 결함은 가변적 조건만이 인간의 전체상을 형성
하는 것으로 독단한 점에 있다. (1970)

*

이광수에 관하여—그는 근거 없는 도덕적 판단을 한다.
가령 한국인의 특징은 인의예용仁義禮勇에 있다고 한다. 인
의예지를 살짝 바꿔서 한 말이다.(『전집』 17권) 이런 말을 했
을 때 이광수는 정말로 그렇게 믿고 있던 것일까? 그것이
진실이라고 생각했던 것일까? 혹은 수사적 제스처였을까?
다시 말해서 자신은 진실로 그렇게 믿고 있는 것은 아니지
만, 실의에 빠진 당시의 동포들을 고무하고 격려하기 위해
서 일부러 그렇게 말한 것일까? 만일 전자라면 이광수의

말은 근거가 박약하다. 한국 민족은 도리어 인의예용을 따르지 못했기 때문에 그 결과로 일제시대라는 치욕적인 불행을 겪게 되었기 때문이다. 반대로 만일 후자였다면 그의 글은 어느 정도 정당화될 수 있다. 그러나 그 언어가 수사적 제스처였다는 증거는 찾기 어렵다. 그나마 그런 증거라도 있었으면!

이광수와 볼테르—(1) 양자가 다 같이 보편적 가치를 내세우면서 이야기한다. (2) 그러나 양자의 입장은 정반대이다. 볼테르의 경우에는 보편적 가치는 현실정치에 대한 치열한 비판의 원리가 되어 있는 반면에, 이광수의 경우에는 보편적 가치가 현실의 정치적 의미를 지워버리는 이른바 '문화적'인 것으로만 기울고 있다. 보편적 가치를 빙자하여 정치적인 문제를 문화적인 문제로 바꿔치는 그런 큰 잘못이 '민족개조론'과 같은 망상으로 귀착하는 것이다. (1970)

1971년
~
1980년

카프카의 『소송』을 다시 읽고 있다. 그 글이 지니는 기막힌 상징성과 심층적, 다원적 의미……. 존재 문제와 정치 문제의 복잡한 얽힘. 카프카를 읽고 있으면 자꾸만 카뮈의 안이성이 대조적으로 드러나 보인다. (1971)

*

이데올로기는 동질적 사회에서는 그 존재가 의식의 대상으로 잘 부각되지 않기 때문에, 체계적으로 갖추어지기도 어렵고 또 발전돼나가기도 어렵다. 습합習合을 통해서 이미 공리公理처럼 받아들여져 있기 때문이다. 바로 그런 이유에서 그것은 잠재적이면서도 더욱 무서운 힘을 발휘할 수 있다. 이와 반대로 이데올로기의 발전이나 전환은 이질적 가치가 끼어들거나 이질적인 요소들에 의해서 구성되어 있는 사회에서만 가능하다.

일본의 경우는 전자이다. "일본은 그 국토가 지리적으로 고립되어 있고, 이미 고대사회에서 인종과 언어의 단일화가 사실상 성립되어 있었다. 그러기 때문에 기독교 문화권에서 전형적으로 볼 수 있듯이 종교가 한 사회의 결합을 위해서 적극적인 역할을 하고 일원적인 교권의 발달을 촉진시킨 것과 같은 조건은 일본 사회에서는 드물었다."(무라카미 시게요시村上重良, 『국가신도國家神道』, 이와나미신서岩波新書) (1971)

*

저항적 지성이 필요한 것은 특정 침략세력이 직접적, 노골적으로 나타날 때만이 아니다. 그것은 침략이 간접적이며 은폐되어 있는 경우, 평화적 구호의 표면 아래 독아毒牙를 가리고 있는 경우이기도 하다. 이 후자의 상황에서는 저항적 지성의 발동을 가져올 냉철한 분별력과 판단력이 요청되며, 만일 그 요청에 응하지 못한다면 차후의 저항에 막대한 지장을 초래할 것이다. 그러나 현실적으로는 침략자의 표면적 전술에 의해서 많은 지식인이 기만당했으며, 그것이 3·1운동 이후 일본의 이른바 '문화정치'와 이에 대한 많은 한국 지식인들의 슬픈 반응이었다. (1971)

*

후진국의 근대화 과정에서 마주치는 가장 어려운 문제
중 하나는 자유의 문제이다. 자유가 방종으로 흐르지 않게
하기 위한 브레이크 역할을 무엇이 담당할 것인가? 전통적
종교의 뿌리가 강하게 박혀 있는 나라에서는 규제로서의
윤리가 종교에 의해서 확보될 수 있다. 그렇지 못한 나라에
서는 상부로부터의 정치적 압력이 쉽게 초래될 수 있고 그
것이 정치적 근대화를 근본적으로 저해하는 역기능을 한
다. 우리가 현재 당면하고 있는 어려운 상황은 바로 이 점
에 있다. (1971)

*

구질서를 대표하던 몰락계층이 쇠퇴하는 자기들의 반동
적 세력을 재구축하기 위하여, 새로운 독재 지배층에 저항
하는 진보파 세력과 야합하는 예는 드문 일이 아니다. 가
령 메이지明治 초년의 일본에서 사족士族들이 민권운동에
가담한 것은 그 대표적인 예이다. 진보진영으로서는 이러한
가면적 반동파를 경계하면서도 운동의 승리를 위하여 그
들과의 관계를 매우 지혜롭고 신중하게, 그리고 융통성 있
게 이용해나가야 한다. 왜냐하면 진보파는 그들과의 관계
에 있어서 두 가지 상반된 위험에 봉착하기 쉽기 때문이다.
가면을 쓴 반동파의 세력이 아직도 강력할 경우에는 그것

을 이용하지 못하면 진보적 운동이 힘을 얻지 못해서 고립, 좌절하기가 쉽다. 반대로 반동파와의 제휴가 너무 긴밀해지면, 새로운 지배층에 대해서 승리했다 하더라도 결국은 반동파에 의해서 미구에 병탄倂呑될 위험이 따른다. (1971)

*

과거 어느 시기의 사상이나 방법론에 대한 평가는 엄밀히 역사적 입장에서 이루어져야 한다. 오늘날 보기에는 유치하고 부당한 사상이라도, 그 당시에는 역사적 기능을 충분히 하고 역사의 발전에 일조가 된 것을 높이 평가하는 것이 공정한 입장이다.

가령 에밀 졸라의 실험소설론이 그렇다. 소설창작에 과학적 방법을 그대로 적용하겠다는 이 포부에 대한 반박만큼 오늘날 쉬운 것은 없다. 그러나 19세기 후반기의 서양에서, 그의 과학 지상주의가 일종의 방법적 과격주의로서 요청되었다는 사정은 충분히 긍정적으로 평가될 수 있다. 당시의 전통이 되었던 이상주의나 센티멘털리즘(위고, 조르주 상드, 뒤마 피스 등)을 지양하기 위해서는, 그리고 다른 한편으로는 하층계급 인간들의 존재가 부각된 현실에 주목하기 위해서는 새로운 수법이 필요했고, 이 수법의 갱신에 있어서 과학적 방법의 자극이 도움이 되었다는 생각에는 분명히 일리가 있었던 것이다. 따라서 졸라의 실험소설론이 보여주는 과장과 왜곡은 부르제Paul Bourget나 브륀티에르Ferdinand Brunetière가 가한 독살스런 자연주의 비판보다는 한결 문학관의 전환에 공헌한 것이다.

문제는 이렇게 일정한 역사적 역할을 한 사상이 그 역할이 끝난 후에도 잔존할 때에 있다. 살아 있는 생산적 사상이 아니라 응고된 기존 사상이 되어 마치 시공을 넘어선 진리처럼 받아들여질 때 그것은 반동성을 띠는 것이다. 19세기 후반기에 있어서 졸라의 실험소설론적 의미를 강조하는 것과, 현대에 있어서 그 무효성을 지적하는 것은 조금도 모순이 되지 않는다. (1971)

*

외국으로부터 새로운 문명이 들어올 때의 현상—외래문명이 물질적이건 정신적이건 간에(하기야 이 두 가지를 구별하는 것은 어려운 일이지만), 재래의 사고방식을 당장 송두리째 뒤집어엎는다는 것은 상상하기 어렵고, 또 역사적 생성의 과정으로서도 바람직한 것이 아니다. 만일 그렇다면 이질적 문물이 들어올 때마다 대혼란이 야기될 것이다.

이질적 문명의 도전을 받을 때, 우리는 그것을 재래전통과의 관련성 면에서 생각하게 된다. 그 전통이 사고의 바탕을 이루어왔기 때문이다. 이때 전통과 도전의 관계는 네 가지로 생각해볼 수 있다.

(1) 외래의 도전에 대하여 전적으로 저항하고 전통을 고수하는 태도. 전통적 관례와 가치에 대한 절대적 신봉이 결국은 한 나라의 역사적 생성을 가로막는다. 이것이 조선시대 말기의 이른바 척사위정파에 의해서 저질러진 죄악이었다.

(2) 외래의 도전을 받아들이고 그 의미를 인식하되, 그것이 이미 전통사상의 내부에 원리적으로 포함되어 있다고 생각하는 것. 즉, 외래의 도전 앞에서 전통사상의 가치를 확대 해석하여 양자의 동질성을 강조하고 그 도전을 큰 충격 없이 소화해보려는 태도. 가령 일본 도쿠가와 막부德川幕府 말기의 사쿠마 조잔佐久間象山이 서양기술을 가져온 합리주의가 주자학의 이理와 그 원리가 같다고 주장한 따위. 이 경우 유의해야 하는 것은 그 전통사상이라는 것이 해당 시대에 지배적 가치로서 작용하고 있는지 아닌지를 판별하는 것이다. 만일 그것이 이미 지배적 가치로서의 지위를 잃은 과거의 유물일 경우에는 그 동질성의 주장은 매우 우려할 만한 사태를 가져온다. 그것은 새로운 외래사상을 심히 왜곡하여 그것이 반역사적인 복고주의를 정당화하는 데 이용되기 때문이다. 가령 하이데거나 사르트르의 사상이 이미 주역이나 송학宋學에 예시되어 있었다고 주장하는 따위가 그것이다.

(3) 외래사상의 도전 앞에서 전통을 전적으로 부정하는

것이 아니라 그것을 새로운 각도에서 고찰하고 비판적으로 재평가하는 것. 가령 유교의 의미를 긍정적으로 재해석, 재검토하고 그것이 실학으로 전환되게 만드는 것(한국에서는 정약용, 일본의 경우에는 요코이 쇼난橫井小楠의 경우). 이것이야말로 매우 바람직하다. 이러한 전통의 재해석은 위의 (2)와는 정반대의 작업이다.

(4) 외래사상의 자극에 의한 과격한 변혁을 시도하고 전통적 가치를 파기하려는 것. 이것은 앞서 말한 것처럼 성공적으로 이루어지기 어렵다. 첫째로 전통사상의 완전한 청산이라는 것은 원리상 불가능하다. 둘째로 그 시도는 전통사상을 고수하는 사람들의 필사적인 저항을 가져온다. 일본의 예를 보면, 첫째 현상으로서는 프랑스 자연주의문학의 자극이 이른바 사소설私小說로 왜곡되고 전락한 경우를 들 수 있고, 둘째 현상으로서는 마르크스주의의 도입이 극우적 국수주의를 가져온 경우를 들 수 있다. (이하 일본에 관한 몇 가지 기록은 내가 얼마 동안 도쿄에서 살면서 느끼고 생각해본 내용 중 일부이다.) (1971)

*

인습과 아방가르드—끈질기게 지속되어온 인습적인 것을 의식하고, 또한 그것에 대한 서양인들의 비판을 의식한 일본 지식인들은 아방가르드적 발상으로서 자기부정을 시도한다. 그러나 인습의 집요한 지속에 대해서 등을 돌린 이 아방가르드들은 다음과 같은 난점을 가져오고, 인습의 개혁과 새로운 가치의 창조에 해로운 역할만을 한다.

(1) 아방가르드는 인습에 대한 맹목적 반항이며, 상황과 삶에 대한 깊은 성찰에 의거한 것이 아니기 때문에 뿌리를 박을 수 없다. 회의懷疑의 과정을 겪지 않은 직각적인 반응은 그것이 산뜻하게 보이는 매우 짧은 시간이 지나가면 영락零落한 곡예사의 외로운 몸짓처럼 되어버린다.

(2) 한 종류의 아방가르드의 표현은 필연성과 깊은 반성에 의해서 숙성된 것이 아니기 때문에 다른 종류의 아방가르드의 표현들이 대두하는 것을 막지 못한다. 모두들 인습을 파괴한다는 구실 이외에는 공통점이 없다. 이리하여 종류와 색깔을 달리하는 외래의 개구리들이 서로 다투면서 얼마 동안 인습이라는 침체된 연못에 떠돌아다니는 꼴이 된다.

(3) 그러기 때문에 인습은 지속된다. 그 개구리들로서는 침체된 물을 정화할 수 없기 때문이다. 개구리들도 머지않아 그 물속으로 녹아들어 가고 만다. 그러면 또 새로운 개구리들이 간단없이 생기지만 결과는 마찬가지이다. 사람들은 개구리들이 녹아서 더욱 악취를 풍기는 이 연못에서 몸을 씻을 수밖에 없다. 다시 말해서 아방가르드들은 그것이 파괴하려던 인습을 더욱 굳힌다는 역효과만을 가져온다.

이런 현상이 일본에서 서양을 수용하는 대세였다. 우리는 문예사조에서 정치사상에 이르기까지 그것을 확인할 수 있다. 그리고 슬프게도 그 아류격인 일제시대의 한국도 마찬가지이다. 1930년대 이상이 대표하는 모더니즘과 이효석이 보여준 성적 표현, 임화가 내건 마르크스주의를 생각해보라. 그것들은 센티멘털리즘과 비분석적 사고방식이라는 인습을 타파하는 데 이바지하지 못했을 뿐만 아니라 도리어 그 인습을 조장하고 말았다. (1971)

*

이른바 성인영화를 한 편 보았다. 교통사고로 남성의 기능을 잃은 남편을 가진 아내의 성적 불만과 혼외정사의 장면들. 아직까지는 국부의 노출만이 금지된 것 같다.

이 영화는 다른 여러 분야에서와 마찬가지로 일본적 서양화(차라리 '서양의 일본적 왜곡'이라고 말하는 편이 더 합당할지도 모른다)의 소산이다. 이야기는 이렇게 전개된다. 아내의 참을 수 없는 성욕→한 남자의 유혹→여러 남자들의 유혹→죄의식에서 비롯된 최초의 저항→저항 없이 받아들이게 된 불륜 관계→스스로 남자들을 찾아다닐 정도로 타락→남편에게 발각→성행위 때마다 남편의 무섭고 따가운 시선을 상상하고 오르가슴의 한가운데서도 "보지 마요, 보지 마요!"를 연발하는 아내……. 그러나 남편은 도리어 엿

보기를 통해서 아내의 불륜을 즐기고 조장하려 한다. 그런 남편의 욕망을 알게 된 아내는 그의 대리만족을 충족시켜 주기 위하여 이번에는 도리어 "보아요, 보아요!" 하고 일부러 크게 외치면서 더욱 격렬하게 외간 남자들과 희롱한다.

따라서 이 영화는 세 가지 메시지를 내보내고 있다. 첫째, 혼외정사를 통한 아내의 직접적 만족. 둘째, 엿보기를 통한 남편의 간접적 만족. 셋째, 남편의 의향을 따르고 떠받들기 위해서 혼외정사를 한다는 역리逆理. 요컨대 간통과 관음증(觀淫症, voyeurism)을 매개로 삼은 봉건적 부부 관계의 지속이라는 야릇하고 지저분한 복합체가 형성된 것이다.

여기에 일본적 성 해방의 한계가 있다. 폴 틸리히Paul Tillich는 일본 성인영화의 공적으로서 성이 더럽다는 기존의 도덕관으로부터의 해방을 들고 있지만, 이 영화는 도리어 성의 해방을 일그러진 형태의 부창부수夫唱婦隨의 윤리와 접속시켜 성을 매우 더럽게 만들어놓고 말았다. 대조적으로, 이 졸렬한 영화 착상의 원천으로 악용되었을지도 모르는 『채털리 부인의 사랑』의 순수성이 생각난다. (1971)

*

하쓰모데初詣에 관하여—일본인은 양력 정월 초하루에 신사, 신궁, 사원 등을 찾아가 '하쓰모데'(연초의 참배)를 한다. 도쿄에서는 그 행사를 위해 그믐밤부터 초하루까지 모든 교통기관이 철야운행을 하고 경찰은 과격파 학생들의 난동을 경계하여 비상태세로 들어간다. 특히 메이지 신궁에는 30만 명의 사람들이 모인다. 만일 일본인으로서 이 의식에 참가하지 않는다면 어떤 불안한 마음이 1년 내내 가시지 않을지도 모른다.

한데 이런 엄청난 군중들이 동원되는 하쓰모데는 우리의 차례 의식과는 근본적으로 다른 사회적 기능을 하는 것 같다. 우리가 차례를 지냄으로써 가족의 일원으로서의 자기의 존재를 확인하고, 결과적으로 무수한 가족집단이 독립적으로 병존하는 것과는 반대로, 일본인들은 하쓰모데를 통해 민족공동체의 일원으로서의 자기를 확인한다. 비록 핵가족이 급속히 증가하는 추세라 하더라도, 이렇듯 가족 단위를 넘어선 차원에서 자신의 존재를 재인식하고 고양하는 이 의식은 (하쓰모데만이 아니라 수많은 마쓰리祭도 그런 의식 중 하나이다) 그들의 민족적 에너지의 출처인 동시에 일본인의 존재양식이 결코 진정한 개인주의로 이어질 수 없다는 것을 알려주는 것이기도 하다. 이 원시 종교적 관례의 끈질김은 오늘날 그들의 번영을 가져온 것인 동시에 또한 언제라도 다시 "천황폐하 만세"를 외치면서 제 몸을 내던질 수 있는 야만적 행동의 원리가 되기도 할 것이다. 1970년 미시마 유키오三島由紀夫의 자살소동이 그것을 증명한다. 일본에서 기독교의 세력이 미약한 것은 바로

이러한 이유에서이며, 기독교가 비판적으로 지양되었기 때문이 아니다. (1972)

*

일본 지식인들은 지금 자기들의 미래에 관해서 가지가지의 의견을 내놓고 있다. 이대로 두었다가는 안 되겠다는 현실반성 면에서는 공통적이지만(이러한 공통성에는 별다른 의미가 없다. 어느 시대건 어느 사회건 지식인들이 현실에 만족하는 일은 없기 때문이다), 그 처방이 제각기 다르다. 혹자는 지식 지상주의가 현실을 배반한 것을 한탄하여 적극적 행동의 필요성을 부르짖고, 혹자는 자연으로 돌아가기를 주장하고 또 혹자는 중공中共의 혁명이론에 끌려 의회민주주의의 무효성을 선언한다. 그러나 그들은 낭만적 환상주의자라는 점에서 일치한다. 만일 그들에게 "일본이 누리고 있는 현재의 사회체제와 부富를 당장에라도 내던질 용의가 있는가? 일본이 구체적으로 어떤 새로운 체제로 변혁되기를 원하는가?"라는 질문을 던지면, "원시공산제로, 혹은 중공식 문화대혁명으로"라고 대답할 용기를 가진 지식인이 몇이나 되겠는가? 그들은 오늘날 일본이 누리고 있는 유사 이래의 호경기와 자유 속에서 권태를 느끼고 있는 것이다. 이런 권태는 불평을 낳지만 권태란 원래 비생산적이어서, 기존 체제의 근본적 부정으로 이어지기는커녕 도리어 그 체제의 지반에서 자라는 잡초와 같은 것이다. 잡지나 신문에 반체제적인 글을 쓰면 엄청난 원고료를 받고, 자가용을 굴리고, 여름이 되면 피서지에서 낭비를 하고, 정월 초하루에는 '하쓰모데'를 하는 이 사이비 오피니언 리더들이야말로 그들이 말하는 의제擬製 민주주의를 가장 잘 이용하면서도 진정한 민주주의의 전진을 위해 하등 도움을 주지 않는 족속들이다. 그들의 좌익적 또는 문명 부정적 과격주의는 도리어 극우파의 대일본주의와 군국주의를 부활시키는 역효과를 초래할 따름이다.

'일본이라는 부유열도浮遊列島'(최근 《아사히朝日저널》 특집호의 제목)에서 떠돌아다니는 이 부유분자들에 의해서는 일본의 기본구조는 조금도 영향을 받지 않을 것이다. 위협은 도리어 방금 말한 것처럼 그들에 대한 반동으로 대두하는 극우파의 함정, 오늘날 일본의 현실적 지배층이 빠지기 쉬운 함정에 있다. 반체제 분자들은 이 점에 있어서는 일본이 자유의 나라라는 것을 보여주는 사상적 '재롱둥이'를 넘어서는 매우 해로운 역할을 하는 것이다. (1972)

*

일본인은 현대사회의 원리가 될 만한 자신의 철학을 가지고 있지 않다. 기독교는 재래의 미신의 견고성 때문에 뿌리박을 수 없고, 다른 한편으로 이 재래의 미신은 물론 현대사회에서 구원의 원리로 작용할 수 없다.

이렇게 마땅한 제 것을 가지고 있지 않다는 열등감은 외국의 사상을 보편타당한 것으로 받아들이려는 초조한 태도로 연결된다. 또 그렇게 하는 것이 세계시민이 되고 싶어하는 이 섬나라 주민들의 욕망을 충족시켜주는 것이기도 하다. 그래서 새로운 사상과 정치현상에 열광한다. 그들의 관심은 자연주의로부터 실존주의로, 서구西歐로부터 소련으로 이동해왔다.

요새는 그런 스승의 역할을 모택동이 이끄는 중공이 하고 있다. 일본 사회를 비판하는 논문들은 거의 모두 모택동의 말이나 중공의 현실을 인용하여 그것을 자기비판의 원리로 삼는다. 가령 1월 7일자의 《아사히저널》에 실린 논설을 보면, 모택동이 체육교육을 강조한 것을 찬양하고 중공의 반제국주의 투쟁은 일본이 모범으로 삼아야 할 세계혁명 전략으로 부각되어 있다.

중공의 현실을, 모택동의 행동을, 중국의 특수현상으로서 객관적으로 또 제한적으로 보려는 시각이 없는 것은 위에서 말한 바와 같이 자체 철학의 결핍에 기인한다. "모택동의 이론과 행동은 중국의 현실로 볼 때 다른 방도가 없었기 때문이다"라는 따위의 객관적, 상대적 평가는 일본 지식인의 체질이나 전통과는 전혀 다른 영국인 같은 경우에나 가능한 것일지도 모른다. (1972)

*

　일본의 대외침투 형태는 군사로부터 경제로, 그리고 근간에는 문화로 변모해가고 있다. 그러나 문화적 침투가 성공하기 위해서는 그것이 침투라는 인상을 상대방에게 주지 않고, 보편타당한 것으로서의 이미지를 심어줄 수 있어야 한다. 19세기와 20세기 초에 서양문명이 동양에 들어왔을 때 성공한 것은 바로 그 덕분이었다. 동양의 '후진국'이 서양의 문명에 대해서 경계했거나 기껏해야 일시적 호기심을 자아내는 이질성만을 찾아보았다면, 그것은 그렇게까지 깊은 자국을 남기지 못했을 것이다. 후진국의 지식인들이 서양문명을 본질적으로 우수한 것으로, 보편타당한 것으로 인식했고 또 그런 인식을 조장하는 서양인들의 술책이 있었다는 점이 중요하다. 구체적으로 이 우월성 내지는 보편타당성의 인상은 기독교와 과학적 합리주의라는 상호보완적인 서양의 두 기둥에 의해서 담보되었던 것이다.

　일본은 문화적 침투에 있어서, 이렇게 기독교와 합리주의가 수행한 놀라운 역할을 담당할 만한 그 자체의 전통을 가지고 있지 않다. 재래의 신토神道를 후진국에 퍼뜨릴 수는 없다. 그 종교적 의식은 많이 다듬어지기는 했어도, 본질에 있어서 다른 여러 나라에서도 볼 수 있는 바와 같이 지역적 양상을 띤 원시적 미신에 지나지 않는다. 또한 우키요에浮世繪나 가부키歌舞技, 노能 같은 전통예술이 줄 수 있는 영향도 그 지역적 특성 때문에 극히 제한적이며, 무사도武士道나 다도茶道, 사비(寂, 일본의 전통적 미의식 개념의 하나로서 한적과 고담의 정조)와 같은 보다 정신적인 전통 역시 보편타당한 가치로서 받아들여지기는 어려울 것이다. 그래서 현실적으로 수출되는 것, 그것은 말초신경을 자극할 수 있는 유행가와 찬바라(칼싸움), 영화와 포르노이다. 그리고 그들이 서양에서 배운 기술을 더욱 교묘하게 발전시켜 만드는 기계들이다. 그러나 그것들이 진정한 의미에서 일본문화의 전파라고는 결코 말할 수 없다. (1972)

*

　서양과의 얄밉고 치사한 야합이 아직도 계속되고 있는, 아니 한창인 일본. 그런 야합의 두드러진 한 예가 다음과 같은 광고에 나타난다. 부부가 하루의 피로를 풀면서 잠깐 대화하는 장면이다.

　　아내 : 오늘 손금을 보고 왔어요.
　　남편 : 그래서?
　　아내 : 이번에는 틀림없이 사내애를 낳게 된대요.
　　남편 : 그야 당연하지, 내가 만든 아이니까.
　　뒤이어 나오는 광고 카피 : "단란한 한때에는 뉴 맥스웰 커피"

서양에서 비롯된 커피 선전을 위하여 남아선호라는 기존관념이 이용되고 있는 것이다. 가령 과거에 유산을 경험했던 아내가 손금을 보고 와서 "이번에는 건강한 아이를 낳게 된대요"라고 말하는 장면을 설정했다면 일본 사회에서는 광고효과를 별로 내지 못했을 것이다. '결혼한 이상 아들을 낳아서 가계를 이어야 한다'는, 아직도 일본을 지배하는 봉건적 집념을 이용해야 광고가 잘 먹혀들어간다고 광고주는 생각했을 것이다. 상품광고는 원래 윤리도 당위성도 무시하고 심리적 효과만을 노리는 것이니까 말이다. 그러나 이 경우 어느 쪽을 더 선전하는 결과를 가져오겠는가? 아마도 커피의 판매촉진보다 남아선호의 인습을 더 조장하는 데 이바지할 것이다. 그 점에서는 실패한 광고이다. (1972)

*

일본은 세계를 향해서 활짝 열려 있는 나라처럼 보인다. TV는 '난데모 미테야루(무엇이든 다 보아주겠다)'라는 식이다. 미국의 대중가요, 소련인의 일상생활, 월남의 전쟁, 방글라데시의 비참, 한국의 대연각 화재…… 그 모든 영상이 두서없이 나와서 망막을 자극하고는 사라진다.

보도가 제한된 한국의 현실과 비교하면 부러운 일이다. 온 세계가 한눈에 들어오기 때문이다. 그러나 내 머리 한구석에서는 이렇게 생각한다. "이 모든 영상이 보여주는 기이하고 잡다하고 때로는 모순된 세계의 모습들의 주마등 앞에서 일본인은 무엇을 생각할까? 무엇이든 보여준 후의 결과는 무엇일까?" 혹자는 그러한 숱한 정보들을 선명한 영상으로 날라다 주는 일본의 민주주의와 세계성을, 그리고 그것을 가능케 한 물질적 부를 자랑으로 느낄 것이다. 또 혹자는 결국 대안의 불에 불과한 이방인들의 불행을 보고는 자기들의 조촐한 행복을 확인하는 반면, 더 잘사는 나라 국민들의 물질적 번영 앞에서는 부끄러움이나 질투를 느낄 것이다. 그러나 다음과 같이 느끼는 소수자들이 있기를 나는 절실히 바란다. "영상 대부분이 인간의 불행을 알리는 이 매체를 대하면서도 일본인들은 아무것도 할 수 없다. 그것을 인류의 문제로 삼고 인류적인 차원에서 그 문제들에 대처해나갈 참여의 원리를 일본은 자신의 철학으로서 가지고 있지 않아 답답한 일이다." (1972)

*

현재 일본에서 가장 유행하고 있는 말은 '이키가이(生き甲斐, 삶의 보람)'라는 말이다. 메이지 초년부터 100여 년간 오직, 산업화에 의한 경제성장을 위해서 서양의 물질문명을 따르는 것을 국가목표로 삼고 달려온 일본. 그리고 오늘날 그 목표가 거의 달성된 이상, 풍요 속에서의 삶의 의

미가 개인적 차원만이 아니라 국가적 차원에서 새로 설정되어야 하는 절실한 과제에 직면한 일본……. 그러나 그 해결책이 얼른 나오지 않아 일본인들을 초조하게 만들고 있는 것이다.

그래서 '이키가이'라는 단어가 공전空轉을 거듭하고 있다. 더욱 곤란한 일로, 세대 간 대화단절 현상이 노골적으로 나타내는 반작용이 두드러지게 나타난다. 무엇이 '이키가이'냐는 화두가 나올 때마다 젊은 세대의 언어는 방정맞고 혼란스러우며 그것을 듣는 기성세대는 어리둥절하다. 공동체가 파괴되어가고 있으며, 미구에 '조국이 위기에 처하게 되리라'는 새로운 절박한 의식으로 말미암아 초국가주의가 다시 의사민주주의의 겉껍질을 뚫고 부상할지 모른다. 어제 나와 저녁식사를 함께한 내 숙소의 관리인(퇴직한 고급 관리)은 약간 취기가 돌자 민족의 결속을 위해서 다시 전쟁이 필요하다며 흥분하기까지 했다. (1972)

*

한국은 과거와 현재가 정리되지 않고 뒤죽박죽되어 있는 나라이다. 이에 반해서 일본은 과거로의 줄기찬 회귀를 보여준다. 새로운 사상들은 다만 표면적으로 번거롭게 바뀌면서, 뿌리 깊은 인습에 갖가지 피상적인 화장을 하고 있을 따름이다. "이 세상에서 완전히 청산되는 것은 거의 없다.

한번 일어난 것은 언제든지 계속되는 거야. 다만 그 겉모습이 여러 가지로 바뀌니까 남들도 나도 모를 뿐이지." 나쓰메 소세키夏目漱石의 『한눈팔기(道草)』의 마지막 말은 다른 것은 몰라도 일본의 인습에 관해서는 들어맞는다. 달라지는 것은 외양뿐이다. 마치 도쿄의 거리에 쏟아져 나오는 양장을 한 노파들의 경우가 그런 것이다.

하기야 오늘날 20대의 일본 청년들은 거의 완전히 이 인습에서 해방된 것 같은 인상을 준다. 이른바 근대화를 위한 표면적 섭취에 불과했던 서양적인 생각이 이제야 극소수 지식인의 독점물을 넘어서서 새 세대의 심성 속으로 스며들고 있는 것 같다. 만일 이런 인상이 외면적인 것이 아니라 사실에 가깝다면, 일본인은 이제 무엇보다도 다음과 같은 두 가지의 새로운 문제에 봉착하게 될 것이다. (1) 청년층이 그들의 선배에 반기를 들었음에도 불구하고 결국은 인습으로 회귀하여 문화적으로 독특하면서도 고립된 양상을 그대로 이어갈 것인가? (2) 혹은 그들의 서양 수용역시 근본적인 것이 아니어서 기존의 관습을 파괴하긴 했지만 새로운 가치를 정립하지 못한 결과, 도리어 메이지 시대 이래로 인습을 이용해 결집해왔던 국민적 에너지를 상실하고 말 것인가? 가장 큰 난점은 주체로서의 개인의 자각이 에고이즘이 아니라 진실한 개인주의로 지향될 수 있도록 하는 원리가 재래의 일본 문화에서는 찾아보기 어렵

다는 데 있다. (1972)

*

　도쿄 한복판의 시부야 역. 역두에서 백의를 걸친 두 상이 군인이 구걸하고 있다. 한 녀석은 팔이 잘려서 의완義腕을 끼고 엎드려 있고, 또 한 녀석은 비교적 성하다. 후자가 내 귀에도 익은 태평양전쟁 때의 군가를 아코디언으로 반주하면서 큰 소리로 부른다. 물론 확성기가 달려 있어 멀리까지 퍼진다. "구니오 데테카라 이쿠쓰키조(조국을 떠나온 지 몇 달째인가)"와 같은 따위이다. 그러나 왕래하는 대부분의 군중들은 아랑곳하지 않는다. 가끔 노인들이 지나치다가 흘깃 뒤돌아볼 따름이다.

　그 맞은편에는 스웨덴 영화 〈노출〉의 광고판이 요란스럽게 붙어 있다. 물론 그것 역시 쳐다보는 사람은 별로 없다. 가끔 장발의 청년들이 그 극장으로 들어간다.

　시민 대부분의 무관심 속에 펼쳐져 있는 이 두 광경은 오늘날 일본 양극단의 상징이라고 할 만하다. 대일본제국의 망령이 초현대의 섹스와 함께 병치되어 있는 그 양극단 사이에서 오늘날의 일본 문화가 전개되고 있는 것이다. 30년이라는 시간의 공존…… 그 사이에는 이제야 남방의 은신처에서 돌아온 '충성스러운 황군皇軍'의 하사관도 있고, 삿포로 동계올림픽의 잔치도 있고, 미국과의 안보조약에 반대하는 학생들의 극렬한 폭력투쟁도 있다. 그리고 무엇보다도 새것을 추종하는 저널리즘이 있다. 중공을 숭배하는 《아사히신문》이 대표적이다. 그 모든 것의 동시적 존재 때문에 갈피를 못 잡는 일본인들. 그 반동으로 복고주의가 대두한다. (1972)

*

일본에서의 좌익적 발상은 가히 신화적이라고 말할 수 있다. 옛날에 일본 문화 전체가 국체명징國體明徵이라는 이데올로기로 집약되었듯이 오늘날은 사상적 원리가 좌경화로 집약되어 있다. 바꾸어 말하면, 현대 사회에 있어서 비난받을 만한 일체의 것이 독점자본주의 탓으로 치부되고 있는 것이다. 가령 과학기술 개발에 따른 공해 문제도 좌익병에 걸린 어느 '기술평론가'가 보기에는 독점자본의 횡포 때문이다. 그의 진단에 따르면, 사회주의 국가에서는 그 본질로 보아 이런 공해 문제는 선험적으로 있을 수 없는 일인 듯싶다.

일본 지식인의 생각에 있어서 자본주의는 일종의 속죄양이다. 모든 악은 자본주의에서 온다. 그러기에 그들은 월남에서의 미국 개입만을 탓하고, 중공과 소련의 간접침략에 대해서는 함구무언하는 것이다. (1972)

　가와바타 야스나리川端康成의 자살을 두고, 일본인들 대부분은 그것을 긍정적으로 받아들이고 예찬까지 한다. 삭가인 후나바시 세이치舟橋聖一는 동업자의 입장에서이긴 하겠지만 깨끗한 자기 완결이라고조차 말하고 있다. 지난 태평양전쟁 때 천황폐하 만세를 외치면서 적함敵艦에 부딪쳐 죽은 특공대원들을 두고 산화散華해서 군신軍神이 되었다고 예찬했던 일이 생각난다. 일본인들이 보기에는 전쟁에서 무작정 몸을 던져 죽건, 가와바타처럼 가스관을 물고 죽건, 그것은 일시에 떨어지는 벚꽃처럼 아름다운 것이다. 그들은 자살이 정당화될 수 있는지, 자살자의 책임은 없는지, 자살을 긍정적으로 받아들이는 일본인의 에토스는 어떤 것인지 하는 문제를 이성적 차원에서 비판적으로 따지지 않는다. 이성적으로 따지는 습성과 능력이 부족한 자기들의 전통적 결함이 그들 자신의 눈에는 도리어 합리주의를 초월한 장점으로 비치는 것이다. (1972)

　대학교육의 세 가지 기능.
　(1) 고급 노동력의 양성과 공급
　(2) 지식과 문화의 전수와 발전
　(3) 분석적, 논리적 지성을 위한 훈련

이것이 특히 한국 지식인에게 요청되는 것이다. 오늘날 한국 대학의 위기는 이 훈련이 정치적 이데올로기에 의해서 심히 제한되고 박해받고 있다는 점에 있다. 다시 말해서 대학교수의 마땅한 임무는 무엇보다도 이 제한과 박해를 무릅쓰고 그 훈련을 학생들에게, 그리고 자신에게 치열하게 부과해나가는 데 있다. (1974)

*

바르토크Bela Bartok의 〈현악기와 타악기 및 첼리스트를 위한 음악〉—그것은 주술의 세계이다. 제1악장은 초혼招魂을 위한 분위기의 조성, 신을 불러내기 위한 인간의 기도와 계략. 제2악장은 무녀에 의해서 상징된 신, 신전에서의 무녀의 춤을 연상시킨다. 경건하다. 제3악장은 신에 의해서 조성된 신비롭고 강력한 삶의 율동, 주술적인 삶의 에너지. 그것은 인간이 잃어가던 에너지, 그러나 주술에 의해서 재생된 에너지이다. 또한 인간이 원초적 상태로 변신하면서 분출하는 그런 신비한 에너지이다.

작곡가의 의도와는 아랑곳없는 엉뚱한 인상이다. 그러나 어쩌랴! 나는 많은 경우에 음악을 들으면서 시적詩的 이미지를 꾸미는 유혹에서 벗어나지 못한다. 소리에서 움직이는 이미지가 태어나는 것이다.

그러나 예외적 체험이 있기는 하다. 바흐의 〈무반주 바이올린 소나타〉. 그 곡을 듣는 중에 내게는 아무런 이미지도 떠오르지 않았다. 소리의 매력 자체가 이미지의 개입을 거부했기 때문이다. 그렇다면 이것이 진정한 음악의 향수享受일까? 엉뚱하지만 가끔은 희한한 이미지를 꾸밀 때도 있고, 반대로 소리들의 놀이 자체에 홀릴 때도 있는 나는 이중으로 음악을 즐길 줄 아는 사람이라고 멋대로 생각해두기로 했다. (1974)

*

르네 웰렉René Wellek의 『비평의 개념Concepts of Criticism』을 읽는 중에 생각해본 것.

객관적 진실을 향한 노력을 평가하는 두 가지 상반된 입장. (1) 이 노력은 시대와 지역의 불가피한 한계 속에서 이루어지는 것임에도 불구하고 소기의 목적을 이룰 수 있다고 긍정적으로 보는 입장. (2) 그것은 시대와 지역의 제한 때문에 필연적으로 특수하고 한정된 결과만을 가져온다고 보는 입장.

웰렉은 객관적 진실의 존재를 믿고 우리의 판단을 되도록 객관적으로 제시해야 한다고 말하고 있다. 이런 객관성에 대한 요청과 신뢰는 특히 서양의 18세기 및 19세기 사상가와 비평가들의 것이었다. 파스칼에 대한 볼테르의 반대도 또 에밀 졸라의 실험소설 주장도 모두 객관성이라는 이름으로 내세운 시대적 주장이었다. 그리고 시대의 산물이면서도 시대를 넘어선 객관성이 있을 수 있다는 주장은 웰렉의 경우에서 보듯이 오늘날까지도 되풀이되지만, 객관성을 객관적으로 보장해줄 수 있는 형이상학적 근거는 없으며, 객관적이라고 주장된 내용은 필연적으로 시대적, 문화적 여건에 의해서 변화한다. 객관성을 향하려는 욕망과 그 욕망으로 이루어진 결과 사이에는 원리적인 차이가 있는 것이다.

다른 한편으로 객관성을 의심하는 상대주의는 반드시 허무주의나 가치의 전락을 가져오는 것은 아니다. 오늘날의 사상과 실천은 미래의 입장에서 볼 때는 시효상실의 역사적 사실이 되겠지만, 그 점을 충분히 자각하면서도 그 사상과 실천의 현재적 의미의 중요성을 인식하는 현명한 상대주의가 있을 수 있다. 다시 말해서 역사의 한 단계로서 현재를 상대화하면서 사유하고 행동하는 것이다. 비록 역사가 변증법적으로 진전되지 않는다 해도(아마도 그런 부정적 가능성이 더 큰 것이겠지만), 현재가 아무리 덧없는 것이라 해도, 지금 이 자리에서 수행해야 할 시급한 요청이 있을 것이다. 가령 한국의 상황을 생각해보면 정치적으로는 민주주의를 위한 투쟁이며, 문학이라는 좁은 영역에서는 센티멘털리즘을 극복하기 위한 분석적 정신의 실천이 그것이라 할 수 있다. 민주주의의 장래가 어떻게 될지는 아무도 모르고, 문학에서의 분석적 정신이 훌륭한 작품 창조의 충분조건은 물론 아니다. 그러나 오늘날 더 좋은 정치와 더 좋은 문학의 생산을 위해서는 무엇보다도 그런 것이 먼저 필요하다는 것만은 분명하다. 나는 이런 상대주의를 실존적 상대주의라 부르고 싶다. (1974)

1981년
~
1990년

L선생의 장지. 하관 작업이 진행되는 동안 조객들은 늘 그렇듯이 두서없는 잡담을 한다. 당연하지만 주로 죽음에 관한 이야기다. H교수가 이런 말을 한다. "집안에 따라서는 탈관脫棺을 하는데, 그 관을 동네 사람들이 가져가기를 원하지. 그것으로 대문을 짜 달면 복이 찾아온다고들 하니까."

그러자 이번에는 Y교수가 입을 열었다. "최근 손자 돌 하루 전날 장모가 돌아가셨다네. 한데 그 애의 부모가 결혼하던 달에는 공교롭게도 장인이 작고하셨지. 그래서 이중으로 불길한 생각이 들더군." 이 말을 들은 한 선배 교수가 주석을 달았다. "그건 자네의 아들 가족이 오래도록 걸쭉하게 잘살게 된다는 징조일세."

이런 잡담들을 하는 중에 예식이 시작되었다. 목사가 외친다. "L선생은 하나님의 부름을 받아 이제 천당에서 평화를 누리려고 우리의 곁을 떠나셨습니다."

위의 세 가지 말 모두 역설이다. 그러나 이 역설들은 다만 인생에서 최대의 불행을 견뎌내기 위한 것만은 물론 아니다. 그것은 더욱이 행복을 바라는 인간의 철없는 욕심, 때와 장소를 가리지 않고 발동하는 그런 욕심의 소산이다. 행복의 욕구는 이성적인 행위가 아니다. 그것은 이성이 존중하는 절차를 무시하거나 초월한다. 그것은 우리의 인생이 마술적, 주술적 드라마에 의해서 전화위복轉禍爲福되기를 바라면서 가지가지의 희구希求를 꾸민다. 한데 죽음으로부터 삶으로, 불행으로부터 행복으로의 역전만큼 절실하게 우리의 환상을 자극하는 것이 달리 또 있겠는가? 불행과 죽음에 대한 마술적 가치 부여. 종교는 바로 이 비합리적인 인간의 지향을 교묘하게 이용한다. (1986)

*

기능주의 견지에서 이데올로기 보기.

이데올로기란 절대적 견지에서 그 가치를 논할 수 있는 성질의 것이 아니다. 중요한 것은 그것이 주어진 상황에서 수행하는 기능이다. 한데 이 기능은 가변적이며 모순되기조차 하다. 가령 서양의 기독교의 경우를 보면 로마 시대에는 해방적 기능을 했지만, 중세 이후에는 통제적 기능을 해왔다. 또한 일본의 내셔널리즘 예를 들자면, 메이지 시대부터 그것은 국민 에너지의 결집이라는 생산적 기능을 수행한 점에서는 긍정적으로 평가될 수 있지만, 동시에 억압적이었고, 이 억압으로서의 내셔널리즘이 그 후 뿌리박히게 되었다. 그것은 일본을 흥하게 하고 동시에 망하게 했다는 양의적 성격을 지니고 있다.

그렇다면 통제적 기능(공동체를 공고히 하는 구심적 기능)과 동시에 해방적 기능(개인의 원심적 움직임을 보장하는 기능)을 동시에 수행할 수 있는 원리를 구할 수 없을까? 아나키즘으로 흐르기 쉬운 자유와, 질서의 이름으로 행사되는 억압, 그 양자를 지양할 수 있는 변증법적 원리, 뒤집어 말하면 자유가 아나키즘으로 흐르지 않고 질서가 억압적이지 않은 그런 원리는 없는가? 앙드레 지드가 '아리아드네의 실'의 신화를 빌려 말하려고 했던 자유와 구속의 절묘한 조화와 같은 것 말이다. 그것은 과연 지나친 욕심일까? 아무래도 비관적일 수밖에 없을까? "세계를 위협하는 두 가지가 있다. 그것은 무질서와 질서이다"라는 발레리의 말이 떠오른다. (1986)

*

박정희 정권이 압축된 자본주의에 의한 경제적 발전을 가져온 것은 사실이다. 그리고 억압은 그것을 위한 필수조건이었다(자본주의의 발달 과정에서 어떤 형식이든 간에 억압적 세력에 의지하지 않은 나라는 없다).

그러나 경제적 발전은 필연적으로 민중의식의 향상을 가져온다. 박정권의 실패는 바로 그 점을 고려하지 않은 데 있다. 박정권은 '경제적 발전→민주주의 요구→다소간을 불문하고 그 요구의 충족'이라는 변화를 수용하기 위해서 독재정치를 지양하거나 적어도 완화해야 한다는 역사적 과정을 무시했다. 사르트르의 용어를 빌리자면 독재가 '실천적 타성태惰性態'로 되고 말았던 것이다. (1986)

*

제3자를 이용한 유혹의 언어—스탕달의 『적과 흑』에서 줄리앙이 마침내 레날 부인의 손을 잡게 되는 그 유명한 장면에서 데르빌 부인의 역할이 대표적인 경우이다. 줄리앙이 신나게 수다를 떨 때, 데르빌 부인은 표면적 수신자에 불과하며 그가 겨냥하는 진실한 수신자는 레날 부인이다.

언어의 간접회로—직접회로를 성립시키기 어렵거나 간접회로의 이용이 더욱 효과적이라고 판단될 때 필요한 제3자. 『적과 흑』의 경우는 다음과 같다. (1) 줄리앙은 그가 정복대상으로 삼은 레날 부인에게 직접 이야기할 수 있는 처지가 아니다. (2) 그러나 그녀를 우선 재치 있는 언어로써 유혹해야 한다. (3) 이 목적을 위해서 그는 데르빌 부인을 표면상의 수신자로, 즉 간접회로로 이용한다.

이런 상황은 일상생활에서 늘 일어날 수 있는 일이다. 그리고 이런 우회적 언어는 진실한 수신자가 그것이 자기를 겨냥한 간접회로라는 것을 모르면서 들을 때 그 영향이 더욱 크고 더욱 큰 효과를 발휘한다. 이럴 경우 진실한 수신자는 "이 사람이 나를 사로잡으려고 수작을 꾸미고 있군"이라고 현실을 꿰뚫어보는 대신에, "이 사람은 참 말을 잘하고 머리가 좋고 성실해 보이는군" 하고 감탄하게 된다. 제3자를 이용한 이러한 언어의 덫이 상대방을 사로잡는 가장 효과적인 수단의 하나이다. (1986)

*

학생들, 이광수, 사르트르, 낭만적 합리주의.

건국대학에서 데모를 한 학생들 중 일부가 김일성주의자인 것은 아마도 사실일 것이다. 내가 한 달 전에 일부러 불러서 만난 성심여대 2학년 학생 하나가 "자본주의는 전적으로 나쁘고 공산주의 사회는 낙원이다"라는 뜻의 말을 하는 것을 듣고 느낀 충격이 되살아난다.

그들이 왜 그렇게 되었는가? 그 책임이 정통성 없는 현 정권에 있음은 부인할 수 없다. 만일 현 정권의 사람들이 겸손한 입장에 서서 "어떻게 하겠소? 우리의 태도를 되도록 고쳐나가겠으니 너그럽게 봐주시오. 미안하오. 정치는 어려운 것이오"라고 한마디라도 진심으로 호소한다면, 나는 그나마 그들의 개과천선의 가능성을 믿을 것이다. 그리고 그

비정통성에도 불구하고 지금의 상황에 비추어 그들의 편에 설 것이다. 그러나 현 정권은 그런 양식을 가지고 있지 않다. 그들은 "우리는 절대적으로 옳다"라고 주장한다. 따라서 "우리에게 저항하는 당신들은 절대적으로 잘못이다"라는 결론이 나온다.

문제는 정반대의 입장에 선 사람들이 이런 흑백논리를 똑같은 권리로 내세울 수 있다는 점이다. 공산주의에 동조하는 학생들 입장에서는 자기들이 절대적으로 옳고 현 정권이 절대적으로 잘못이다. 그리고 한 걸음 더 나아가서 생각해보면 사태는 더욱 심각하다. 이런 사고방식은 머리가 굳은 현 정권의 군인들뿐 아니라 어려서부터 OX식 문제로 훈련되어온 오늘날 학생들의 정신적 구조를 형성하고 있기 때문이다. 이성적 성찰을 통해서 상대화가 이루어지지 않고 신념에 의해서 절대화가 이루어지는 사회(그리고 이 우려할 만한 현상이 더욱 확대되어가는 사회), 아마도 이것이 당분간 한국 사회의 모습으로 존속할 것이다. 이 사태를 막기 위한 노력을 하는 곳, 그것이 대학이라야 한다. 그러나 대학이 바치려는 이 노력은 양측에서 도전을 받고 있다. 한편으로는 정부에 의해서, 그리고 다른 한편으로는 민족, 통일, 민중의 이름을 내세우는 과격파 학생들과 철없는 지식인들에 의해서.

이들은 저항하면서 최후의 일선을 설정할 줄 모른다. 현

정권에 저항하는 것은 자유와 정의를 위한 것인데, 만일 이북식의 공산주의 사회가 들어서면 그 모든 것이 와해된다는 명약관화한 사실을 애써 외면하려고 한다. 그들의 빗나간 정치적 낭만주의는 오늘날 한국 사회의 대극에 낙원이 있다고 생각하게 한다. 이러한 사고방식은 이광수의 경우와 마찬가지이다. 조선 민족은 개조되어야 한다는 그의 주장이 결국 낙착한 곳은 일본에 통합되어야 한다는 잘못된 논리였다. 또한 그것은 서양의 자본주의를 넘어서는 길을 모택동주의에서 찾았던 만년의 사르트르 경우와도 같은 것이다. 이러한 정치적 낭만주의는 자신이 살고 있는 사회에 대한 정당한 진단에서 출발하면서도 결국 유연성 없는 절대주의로 빠져들기 때문에 병보다도 나쁜 약을 준다는 결과를 가져온다. 이런 경우에 절실히 요청되는 것은 이성이다. 최악의 낭만주의라고 할 수 있는 절대적 합리주의를 위해서 동원되는 이성이 아니라, 바로 그런 종류의 합리주의를 견제할 수 있는 비판적 이성 말이다. 이성은 눈가리개를 달고 일직선으로 달려가는 말과 같아서는 안 된다. 그것은 전후좌우를 두루 살필 줄 알고 특히 자신을 통제할 줄 아는 분별적 능력이라야 한다. (1986)

*

문학의 중요한 기능 중 하나는 이론적으로, 이성적으로

통합할 수 없는 것을 시적으로(산문과 구별된 의미의 시가 아니라 독일어에서 말하는 Dichtung) 통합하는 일, 다시 말해서 성패 여하를 불문하고, 상상적 언어의 작업으로 모순을 통합하려는 작업이다. 가령 영원과 순간을 일체화시키는 것, 또는 죽음에서 삶의 씨를 찾는 것, 또는 현실 속에서 초현실을, 초현실 속에서 현실을 보는 것 등등. (1986)

*

나의 외손녀 경은의 조어술造語術.

경은은 생후 18개월쯤 되면서부터 제 외조모를 '엄마엄마'라고 불러왔다. 그 이유로서는 두 가지를 생각해볼 수 있다. (1) 저의 어미가 자신의 어머니를 '엄마'라고 부르니까, 외조모는 '엄마의 엄마'가 되는데 '의'라는 조사를 아직 쓸 줄 모르는 경은으로서는 외조모의 호칭이 '엄마엄마'가 될 수밖에 없었을지도 모른다. "내 엄마가 그 나이 든 여자를 엄마라고 부르니까 나는 그녀를 엄마엄마라고 부르면 된다"라는 식으로 말이다. 그러나 그런 추리가 그 애의 어린 머리에서 이루어질 수 있었을까? (2) 그것보다도 좀 더 있음 직한 다른 이유로서 생각해볼 수 있는 것은 다음과 같은 것이다. 그 애의 이모가 제 어머니를 부를 때 습관적으로 '엄마엄마'라고 겹쳐 부르고 또 제 어미도 흔히 그렇게 부르기 때문에 단순히 그것을 모방하여 저 역시 외조모를

'엄마엄마'라고 불러왔는지도 모른다.

아무튼 경은에게는 분명히 '엄마'와 '엄마엄마'는 판별적인 말이다. 그리고 요새는 남들이 "너의 엄마의 엄마는 누구?" 하고 물으면 제 외조모를 가리켜 보이니까, 그 애가 사용하는 '엄마엄마'는 비록 (2)에서 비롯되었다 하더라도 (1)의 의미로 전환된 듯하다. 그뿐 아니라, 어쩌면 처음부터 (1)이었을지도 모른다고 다시 생각해볼 수도 있다.

그러나 만일 그렇다면 나는 '엄마아빠'가 되었을 텐데 그렇지가 않다. 나에 대한 호칭은 '엄마엄마'보다 한 달가량 늦게 만들어진 '아빠아빠'이다. 이 호칭 역시 내 딸들이 나를 부를 때 흔히 '아빠'를 반복하는 것을 듣고 모방한 것인지도 모른다. 그래서 누가 나를 가리켜 "이 사람은 너의 아빠의 아빠냐?"고 물으면 고개를 가로젓고 "너의 엄마의 아빠냐?"고 물어야 그렇다는 표시를 한다.

그러니까 여기에서는 호칭과 논리가 일치하지 않는 것처럼 보인다. 그렇다면 경은은 '아빠아빠'의 경우에도 과연 단순하게 제 어미나 이모를 모방해서 그런 재미있는 호칭을 만들어낸 것일까? 혹은 그 애 나름의 논리에서 그 말이 나온 것일까? 그 사정을 다음과 같이 생각해볼 수 있을지도 모른다.

외할머니가 엄마의 엄마니까 '엄마엄마'가 되었다는 논리를 그대로 적용하여 나를 '엄마아빠'라고 부르기에는 두 가지 난점이 있었을 것이다. (1) 경은은 제 부모를 한꺼번에 부를 때 '엄마아빠'라고 한다. 따라서 만일 나를 그렇게 부른다면 '엄마+아빠'와 혼동될 것이다. (2) 아울러 외조모가 엄마의 엄마이니까 외조부는 엄마의 아빠, 따라서 '엄마아빠'라고 부르자는 논리가 그 애에게서 작용했을 리도 만무하다. 그러한 논리적 대치능력이 20개월도 안 된 어린애에게 갖추어져 있을 것 같지는 않다.

따라서 여기에서 생각할 수 있는 것은 의미의 차원에서가 아니라 소리의 차원에서 문제를 해결하는 것이다. 경은의 언어활동의 경우 '엄마엄마'라는 동음반복이 외조모를 가리키니까 유추적으로 '아빠아빠'라는 동음반복 역시 외조부를 지칭하리라는 것은 결코 비논리적이지 않다.

이것은 언어가 음성적 기호이며 의미는 음성의 구별에 의해서 부여된다는 매우 평범한 사실을 확인시켜주는 것이다. 그러나 어른은 바로 이 평범한 사실을 잊고 의미(기의)에서 출발해서 소리(기표)를 생각하려고 한다. 나 역시 '아빠아빠'를 두고 이런 긴 이야기를 한 것도 바로 언어활동을 역방향에서 생각하는 버릇, 언어가 실천적 타성태가 되었기 때문에 생긴 버릇 때문일 것이다.

그 증거로 경은의 언어에 관해서 또 하나의 예를 들어보겠다. 그 애는 요새 자기가 좋아하는 호돌이 인형을 '아차아'라고 부른다. 그 소리는 다음과 같은 곡절에서 나왔을 것 같다.

한참 전에 그 애가 발음을 하기 시작했을 때, 호돌이는 아가를 의미하는 '아차'였다. 유아로서는 'ㄱ'이라는 파열음보다는 파찰음 'ㅊ'이 발음하기 쉬웠기 때문이리라. 한데 그때 '아차'는 동시에 두 대상을 가리켰다. 자기 자신에 관해서도 또 호돌이를 지시할 때도 그 말이 다 같이 적용되었다. 즉 이 무렵에는 주객이 분명하게 분리되지 않았을 것이다. 호돌이를 볼 때마다 그 인형에게로 아장아장 걸어가서 '아차!' 하고 소리쳤다. 이때 '호돌이=자기 자신'이었을 것이다. 그러자 '아차'라고 불러야 할 다른 객체가 생겼다. 사내동생이 태어난 것이다. 그래서 호돌이와 동생이라는 두 객체를 구별해야 할 필요성이 생겼다. 이때부터 호돌이는 '아차아'가 되어 마지막 '아'에 악센트가 붙었으며, '아차'는 동생의 차지가 되었다. 어른들이 그 애를 '아가'라고 불렀기 때문이다. 이와 더불어 자기 자신을 '아차'라고 지칭하는 버릇도 사라져갔다.

그래서 요새는 이렇게 문답이 이루어진다. "아차 어디 있니?"—그러면 동생을 가리킨다. "아차아 어디 있니?"—호돌이를 가리킨다. "경은은 어디 있지?"—자신을 가리킨다. (동생을 가리키며) "이건 누구지?"—"아차." (호돌이를 가리키며) "이건 뭐지?"—"아차아." (경은 자신을 가리키며) "너는 누구지?"—침묵. (그러나 이 침묵에는 의미가 있다. 그것은 자신을 의미하는 일종의 기표이다.)

경은은 이제 소리의 창조와 사용이라는 두 가지의 언어 활동을 통해서 주객主客을 자꾸만 분리해나가고, 또 날이 갈수록 이러한 즐겁고 순수한 언어적 발견과 발명으로부터 관행화된 기존의 언어로 더욱더 빨리 옮아갈 것이다. 그리고 그럴수록 창조성은 관례적 언어에 의해서 병탄倂呑될 것이 틀림없다. 언어와 세계의 새로운 발견은 기존 것들과의 타협에 의해서 이루어져나갈 것이다. 좀 과장해서 말해보자면 시에서 일상적 산문으로의 이행을 통해서 어른이 되어가는 과정을 그 애도 불가피하게 밟아나갈 것이다. (1986)

*

새로 만들게 된 불한사전의 원고를 수정하는 고된 작업을 하고 있다. 정성 없이 써낸 원고가 비일비재하다. 특히 K라는 작자가 제출한 원고를 볼 때마다 욕설이 터져 나온다. 일본말로 된 불어사전을 그대로 베껴 온 것이다. 더구나 일본말이 서투르니까 이루 말할 수 없는 창피한 오역이 쏟아져 나온다. 가령 사내아이를 얕잡아 부를 때 주로 쓰는 '小僧(kozo)'라는 말을 그대로 '소승'으로 옮겨놓고, palier(영어의 landing, 층계참)를 '踊り場'라고 하니까 '무용장'이라고 적어놓은 따위이다.

나는 원고를 완전히 새로 쓰다시피 하면서 학풍學風이라

는 것을 생각한다. 학풍이 자리 잡기 위해서는 시시각각으로 자기 자신에게 가하는 투철한 반성적 지성이 필요하다. 그리고 그것이 마땅하게 작용하지 않을 때에는(대부분의 경우가 그렇지만), 다음 두 가지 중 하나가 일상적으로 실천되어야 한다. 첫째는 선배가 후배를 살피고 비판을 아끼지 않는 것이다. 이는 적어도 과거에 일본 학계에서 관례적으로 있었던 일이다. 만일 오늘날에는 그런 관례가 통용될 수 없다면 선후배를 가릴 것 없이 같은 학자로서 서로 비판을 가하는 것이다. 이것이 대체로 서양의 학풍이다.

그러나 우리나라의 학계에서는, 특히 내가 속해 있는 학계에서는 그 어느 쪽도 별로 시도된 일이 없다. 과거 일본식 종적縱的 아카데미즘도, 또 서양의 횡적橫的 아카데미즘도 존재하지 않는 곳에서는 기만이 판치게 된다. 동시에 당사자에 대한, 그리고 당사자를 위한 솔직한 비판 대신에 비겁한 뒷이야기만이 횡행한다. 나 자신도 면책될 수 없는 이 기만과 비겁의 희생자가 바로 우리의 학생들이다. (1987)

*

원인과 결정론.

우리는 모든 현상을 인과관계에 의해서 설명하려는 지적 유혹을 물리칠 수 없다. 19세기의 과학적 합리주의는 이 점에서 하나의 패러다임이 될 수 있다.

그러나 원인으로 조정揣定된 것이 무엇이냐는 문제가 귀찮게 따라다닌다. 원인으로 조정된 것이 다른 원인의 결과일 수가 얼마든지 있고(불교에서 말하는 인연이나 윤회사상은 그런 것을 생각해본 대표적인 경우이다), 이 경우에는 원인의 원인을 찾아 어쩌면 한없이 소급해야 할지도 모른다. 현실적으로 유전과 환경의 문제가 그렇다. 인간의 존재는 육체적으로뿐만 아니라 정신적으로도 유전과 환경에 의해서 결정된다는 에밀 졸라의 생각은 원칙적으로 옳았지만, 유전과 환경 중 어떤 요소들이 언제부터 어떻게 유기적으로 결합하여서 한 인간을 형성했는지는 알 길이 없다는 생물학자 장 로스탕Jean Rostand의 말이 생각난다.

이 원인 추구의 과정에서 원인이 원인遠因일수록 그 비중은 축소된다고 단언할 수 있을까? 비근한 예로 격세유전은 이런 견해를 부정한다. 자연과학의 경우와 마찬가지로 인문사회 분야에서도 원인의 사슬을 이루는 고리가 시간적으로 멀수록 덜 결정적이라는 말은 하기 어렵다. 가령 집단 무의식이라는 것이 있지 않은가? 그렇다고 해서 가까운 원인이 가볍고 먼 원인이 더욱 결정적이라는 역설을 명제로 삼을 수도 없는 노릇이다. 모든 인과관계의 설정에서 그 비중에 관한 확증은 없다. 인과관계로 현실을 파악하려는 시도는 인간의 지성이 만들어낸 허구일지도 모른다.

그렇다면 실천 면에서는 케이스 바이 케이스로 해결해나

갈 수밖에는 없을 것이다. 그리고 모든 경우에 원인으로 설정된 것이 아무리 틀림없어 보일지라도 사실은 임시적, 가설적이며 내일이면 그 설정을 부분적 또는 전체적으로 부정하게 될지도 모른다는 지적知的 겸손을 잃지 말아야 할 것이다. 이런 근본적인 불확정성은 특히 "지금 이 시점의 나를 나로 만든 요소들이 무엇인가, 나는 어떤 곡절로 지금의 '나'가 되었는가?"라는 실존적인 질문에서 전형적으로 나타난다. 자기 자신을 알라는 소크라테스의 요청은 아마도 가장 중요한 것이기도 하지만 또한 이런 점에서 가장 골치 아프고 거의 절망적이다. 미셸 뷔토르Michel Butor의 『시간표L'Emploi du temps』는 그런 사정을 여실히 보여주고 있는 소설이다.

한데 이러한 얽히고설킨 시간적, 공간적 원인들의 복합체라는 도저히 풀 수 없는 실타래를 일도양단으로 잘라서 해결하려는 철부지들이 나타난다. 그런 철부지들을 대표하는 것이 간단한 사항으로부터 복잡한 사항으로 생각을 옮겨가면 모든 문제가 풀린다고 주장한 데카르트이며, 종족, 환경, 시대의 세 가지 요소로 인간을 설명하려고 했던 이폴리트 텐Hippolyte Taine이며, 이른바 유물변증법으로 사회의 변화만이 아니라 개인의 존재를 규정하려던 마르크스이다.

그러나 이 모든 환원주의적 결정론을 넘어서서 인간적, 사회적 현상을 설명하고 이해할 수 있는 다른 길이 있는가?

대안으로 내세우는 것이 우연과 자유이지만, 이 두 개념의 개입은 그렇지 않아도 이전투구泥田鬪狗와 같은 결정론자들의 구구한 논쟁에 끼어들어 문제를 더욱 복잡하게 만들 뿐이다. 다만, 현재의 사태는 우리가 결코 샅샅이 밝히거나 통합할 수 없는 과거의 축적된 원인들의 결과라는 점에서 그 설명이 불확정적인 한편, 미래는 인간을 구속하는 역사적, 환경적 조건에도 불구하고(달리 말하면 그런 틀 내에서 일망정) 인간에게 주체적 자유와 역사적 우연의 여지가 남아 있다는 점에서 역시 불확정적이다. 바로 이 불확정성이 삶을 신나게 만들어줄 수 있는 것이며, 그런 점에서 삶의 변화를 위한 인간의 모험은 여전히 가능한 것이다. (1987)

*

사르트르에 관해서—너무나 속 좁은 참여론.

인간이 "완전한 무지와 완전한 지식 사이에 걸쳐 있고, 시대마다 달라지는 한정된 언어만을 소유하고 있다"는 사실은 사르트르가 주장하듯이 반드시 역사성에 묶여 있다는 뜻은 아니다. 우리는 이 불충분한 지식과 언어로써 초역사를 지향할 수 있다. 쓰기와 읽기(해석)의 두 가지 차원에서 전개되는 모험과 요행과 실패—문학의 위대성과 비극은 여기에서 비롯된다.

'영원의 상 아래서' 쓴 것이 도리어 현실적 해방의 기능을 할 수 있다. 가령 추악하기 그지없는 사회에서 순수미를 추구하고 형상화하는 일은 도피적이며 무책임한 행위에 지나지 않는 것인가? 이 질문에 대해서 서슴없이 그렇다고 대답할 뿐 아니라 그것을 고발하는 것이 사르트르의 반응이다. 그러나 (1) 미의 체험이 현실의 더러움을 더욱 못 견디게 할 수 있다. 그리고 미와 추를 갈라놓고 있는 이 못 견딜 간격에 대한 의식이 추에 대한 현실적 투쟁의 계기가 될 수 있다. 이것이 바로 마르쿠제Herbert Marcuse의 예술론이며 우리는 가령 보들레르를 그런 각도에서 읽을 수 있다. (2) 프로이트를 따라서 다음과 같이 미를 옹호할 수 있다. 시대와 체제 여하를 불문하고 문화는 인간의 자유와 생명력을 희생시킨다는 불가피성을 인식할 때, 그리고 이런 숙명적 상황을 견디면서 살아가게 하는 것이 무엇이냐고 물을 때, 사르트르가 '우렁찬 허망Inanité sonore'이라고 비판한 미의 발견과 창조와 향유는 삶을 지탱해주는 귀중한 가치를 지닐 것이다. 따라서 정치적, 사회적 참여 차원에서이건(마르쿠제), 혹은 삶에 대한 비극적 견해 차원에서이건(프로이트), 초월적이며 초사회적인 미는 부단히 추구되어나갈 것이다. (1987)

*

개념과 그 기능—서양의 경우.

예 1. 이른바 인간의 본성human nature에 관해서 보면, 부르주아지는 (1) 18세기에 사회적 상승을 위한 자기주장의 도구로서 그 개념을 이용. (2) 19세기에 지배계급으로 정립되고 나서는 자기 방어와 타자 억압을 위한 구실로서 그것을 이용.

예 2. 이른바 이성에 관해서 보면, (1) 17세기에는 그 이름으로 체제를 옹호(데카르트). (2) 18세기에는 그 이름으로 체제에 도전(볼테르).

이렇듯 개념은 그 자체의 진위 여하에 따라서 판단되어야 할 것이 아니라 구체적, 역사적 상황에서의 기능과 관련해서 검토되어야 한다. (1987)

*

리쾨르Paul Ricoeur를 읽고 있다. 체증이 내리는 것 같다. 구조주의나 기호학의 답답함에서 해방되는 동시에, 롤랑 바르트Roland Barthes가 보여주는 바와 같은 기발하지만 흔히 경박한 프랑스적 언변에서도 해방되는 것 같다.

무엇보다도 현대의 인문학을 실존의 차원과 접속시키려는 리쾨르의 기도, 지식의 탐구와 삶의 의미를 다시금 연결시키려는 그의 기도는 내가 오늘날까지 만난 모든 지적 기도 중 최고의 것이다. 구조주의는 문학작품을 성찰함에 있어서 '왜 썼는가?'라는 근본문제를 사상捨象하고 '어떻게 쓰면 문학적 언어가 되는가?'라는 표현의 문제만을 고찰의 대상으로 삼았다. 한편 리쾨르는 단순히 '왜'로 회귀한 것이 아니라 '왜'에 관한 성찰과 '어떻게'에 대한 세밀한 분석을 유기적으로 통합했다. 당연해 보이는 이 통합적 고찰이 이제야 문학이론에서 자리 잡게 된 것은 가히 획기적인 일이다.

작년 10월 동경에서 그와 함께 보낸 5일간은 내 생애에서 뜻깊은 일 중 하나였다. 특히 나의 논문 「폭력과 윤리」에 대한 그의 전폭적인 이해는 참으로 고마웠다. 이 만남이 내가 그의 글을 읽게 된 계기가 된 것이다. 그러나 왜 좀 더 일찍 그를 발견하지 못했던가! (1987)

*

작가나 시인의 문학적 전기를 쉽게 쓰는 방법—사르트르의 『말라르메의 참여』를 범례로 삼을 수 있을 것이다.

(1) 시대의 정신사를 살필 것(정치적, 사회적 관련에서).

(2) 개인적 성장 과정(유년 및 청소년 시절의 근원적 체험)을 탐색할 것.

(3) 이미 성장한 후에 문학적 기도로 나섰을 때 위의 두 여건이 어떻게 작용했는지를 따져볼 것.

(4) 결론적으로 해당 작가나 시인이 위의 두 여건(1과 2)을 어떻게 초월했는지, 혹은 무슨 이유에서 초월하지 못했는지를 밝힐 것. (1987)

사람들이 문학, 회화, 음악과 같은 예술작품을 만드는 이유에 관한 물음에 대해서는 그 활동과 그것에 관한 담론이 계속되는 한 결정적인 대답이 마련되지 못할 것이다. 자아 성찰, 진리탐구, 현실재현, 현실초월, 미적 형상화, 사회참여, 계몽, 상업적 성공, 심심풀이……. 그러나 문학작품이 아닌 정치적 텍스트(정치학적 텍스트가 아니라)의 생산은 수신자에게 최대한의 즉각적인 영향을 끼친다는 목적의식의 수행을 위한 계략에 의한 것이다. 따라서 텍스트 그 자체의 구조를 밝히는 데 치우치는 문학적 기호학(가령 바르트가 언어학의 모델을 따라 시도한 이야기의 구조적 분석)은 이런 정치적 언어의 분석에는 충분하지 않다. 그 분석을 위해서는 적어도 다음 세 가지 고찰의 동시적 수행이 필요할 것이다.

(1) 내포의 기호학(이 경우 '내포'라는 말은 글이나 말의 형식과 내용을 함께 지칭한다)—이 작업에는 문학적 기호학의 방법과 성과가 도움을 줄 수 있을 것이다.

(2) 매개의 기호학—정치적 메시지를 전달하는 팸플릿이나 책, 연설과 같은 매개(발표수단)에 관한 고찰. 가령 책의 경우에는 그 크기, 장정, 가격, 인쇄, 광고, 유통경로 등, 연설의 경우에는 분위기, 연설자의 신분, 외모, 복장, 음성 따위에 대한 고찰. 더욱 구체적인 예로서는, 정치적인 글을 포

캣북 형식의 염가판으로 낼 것인지, 혹은 호화로운 장정본으로 낼 것인지, 그 선택에 대한 성찰. 이런 고찰에 있어서는 에스카르피Robert Escarpit가 제시한 바와 같은 텍스트 생산의 조건에 관한 사회학적 고찰이 중요할 것이다.

(3) 수용자와 관련된 기호학─정치적 발언이 수용자에 의해서 받아들여지는 제 조건에 대한 고찰. 시대적 상황, 민족심리학, 정치적 무의식, 문화전통, 수용자의 기대와 편견과 언어적 습성 따위에 관한 고찰.

이런 점에서 볼 때 가령 마르크스의 『공산당 선언』이나 히틀러의 『나의 투쟁』, 드골의 연설 의미에 관한 구명究明은 문학 텍스트에 대한 구조적 분석을 한결 넘어서는 것이다. 얼른 생각하기에는 문학 텍스트만큼 심층적 의미가 깊어 보이지 않는 정치적 발언은 사실에 있어서는 더 복잡하며, 문학 텍스트의 분석에는 크게 필요하지 않은 여러 요소들에 대한 통합적 고찰을 필요로 한다. 문학 텍스트에 대해서는 그 자체를 분석한다는 것이 가능하겠으나(물론 그것은 이른바 구조주의적 방법이라는 한 가지 분석방법에 지나지 않지만), 오로지 수용자에 대한 효과와 영향을 겨냥하기 위해서 언어가 동원되는 정치적 텍스트의 경우에는 '그 자체의 언어 분석'이라는 '비정치적'인 방법은 별로 뜻이 없고 매우 불충분한 것이다.

브레히트는 「진실을 쓰는 데 있어서의 다섯 가지 어려움

Fünf Schwierigkeiten beim Schreiben der Wahrheit」에서 마지막으로 '진실 전파를 위한 계략'을 들고 있다.(『리얼리즘에 관하여』 불역판) 정치적인 언어에 있어서는 이 계략(다만 그것은 진실을 위한 것이라기보다도 차라리 야망이나 거짓을 위한 것이지만)이야말로 성공의 관건이다. 브레히트가 말하는 다른 네 가지 어려움, 즉 용기, 지성, 예술, 판별은 계략에 종속되거나 계략에 의해서 조절될 수 있다. (1987)

*

오늘날 서구의 이른바 반체제 사상가들의 처지.

보호받고 심지어 명예가 뒤따른다. 푸코는 바로 서구의 지적 전통을 고발했기 때문에('고발했음에도 불구하고'가 아니라), 콜레주 드 프랑스Collège de France의 교수라는 명예로운 자리를 얻게 되었다.

그래서 그들은 소기의 목적을 달성하기가 어렵다. '때리면 덤벼든다'가 아니기 때문이다. 소련의 경우에는 반체제 지식인들이 때리면 정부나 관변단체들이 격렬하게 덤벼들어 그들의 생명조차 위협한다. 그런 일은 서구 사회에서는 절대로 일어나지 않는다. 반체제 지식인은 권력에 의해서 침묵이 강요되거나 잡혀가거나 심지어 살해의 위험에 처해야 보람을 느끼는데, 프랑스와 같은 나라에서는 이런 권력의 반발은 이미 존재하지 않는다. 기존체제의 위장胃腸이 하도 크고 소화력도 강해서 모두 삼켜버리고, 도리어 독약 같은 고발의 언어를 자양분으로 삼는다. 그런 언어로 말미암아 어떠한 변화도, 잔물결조차도 일어나지 않는다. 그러기는커녕 기존체제는 이렇게 자랑하는 것이다. "보라, 누가 무슨 말을 해도 모두 받아먹고 소화해낼 수 있을 만큼(달리 말하면, 무력화시킬 수 있을 만큼) 자유가 전적으로 보장된 이 탄탄한 기존체제의 우월성을!" 푸코도 알튀세르도 들뢰즈도 모두 자기들끼리 '놀면서(대학이나 연구기관은 무엇보다도 체제가 지정해준 그들의 놀이터이다)', 관대하고 굳건한 프랑스라는 나라의 영광에 봉사하는 것이다. 아무런 통증도 반응도 보이지 않고 도리어 모든 과격한 언어를 수용하고 소화해내는 그 체제, 그 소화력을 만방에 자랑하기까지 하는 그 체제 속에서 그들은 맥이 빠질 수밖에 없다. 그런 점에서 브레히트의 말을 들어보라. "많은 사람들이, 마치 그들에게 대포가 겨냥된 듯이 용감한 짓을 하지만, 그들을 겨냥하고 있는 것은 단지 극장용 쌍안경에 지나지 않는다."(앞의 책) 그러나 이 말조차도 과대평가이다. 그들에게 지향되고 있는 것은, 마치 운동장에서 선생의 지시를 따르지 않고 제멋대로 뛰어노는 개구쟁이들의 모습을 흐뭇한 듯 미소 지으면서 바라보는 소학교 교장의 시선과도 같다. "옛날에는 저러면 버릇없다고 호되게 나무랐지만, 요새는 그게 활기의 표현이란 말이야. 내가 그렇게 만들어놓았지."

이렇게 자유와 민주주의의 이름으로 환영받기조차 하는 반체제 지식인들의 언어가 그나마 울림을 가져올 수 있는 곳은, 그들이 독자로서 생각해보지도 않았던 사람들이 살고 있는 곳, 가령 한국이나 일본과 같은 곳이다. (1987)

*

나의 외손녀 경은(만 2년 8개월)이 요새 지었다는 노래가 있다. "장미꽃이 피었습니다/우리 모두 손에 손잡고/마요네즈 사러 갑니다."

노래의 출처—아마도 그 애가 좋아하는 TV 광고와 어린이 시간에 나오는 노래, 그리고 "마요네즈 사러 가자"는 제 어미의 말을 따와서 엮어 만든 일종의 모자이크?

노래의 의미—처음 두 줄은 연맥이 닿고 평범하기조차 하다. 그러나 마지막 줄에 나오는 마요네즈는 기괴하다. 장미꽃과 전혀 어울리지 않는다. 감정에 조리가 없고 이미지에 통일성도 없다. 그러나 이렇게 평가하는 것은 사회적, 합리적, 관례적 담론에 길들여져 있는 어른들의 생각에서 유래하는 것에 지나지 않을지도 모른다. 경은의 이 노래는 오직 말하는 즐거움에서, 말의 마력에서 유래했을 것이다. 말이 그 애를 통해서 말하는 것이며, 그 애는 무당이 신령에 끌리듯 말의 인력에 끌려갔을 따름이다. 그 애는 그야말로 '말해지고' 있는 것이다.

어른으로서는 상상할 수 없는 말들의 결합(장미꽃과 마요네즈 사이에 어떤 그럴듯한 연관을 설정할 수 있을 것인가?)이 바로 그 애의 기쁨의 근원일 것이다. 언어를 잊어버렸던 환자가 다시 언어를 회복했을 순간에 조리 없는 말을 하는 일이 있는데, 그때 환자는 바로 그런 조리 없는 말들을 통해서 언어적 인간으로서의 재생이라는 그지없는 기쁨을 맛볼 것이다. 마찬가지로 2년 반 남짓한 경은의 경우에도 그 애는 언어와 함께 인간으로, 아니 차라리 창조자로 탄생하는 것이며 "나는 언어이다"라는 의식에서 오는 그 기쁨에 스스로 홀리는 셈이다. 그리고 어른들 앞에서 그 노래를 부를 때 "나를 봐요, 나는 조화의 신이에요"라고 말하고 싶은 것이다.

그렇더라도 왜 하필 장미와 마요네즈라는 두 말이 그 짧은 노래에서 결합된 것일까? 그것은 아마도 장미와 마요네즈라는 단어에 다 같이 'm'이라는 소리가 포함되어 있기 때문일지도 모른다. 그뿐 아니라 둘째 줄인 '우리 모두'에도 'm'이 있다. 따라서 이 노래에 통일성을 주는 것은 줄마다 되풀이되는 'm'일 것이다. 다시 말해서 '엄마'로부터의 전이轉移일지도 모른다. 이러한 'm'의 전이는 그 애가 아직 '엄마'에게서 떨어지지 못하면서도 벌써 타자의 언어를 제 것으로 삼으려는 과도기에 있다는 것을 나타내는 것이라고 생각해볼 수도 있다.

또 다른 해석의 시도—(1) 첫째 줄은 자연, (2) 둘째 줄은 공생(Mitsein, 사회화), (3) 셋째 줄은 소유욕(사러 가다→가지다→먹다. 마요네즈는 경은이 좋아하는 음식이다). 위의 1, 2, 3의 조합—지금으로서는 신기할 따름이지만, 자라면서 갈등관계로 들어설 요소들의 공존.

그러나 이 노래에서 가장 중요한 것은 리듬일지도 모른다. 4음절+5음절의 리듬이 주는 쾌감. 내가 지금까지 말한 내용은 이 음악적 쾌감에 비하면 종속적이며, 아마도 언어적 의미에서 출발해서 모든 것을(특히 기호를) 생각하는 버릇이 몸에 밴 어른의 억측에 지나지 않을지도 모른다. (1987)

*

브레히트의 『갈릴레이의 생애』에서 갈릴레이는 자신의 새로운 이론인 지동설을 그의 가정부에게 쉬운 말로 설명하려고 한다. 그러나 그녀는 이렇게 핀잔을 준다. "선생님은 도대체 어쩌자는 거죠? 그게 중요한 문제입니까? 혹은 나를 놀리려는 겁니까?"

서민에게 진리는 결코 중요한 문제가 아니다. 왜냐하면 그들은 그들을 억압하기 위해서 권력이 만들어낸 지배적 이데올로기(이 희곡의 경우에는 천동설에 의거한 교회의 이데올로기)에 익숙하고 스스로 그것을 진리라고 믿는 지경에 이르러 있기 때문이다. 벤야민은 이 작품의 주인공은 민중이라는 말을 하고 있는데, 사실 브레히트의 목적 중 하나는 갈릴레이의 입을 통해서 이러한 지배적 이데올로기의 거짓을 민중에게 폭로하려는 데 있다. 달리 말하면 새로운 시대를 알리는 혁명적 중요성을 지닌 진리를 민중에게 의식화시키려는 데 있다. 그러기 위해서는 권력과의 투쟁, 즉 지배적 이데올로기와의 투쟁이 필요하다. 그러나 이러한 이데올로기는 대부분의 경우 막강하다. 이 막강한 이데올로기와 진리와의 투쟁 과정에서 오게 되는 결과는 다음의 세 가지이다.

(1) 이데올로기는, 진리를 전적으로 억압할 수 없는 경우에는, 진리의 장場을 엄격히 제한함으로써 지배세력으로서 그 자체를 유지하고 존속시켜나간다(이 희곡의 경우 교회는 갈릴레이가 그의 이론을 공표하지 않고 서재에 가두어두기를 명령한다).

(2) 진리의 힘이 세지면 이데올로기는 그것을 부분적으로 혹은 왜곡된 형태로 흡수하고, 그 과정에서 서서히 변모해간다(과학적 지식과 발견 앞에서 가톨릭교회가 취해온 태도, 또는 삼위일체를 부정하는 일부분의 개신교 신학자들).

(3) 어느 날 갑자기 이데올로기가 무너진다. 이른바 혁명이다(브레히트는 "빛은 가장 깊은 암흑 속에서 터져 나온

다"라고 했다). 그러나 이것은 진리가 논의되고, 들어앉을 수 있는 자유를 가져오지 않고, 다시 억압적인 이데올로기를 초래하거나, 혼란과 암흑으로 빠져드는 위험을 내포한다 (가령, 반식민투쟁에서 승리한 많은 아프리카 민족주의 국가들 또는 이슬람 근본주의의 경우). (1987)

*

현대 사상의 가장 두드러진 특징은 인간을 하나의 총체로서 이해하려는 노력이며, 이 노력의 필연적 결과로서 여러 사상과 학문을 서로 갈라놓고 있었던 이른바 장르가 무너져간다는 것이다. 그것은 19세기 서양문학에서 말하는 '장르의 혼합mélange de genres'과는 본질적으로 다른 것이다.

(1) 작게는 창작활동 내에서 일어나는 장르의 무너짐이 있다. 가령 르 클레지오의 「탈주자Echappé」는 소설인가, 시인가, 혹은 수상隨想인가? 그것은 그 모든 장르의 불가분리한 총체이다. 바르트가 인용하고 있는 르 클레지오 자신의 표현을 빌리자면 이제 장르를 넘어선 '글쓰기'만이 있을 뿐이다. "시, 장편소설, 단편소설 따위는 이미 아무도 (혹은 거의 아무도) 속일 수 없는 야릇한 퇴물들이다. 시나 이야기를 무엇을 위해서 만든단 말인가? 이제 남은 것은 오직 글쓰기뿐이다."(『비평과 진실Critique et vérité』)

(2) 학문 분야에서 볼 수 있는 더욱 넓은 총체화. 들뢰즈, 푸코, 크리스테바, 데리다 등의 글쓰기는 철학, 사회학, 언어학, 문학이론, 정신분석, 인류학 등 모든 영역의 통합이다. 한데 이런 통합적 학문이 즐겨 다루는 대상이 문학 텍스트이다. 왜냐하면 문학 텍스트에는 일정한 틀에 들어가지 않는 융통성, 가변성, 비결정성, 다원성이 그 형식과 내용에 다 같이 존재하기 때문이다.

(3) 한데 이런 학문의 새 경향은 한국의 학자들에게는 매우 생소한 것이다. 넓은 범위에 걸친 지적 탐구가 이른바 전공이라는 것에 의해서 막혀 있기 때문이다. 가령 사회학자나 경제학자가 문학이나 철학의 텍스트를 분석하는 일은 없고, 심지어 철학과 문학 사이의 대화와 교류조차 드물다. 만일 그렇게 손을 뻗으면 전공에서 벗어났다고 양측에서 비난받을 것이다.

그런 점에서 한국의 대학교육은, 특히 인문학교육은 시급하게 근본적으로 개편되어야 한다. 적어도 학사과정에서의 좁은 전공 선택을 강요하지 말고 도리어 인접학문 내지는 사회과학에 대한 관심을 조장해야 한다. 다른 경우는 고사하고 좁게 문학연구의 테두리 내에서만 생각해보더라도, 가령 독일문학이 보여주는 낭만주의의 본령(무한에 대한 향수)을 도외시하기 때문에 프랑스 낭만주의의 편협성을 인식하지 못하는 것이다. 어느 나라의 문학이건, 또 그것이 개별적 작품이건, 또 이른바 문예사조이건 간에 세계문학의 테두리 속에서 고찰되지 않는 한, 그 연구는 편협한 편견임을 변치 못할 것이다. 그것이 한국에서 문학연구의 현상이며, 하물며 한국에서 아르놀트 하우저Arnold Hauser와 같은 학자를 기대한다는 것은 지금의 대학 교육제도와 그것에 길들여진 지식인이 지배하는 한에는 연목구어緣木求魚와 같은 이야기이다. (1987)

*

조성을 파괴한 현대음악은 소리를 안으로 끌어들이는 전통음악과는 반대로, 그것을 밖으로 터뜨린다. 그것을 듣는 '나' 역시 소리와 더불어 밖으로 터진다. 그때 나는 전통음악에 의해서 유발된 희로애락喜怒哀樂이라는 감정을 내 안에서 체험하는 것이 아니라, 그런 감정과 완전히 작별하고 나의 내적 자아와 관계없는 순수한 소리의 세계를 향해서 자아를 폭발시키는 것이다. 그것은 자의적自意的이며 강렬한 소외이며 자아를 밖으로 내던지는 '행위pro-jection'이다. 그 효과는 행복에 있는 것이 아니라, 이질적인 것과의 만남이 가져오는 기괴한 매력에 있다. 알반 베르크Alban Berg의 음악을 들으면서 이 몇 자를 적었다. (1988)

사르트르론을 위한 간단한 비고.

제목—사르트르 또는 실패한 메시아, 또는 좌절된 초월, 또는 모순의 패러다임.

테마—존재 / 윤리, 자아 / 타자, 실존주의 / 마르크스주의, 플로베르 / 모택동주의, 미국 / 소련, 문학 / 정치—바로 이런 대립과 모순을 한몸에 지니고 살아나간 점에서, 그리고 그 불가능한 통합을 시도하다가 결국 실패한 점에서 그는 20세기 최대 지식인 중 한 사람이다. (1988)

예술(문학)의 사회적 기능에 관한 세 가지 담론.

(1) 에른스트 피셔Ernst Fischer, 『예술의 필요성』—가장 전통적인 마르크스주의적 예술관, 완전히 시대에 묶인 예술론. 좋은 예술은 시대와 집단을 표상하는 작품이며(루카치의 리얼리즘론과 같다), 나쁜 예술은 순전히 개인적인 작품이라는 매우 소박한 주장.

(2) 장 폴 사르트르Jean Paul Sartre, 『문학이란 무엇인가?』
—자기 본래의 문학적 취향(형식적이건 내용적이건 간에 절대를 지향하는 문학, 특히 플로베르와 말라르메에 대한 애착)을 청산하지 못한 채, 이른바 참여문학의 이론을 위해서 자기 강요적인 담론을 꾸민 모순으로 가득 찬 책, 그

런 점에서 재미있는 책.

(3) 마르쿠제Herbert Marcuse, 『미학적 차원』—억압을 못 견디게 하는 예술의 자유롭고 미적美的인 힘의 강조. 예술과 사회적 유용성의 분리, 그리고 바로 이 분리가 지니는 사회적, 혁명적 기능의 고조. 그러나 이러한 역설적 기능의 주장은 유토피아니즘에서 기인하는 것이 아닐까 하는 의심이 남아돈다. (1988)

*

다시 경은의 언어에 관해서.

분석적, 유추적 사고가 자리 잡아가고 있다. "할머니, 갈비탕 사줘"—"이 음식점에는 갈비탕은 없고 설렁탕이 있다"—"그럼, 설렁탕은 설렁으로 만든 거야?"(갈비탕은 갈비로 끓인다는 것을 이미 알고 있어서 나온 질문. '갈비+탕'인 것과 마찬가지로 '설렁+탕')

이제 그 아이에게서 시가 사라져가고 그 대신 산문의 시기가 다가오기 시작한 것이다. 이것은 슬프게도 어른이 되어간다는 징조이다. 마술이었던 언어가 도구로 변질하는 단계에 들어선 것이다. (1988)

*

피셔의 『예술의 필요성』을 계속 읽고 있다. 이 답답한 전통적인 마르크스주의자의 글은 별로 재미가 없다. 이왕 읽기 시작했으니까 도중에 그만두면 마치 뒤보고 밑 씻지 않은 것 같은 찜찜한 느낌이 들까봐 억지로 읽어 내려가고 있는 것이다. 그러나 『사촌 베트*La Cousine Bette*』에 의거해서 발자크를 낭만주의의 대표자라고 본 점에서는 그나마 루카치의 교조주의보다는 낫다. (1988)

*

인생은 사는 동안에는 고해苦海이며 죽고 나면 부운浮雲이다. 이러한 미시적 견지와 거시적 견지를 아울러 지니고 있는 것이 도통하지 못한 대부분의 우리들, 즉 나와 같은 인간들의 경우이다―우리의 의식은 그 사이에 분열되어 있고 그 사이를 헤맨다. 어떤 한순간의 상념이나 처지를 정당화하기 위해서 우리는 그 두 가지 견지 사이를 왔다 갔다 한다. "아무도 체험해보지 못했을 나의 이 괴로움을 누가 알아주랴!"라고 말할 때 우리는 인생을 고해로 생각한다. "잘살건 못살건 그런 것 아무려면 어때? 어차피 죽고 나면 매일반일 텐데" 하고 체념할 때는 반대로 인생을 뜬구름으로 생각하려고 한다. 그러나 이 체념 역시 순간적인 것에 지나지 않고, 잠시 후에는 다시 인생은 고해라는 생각으로 되돌아오곤 한다. 그리고 그다음에는 또다시 인생은 부운이라고 여긴다. 개인적으로 보면 악순환이며 인류라는 차원

에서 보면 일종의 영원 반복이다. (1988)

*

문학을 잘 모르는 문외한을 위한 문학원론을 쓰는 것이 나의 현재 야심의 하나이다. 한데 이것처럼 어려운 일은 없다. 이 작업은 원시인 속에 들어가서 문명이 무엇인지를 설명하는 것만큼 어렵다는 생각이 든다. 이 어려움을 극복하는 길 중 하나는 문외한에게 낯익은 이야기부터 시작하는 것이다. 그런 이야기 속에 사실은 보편적인 인생관이나 세계관이 담겨 있다는 것을 강조하면서 말이다. 그들 자신이 너무나 잘 안다고 생각하는 것, 그러나 사실에 있어서는 거의 반성해보지 못한 것을 이용하는 일, 그들이 일상적이며 평범하다고 생각해온 것을 낯설게 만드는 일로부터 이야기를 시작하면 될 것이다.

가령 다음과 같은 어린이의 노래—"엄마가 부를 때는 꿀돼지/아빠가 부를 때는 두꺼비/누나가 부를 때는 왕자님/어떤 게 진짜인지 몰라 몰라 몰라."

이런 동시로부터 시작해서 나란 무엇인가? 나는 나를 보는 사람에 따라 다른 모습을 띠는 복수적 인간이 아닌가? 나에게는 어떤 본질이 있는가? 또 사회나 세상은 우리가 상식적으로 생각해온 대로 존재하는가? 등등…… 이런 것을 따지고 이 다원적 의미에 대해서 깊이 생각해보면서 인간과 세계에 대한 이해를 넓히는 동시에, 보다 진정한 삶을 모색하려는 것이 문학이라는 결론으로 유도하는 그런 원론을 써보고 싶은 것이다. (1988)

*

분석철학은 지(知, 앎)의 영역을 지식의 영역으로 축소하고 환원하여 다룸으로써, 철학을 삶과 단절시켰다. 그리고 이 단절은 반갑지 않은 결과를 가져왔다. 그것은 가령 H의 경우이다. H는 최근에 낸 잡문집에서 실존적인 삶과 앎을 철학의 테두리 밖으로 몰아낸 분석철학자의 한계를 여실히 보여주고 있다. 그의 글은 삶과 앎에 대한 통찰을 위한 한 예비과정으로서, 분석철학의 제한적 의의를 자각하지 못한 사람이 실존을 운위하려고 할 때 초래될 수 있는 한심한 센티멘털리즘과 범용한 도학자적 설교의 표현이다. 철학은 분석철학이 일도양단으로 절단해버린 고르디아스의 매듭을 다시 엮고, 플라톤 이전의 '애지愛知'로 되돌아가서, 메를로 퐁티Merlrau Ponty처럼 삶과 세계의 전체상을 성찰하고 재구성하는 언어의 모험을 다시 시작해야 한다. (1988)

*

리얼리즘에 관한 강의준비를 하다가 한 참고문헌에 인용되고 있는 아서 시먼스Arthur Symons의 『문학에 있어서의 상징주의운동*Symbolist Movement in Literature*』(1989)의 한 구절과 마주쳤다. 그래서 수십 년 동안 서가 한구석에 묻어두었던 그 책의 일본어 번역본을 다시 꺼내 보았다.

그중 에밀 졸라론을 들추어 보니 예상대로 혹평이다. 그 당시 태동하기 시작한 이른바 후기 상징주의자들이 어느 정도로 졸라에 대한 혐오를 느꼈느냐는 것을 말해주는 대표적인 글이다. 그러나 시먼스의 상징주의는 사실에 있어서는 문학이 '예술적'이어야 한다는 당시 교양인들의 편견일 따름이며, 깊은 의미에서의 상징주의와는 상관없는 것이다. 그런 편견은 통찰력을 결여하고 있다. 그 반증으로서 졸라와 동일한 시대를 산 말라르메는 도리어 졸라의 작품들을 두고 "진실이 미의 민중적 형식으로 변하는 시대"의 대작이라고 극찬했다. 한 시대의 편견이 얼마나 사물과 현상의 진정한 인식을 가로막느냐는 것을, 그리고 다른 한편으로는 삶과 존재의 근원에 접근하려는 형안의 시인은 얼마나 시대의 편견을 넘어서느냐는 것을 알기 위한 좋은 예이다. (1989)

*

몇 년 만에 신설동에 있는 곰보 추탕집에 갔다.

징그러운 것을 몹시 싫어하는 내가 경상도나 전라도 사람들과는 달리, 벌건 국물에 둥둥 떠 있는 미꾸라지만은 징그럽다고 느끼지 않는다. 왜 그럴까? 젊어서부터 나는 그런 서울식 추탕에 익숙해왔기 때문이다.

그러나 옛날처럼 맛이 없다. 그것은 또 왜 그럴까? 달라진 것은 추탕 맛인가, 혹은 내 입맛인가? 어떻게 결정할 수 있는가? 두 가지 다 객관화시킬 수 없다. 이 변화는 어디에서 온 것인가? 이것은 프루스트와는 정반대의 경험이다. 프루스트의 『잃어버린 시간을 찾아서』의 첫째 권에 나오는 그 유명한 마들렌 과자의 일화는 과거와 현재의 미각 동일성이라는 대전제에 의거해 있다. 또한 거기에는 그가 마신 차와 마들렌 과자도 옛날과 똑같은 맛을 그대로 유지하고 있다는 전제가 깔려 있다.

그러나 이것은 차라리 예외적인 경우이다. 하루가 멀다고 달라지는 오늘날과 같은 세상에서는 음식의 맛도 또 우리의 미각도 부단히 달라진다. 다만 많은 사람들은 자기의 입맛은 달라지지 않았는데 음식이 달라졌다고만 타박한다. 내 입맛은 한결같은데 추탕의 질이 나빠져서 맛이 없다는 식으로 말이다. 그럼으로써 자아의 무류성無謬性을 주장한다. 이런 일이 어디 미각에 한해서만이겠는가? 세상이 살기 어려운 큰 이유 중 하나는 이처럼 자기비판을 등진 자들의 독선이 도처에 깔려 있기 때문이다. (1989)

사람이 자란다는 것은 프로이트가 말하는 '생각의 절대 권능omnipotence of thoughts'을 상실해간다는 것이다. 나는 그것을 이제 네 살이 된 경은을 통해서 확인했다.

불과 1년 전 일이다. 경은은 제가 늘 가지고 노는 북극곰 인형에 대해서 다음과 같은 말을 하곤 했다. "할아버지, 얘가 배가 고프대. 그래서 내가 젖을 줬어. 그랬더니 이렇게 얌전하게 자지 뭐야! 참 좋은 아이야. 엄마 말 잘 듣거든."

요새의 일이다. 내가 말했다. "북극곰이 젖 달라고 안 하니?" 그러자 경은은 이렇게 대꾸했다. "아이, 할아버지 바본가봐. 인형인데 무슨 말을 해?"

이제 분별적 이성이 '생각의 절대 권능'을 몰아내고 그 대신 들어앉기 시작한 것이다. 주객의 분리를 요청하는 현실 세계에서 사물을 가늠하고 자신을 정립해나가야 할 어렵고 고단한 인생의 길이 시작된 것이다. (1989)

*

파리에 유학 중인 B양이 'France musique'를 들으면서 녹음했다는 바흐의 〈예수는 나의 기쁨Jesu, meine Freude〉과 슈만의 〈환상곡Phantasie〉을 담은 테이프를 보내주었다. 여기에는 긴 해설이 첨부되어 있는데, 여러 사람들이 각각의 곡에 대해서 아주 다른 의견을 말하고 있어서 재미있다. 그리고 그 해설 제목은 프랑스 사람들의 특유한 말재간을 보여주려는 듯이 '완벽한 이론(異論, Désaccord parfait)'이라는 모순어법으로 되어 있다.

바흐를 들으면서 생각했다. 만일 그가 신의 존재를 믿지 않았다면 그렇게 위엄 있고 감동적인 음악은 태어나지 않았으리라. 그러나 신의 존재를 믿는다는 것은 허구를 믿는 것이다. 한데 이 허구에 대한 믿음은 위대한 예술작품을 산출할 수 있게 한다. 아이러니의 특출한 한 예이다.

그러나 역逆은 진眞이 아니다. 위대한 예술작품의 창조를 위해서는 신을 믿어야 한다는 결론을 이 사실로부터 도출할 수는 없다. 그것은 마치 훌륭한 기독교인의 예를 들면서, 인간에 대한 깊은 이해나 타인에 대한 사랑을 위해서는 꼭 신을 믿어야 한다고 말하는 것이 사실이 아닌 것과도 같다.

일반화를 경계하고 아이로니컬한 태도를 유지하는 것이 필요하다. (1989)

*

오래간만에 만난 M군이 술 몇 잔에 거나해지더니 이렇게 말했다. "지금의 건강상태로 보아 내가 자네보다 먼저 죽을 것이 뻔해서 이 기회에 유언을 한마디 하겠으니 들어주게. 내 시체를 당장 태워버리지 않고 혹시 그 전에 장례절차를 밟아야 한다면, 절대로 울긋불긋한 제물을 너절하게 차려놓지 말고, 또 조사弔辭도 일체 생략해주기 바라네. 자네도 경험했겠지만, 장례식에 가서 조사를 들으면 생전에 졸장부밖에 못 되던 인간이 죽자마자 석학으로, 현인으로 또 심지어는 군자로까지 돌변하게 되는 일이 자주 있지. 그럴 때면 나는 웃음을 간신히 참고 엄숙한 표정을 짓고 있자니 여간 괴롭지 않다네. 한데 자네도 잘 알고 있듯이 나 역시 옹졸한 인간에 지나지 않는데, 만일 누가 그런 식의 조사를 한다면 참석자들에게 똑같은 반응을 불러일으킬 것이 빤하지 않겠는가? 그리고 또 중들이 와서 시계를 힐끔힐끔 들여다보고 어서 몇 푼 얻어 갈 생각이나 하면서 잠꼬대 같은 독경을 하는 것도 질색일세. 굳이 무슨 고별행사라도 해야 한다면 다음 세 가지 음악 중 하나를 조객들에게 들려주면 어떨까 하네. 브람스의 〈클라리넷 5중주〉의 제2악장, 시벨리우스의 〈투오넬라의 백조〉, 그리고 엘가의 〈첼로 협주곡〉 제3악장. 각각 10분, 7분, 5분 남짓한 곡인데 조객들이 그 정도는 참고 들어주겠지. 이것이 또 나의 삶을 도와준 사람들에게 내가 마지막으로 바치는 감사의 표시가 될 것도 같군. 지각없는 말일까?"

나의 대답—"아니야, 지각없는 말을 곧잘 하는 자네가 이번만큼은 지각 있는 말을 했네. 좀 겉멋이 든 생각이긴 하지만 나도 전적으로 동감일세. 자네의 소원을 내 소원으로 삼겠네. 알다시피 나 역시 썩 건강한 몸이 아니니까 자네보

다 앞설지 모르지. 그러면 꼭 그렇게 해주게." (1989)

*

문학이론을 위해서 생각해볼 만한 것.

A. 작가, 생산자, 텍스트 만들기, 암호 짜기.

B. 작품, 생산품, 텍스트, 제작된 암호.

C. 독자, 소비자, 텍스트 해석, 암호 풀기.

A에 관한 고찰

(1) 텍스트는 어디에서 오는 것인가? 작가의 개인적 체험(전기), 역사적, 사회적 상황, 선행하는 텍스트 등에 대한 고찰. 이 목적을 위하여 B를 통해서 A를 소급하여 추적하는 것. 가령 소설의 주인공은 누구를 형상화한 것인가, 소설에서의 사건은 작가 자신의 경험과 어떻게 연관되는 것인가, 그 배경은 어디에서 유래하는 것인가 하는 따위이다. 19세기부터 20세기 전반기에 걸쳐서 프랑스의 문학분석 및 문학교육의 방법으로 군림해온 이른바 '텍스트 설명explication du texte'이라는 것이 그것이다—스탈 부인Madame de Staël, 생트 뵈브Sainte-Beuve, 텐Hippolyte Taine, 랑송Gustave Lanson, 그리고 마르크스주의적 비평의 대부분이 그런 텍스트의 연원淵源을 밝히려는 시도에 속한다. (2) 그 작업은 구조주의자들이 주장하듯이 별로 가치 없는 성

질의 것은 결코 아니다. 작품을 통해서 작가의 체험과 사상을 알아보고 시대상을 밝히고 전통을 가늠하거나 비판하는 행위는 그것 자체로서 뜻이 있고 중요한 측면을 가지고 있다. 그러나 그것은 문학작품을 자료로써 이용하는 것이며, 문학 그 자체의 특별한 존재성에 관한 탐구가 될 수는 없다. (3) A를 어떤 한 가지 요소(가령 작가의 체험, 사회적 여건 따위)로 환원해서는 안 된다. 작품이 작가의 사상이나 인생관이나 기도의 표현임은 틀림없지만, 그런 사상이나 인생관이나 기도를 형성하는 데 작용한 무수한 체험들, 그리고 그 체험들의 총체와 화합化合을 작품을 통해서 역추적하는 것은 재미있지만 객관적으로 불가능하다. 그것은 오늘의 '나'가 어떻게 형성되었는지를 밝힐 수 없는 것과 마찬가지이다.

B에 관한 고찰

내재적 연구, 즉 구조주의, 형식주의, 뉴크리티시즘 등 문학적 언어의 고유성에 대한 고찰. 이것은 그 자체로서는 재미있지만 답답하다. 왜냐하면 (1) 개개의 작품에 대한 이 연구는 문학적 언어에 관한 일반적 담론(이른바 poétique)을 위한 자료로 흔히 이용되는데, 개개의 작품은 그런 일반론으로는 처리될 수 없는 '잔재'를 남긴다. 작품마다 다른 이 잔재는 매우 값진 것이며 그것에 관한 담론은 비평의 영역에 속한다. (2) 내재적 연구만으로서는 가치 판단, 미학적 판단이 불가능하다. 구조주의나 형식주의의 견지에서 문학적 언어의 고유성만을 성찰하는 경우에는, 좀 과장해서 말하자면 『똘똘이의 모험』과 『잃어버린 시간을 찾아서』는 등가치적等價値的이다. (3) 내재적 연구는 '문학적 언어란 어떻게 구성되어 있는가?'라는 질문에 대답하기 위한 것이다. 이 과업은 필수적이다. 과거에 이런 과업이 수행된 일이 없었고 따라서 문학이라는 개념은 극히 막연했다. '코에 걸면 코걸이, 귀에 걸면 귀걸이' 식의 무정견한 융통성이 지배적이었다. 그래서 파스칼도 니체도 문학과에서 다루어져왔다. 그러나 '어떻게'를 알아보기 위한 연구 때문에 '왜'에 관한 성찰, 즉 문학의 의의에 관한 탐구가 사상捨象되어서는 안 된다.

C에 관한 고찰

이것은 읽기에 관한 문제이다. 왜 문학작품을 읽는가?

(1) 텍스트의 문학적 언어(내재적 연구를 통해 밝혀지는 특별한 언어) 덕분으로 유발되는 체험은 일상생활에서 벗어나거나 일상생활에서는 자각되기 어려운 체험이며, 그러기에 문학적 체험은 귀중한 것이다. (2) 텍스트와의 만남은 어떻게 이루어지는가? 두 가지의 극단적인 견해가 있을 수 있다. (a) 텍스트의 언어에 어떤 한 가지 객관적 진실이 담

겨 있다고 상정하여(가령 작가의 자작해설을 믿고) 그것을 따라가 보는 것. 그러나 이것은 마땅치 않은 시도이다. 독자는 텍스트가 말하려는 것이 과연 무엇인지 속속들이 알 길이 없으며, 또한 텍스트는 독자의 시각에 따라 여러 가지로 해석될 수 있기 때문이다. 그것은 마치 동일한 악보가 여러 연주자에 따라서 다르게 해석되는 것과도 같다. (b) 텍스트는 독자의 매우 자유로운 상상의 비약을 위한 일종의 도약대 기능을 한다. 가령 시 속에 포함된 한 단어나 한 구절이 계기가 되어 그 시와는 관련 없는 엉뚱한 연상이나 몽상으로 빠져들 수 있다. 또한 그런 언어가 지금까지 의식 아래 묻혀 있었던 체험들을 불러일으킬 수도 있다. 텍스트에 대한 이러한 불충실성 역시 읽기의 효험 중 하나이다. (1989)

*

《르 마가진 리테레르*Le Magazine littéraire*》(1989년 4월호)에 나온 보드리야르Jean Baudrillard의 회견담은 다음과 같이 주체와 개인이라는 두 개념의 차이를 지적하고 있다.

"이미 주체는 사라지고 오직 개인만이 있다. 개인은 풍요로운 사회에 의지하고 여가를 즐기게 된 자들이다. 그들은 편하다. 반대로 주체는 자신의 책임하에 세상을 걸머지는 자이다. 이런 모습은 이미 존재하지 않는다."

그렇다면 문학의 기능도 이에 따라 달라질 것이다. 그것은 이미 실존적이 될 수 없다. 또한 인간이라는 존재의 정체를 찾아보려는 '새로운 소설Nouveau roman'도 자리 잡을 수 있는 상황이 이미 아니다. 이제 문학은 오락이다. 기껏해야 존재의 근본문제를 깊이 건드리지 않는 한도 내에서의 달짝지근한 비애, 감상주의, 아이러니, 환상 따위가 그 주종을 이룬다. 그런 점에서 프랑수아즈 사강Françoise Sagan 은 그 선구적 대표자이다.

누가 과연 문학을 진지한 작업으로, 죽음도 마다할 최고의 고행으로 삼을 것인가? 스스로 견자見者로 자처하는, 혹은 견자가 되려고 버둥대는 극소수의 반시대적 인간이 남아 있기라도 한 것인가?―이런 무력한 통탄이 언제보다도 절실하게 들려오는 곳이 유럽이다.

그런 점에서 보면 문학이 사회나 의식의 혁명을 가져올 수 있다고 믿고 있는 많은 한국작가나 시인들의 소박성은 그나마 다행한 일일지도 모른다.

역설―문학의 위신과 번창을 위해서는 사회가 불행해야 한다. 혹은 그 성원들이 어떤 측면에서이건 간에 불행의식에 시달려야 한다. (1989)

*

나는 문을 두드린다. 아무런 대답이 없다. 다만 방울 소리처럼 짤랑거리는 소리가 안에서 들려오는 듯하다.

나는 다시 또 두드린다. 좀 더 세게, 그리고 좀 더 자주. 그러자 과연 짤랑거리는 소리가 분명하게 두 번 들린다.

나는 또 두드린다. 더욱 강하게, 더욱 연거푸. 이번에는 마치 그 소리에 화답하는 양, 방울 소리가 더욱 분명하게 연이어 들려온다.

나는 자꾸만 두드린다. 그러자 방울 소리는 다시 점점 약해지고 줄어든다. 나는 미친 듯이 두드려댄다. 그러나 들릴까 말까 하던 방울 소리가 마침내 나지 않는다. 나의 광기 어린 노크는 계속된다. 그러나 안에서는 여전히 아무 소리도 들려오지 않는다.

나는 발길을 돌린다. 그러자 방울 소리가 다시 약하게 나기 시작하고, 내가 멀어져감에 따라 그 소리는 거의 요란스럽게 울려 퍼진다. 나는 나를 부르는 것 같은 그 소리에 끌려 되돌아간다. 그러나 내가 가까워짐에 따라 방울 소리는 줄어든다. 문 앞에 이르자 그것은 사라지고 만다. 나는 다시 노크한다. 방울 소리가 또 간신히 들리는 것 같다(그다음에는 앞에서 말한 과정이 한없이 되풀이된다).

베토벤의 피아노 소나타 〈폭풍우〉의 제2악장을 들으면서 떠오른 환각. 그러나 그 피아노 소나타와는 물론 아무런 관련이 없다. 나는 음악을 들으면서 이런 엉뚱한 환각에 사로잡히는 일이 흔히 있다. (1989)

문학을 연구하는 것과 문학을 향유하는 것은 다르다. 그런데 문학 연구자는 문학 향유자에 대해서 다음의 두 가지 태도 중 하나를 취하는 것이 일반적이다.

(1) 문학 향유를 저급의 것으로, 심지어 딜레탕티슴dilettan-tisme으로 치부한다. 형식화, 이론화될 수 없는, 따라서 진지한 논의의 대상이 될 수 없는 숱한 개인적 편견과 취미와 변덕이라고 폄하한다. 이것이 일반적으로 '문학학science de la littérature'의 입장이다. 그것은 읽기의 실존적 차원을 고찰대상에서 아예 배제한다.

(2) 문학 향유의 목적과 내용을 어느 한 가지로 환원하고 그것을 설명하는 것. 다시 말해서 문학연구의 한 고찰대상으로서 문학 향유를 극히 제한된 범위 내에서 인정하는 것. 가령 '문학 향유=정서적 흥분'으로 규정하고 문학 향유가 가져올 수 있는 인식적, 초월적 기능을 배제하는 것(리처즈I. A. Richards의 경우).

비고—(a) 예외적으로 문학연구와 문학 향유의 연관을 생각해봄에 있어서, 문학연구의 매우 제한된 한 대상으로서 문학 향유를 포함하는 것[위의 (2)의 경우]이 아니라, 반대로 문학 향유의 테두리 속에서 문학연구를 생각하는 입장이 있다. 그것이 바슐라르의 경우이다. 이때 문학은 삶의 기쁨을 밝히려는 인간학으로 확대된다. (b) 바르트는 근본적으로 후기에는 문학연구에서 문학 향유로 그의 관심의 중점을 옮겨 갔다. 『비평과 진실』에서 치밀한 텍스트 읽기를 주장하고 『이야기의 구조적 분석』에서 언어학적 모델에 따른 작품분석을 시도한 바르트와, 『텍스트의 즐거움』에서 "누가 에밀 졸라를 샅샅이 다 읽는가?"라고 공언하는 바르트는 다르다. 구조주의자에서 향락주의자로의 변모일까? 혹은 구조주의라는 틀에 의해서 억압되어 있었던 본래의 향락주의가 노년에 접어들면서 풀려나온 것일까? 아무래도 후자 같다. (1989)

*

바슐라르의 말—"나는 어떤 시인의 시구에서 'soeur'라는 낱말을 만나면, 머나먼 신비의 메아리 소리가 들려온다."(『몽상의 시학La Poétique de la rêverie』, soeur는 일반적으로 '누이'를 뜻하지만, 시어에서는 흔히 '애인'을 뜻하기도 한다.)

(1) 텍스트의 극히 작은 한 부분이, 심지어는 하나의 단어가 상상의 비약의 계기가 된다. 독자는 한 텍스트를 처음부터 끝까지 다 읽어야 한다는 의무를 걸머질 필요는 없다.

(2) 텍스트는 독자의 주체를 지배하거나 통제하기 위해서 있는 것이 아니라, 주체로 하여금 전혀 엉뚱한 영역을 향해서 자기전개自己展開를 하게 할 수 있다. 이것은 음악이나 그림만이 아니라 문학을 향유하는 매우 중요한 한 가

지 길이다.

(3) 그런 비약의 계기가 되는 모티브는 일상적 상황에서도 있을 수 있지만, 특히 문학적 언어가 베푸는 요행이다. 그러기 때문에 바슐라르는 앞서 인용한 구절에서처럼 '시인의 시구에서…… 만나면'이라고 말하고 있는 것이다. 그때 그 말은 특별한 아우라를 띤다.

(4) 위의 사실은, 독자의 상상의 비약을 단순한 취미나 성향의 문제로 생각하고 그것을 문학에 관한 일반적 고찰에서 제외하는 종래의 문학이론을 넘어선 새로운 고찰의 길을 열어줄 것이다. 다만 바슐라르가 말하는 몽상만이 아니라, 그가 배격하는 '환상fantasme' 역시 대상으로 포함될 수 있는 이 고찰은 민속학, 민족심리학, 인류학, 역사학, 정신분석 등과 밀접히 관련된 매우 복잡하고 어려운 과제가 될 것이다. 비유적으로 말하자면, 그것은 텍스트가 방사한 언어라는 정자가 독자의 '마음'이라는 난자와 만나 희한한 상상을 분만하게 하는 곡절에 관한 고찰이다.

이 작업은 사르트르, 뒤랑, 심지어 바슐라르를 넘어서는 것이다. 이때 문학연구는 문학 향유를 배제하면서 존재하는 것이 아니라, 도리어 문학 향유를 성찰하고 기술하기 위한 수단으로서 존재할 것이다. 그러나 이런 야심적 작업은 결국 그 소재와 내용의 착잡성과 주체적 체험의 다양성 때문에 좌절되거나, 혹시 어느 정도 성공한다 하더라도 픽션

에 지나지 않을 것이다. (1989)

*

　몽상이나 환상의 계기로서, 다른 어떤 기호체계보다 예술작품이 큰 몫을 차지하는 것은, 그 계기가 되는 특정한 기호가 작품 내에서 차지하는 위치의 독특성 때문이다. 다시 말해서 그 기호의 앞뒤에 있는 다른 기호들이 그 기호를 부각시키고 그것에 특별한 뉘앙스를 부여하기 때문이다.

　나는 특히 음악을 들으면서 그런 체험을 한다. 어떤 한 가락이 내게 뜻하지 않은 이미지를 불러일으키는 것은(이런 엉뚱한 이미지의 환기가 음악감상의 올바른 길은 아니겠지만), 그것을 둘러싸고 있는 다른 가락이나 소리와의 상관관계를 떠나서는 생각할 수 없다. 가령 모차르트의 〈피아노 협주곡〉 제17번의 3악장 첫머리가 내게 나비가 날아오르는 듯한 가볍고 행복한 비상을 연상시키고 지상에 묶여 있던 내 몸도 그 무게를 떨치고 비상하는 듯이 느끼는 것은(이 가락이 그런 연상과 느낌을 한결같이 가져오는 것은 물론 아니다. 내가 만드는 이미지는 가변적이다. 때로는 바람에 나부끼는 들국화를, 때로는 청초한 어린아이의 몸짓을 연상하기도 한다), 그 앞에 제2악장의 고요한 가락이 있기 때문이다. 그 고요한 가락이 마치 날아오르기 전의 나비의 조용한 기다림이었다고 뒤미처 느끼기 때문이다. (1989)

*

　컬러Jonathan Culler를 위시한 구조주의자들의 편향된 문학이론—문학적 언어가 다른 분야의 언어, 특히 일상적 언어와 다르다는 인식에 기초하여 문학이론을 세우는 작업은 그 자체로서 재미있고 중요한 일이기는 하다. 그러나 그들은 시나 소설의 제1차적 독자가 주로 대학에 포진하고 있는 전문가들이 아니라 일반인이라는 사실을 잊고 있는 사람들이다.

　그런 점에서 삶과 직결된 체험의 확대를 바라는 일반 독자들을 위해서 문학이 존재한다는 인식에 따라 비평의 기능을 생각해온 사람들의 노력은 여전히 귀중한 것이다.

　이렇게 보면, '문학이란 무엇인가?'라는 질문의 뜻을, '문학적 텍스트의 언어와 구조는 어떤 특질을 띠고 있는가?'라는 차원에서만 살피는 대신에, '한 사회의 개인이나 집단을 위하여 문학은 어떤 역할을 할 수 있는가?'라는 문학 기능론과 결부시켜서 생각해온 한국이나 일본의 주된 전통은 결코 지양될 성질의 것은 아니다. 다만 문학의 이러한 기능을 생각함에 있어서 문학적 언어의 특성에 대한 고찰은 선요조건先要條件으로서 필요한 것이며, 그 한도 내에서 구조주의적 연구는 필요하다.

　이런 조건하에서 우리는 문학의 바람직한 기능을 크게 두 가지로 구별해서 생각해볼 수 있을 것이다. (1) 독자의 의식 개조에 적극적으로 작용하는 것을 문학의 본령으로 삼고, 그 정도에 따라 특정 작품의 가치를 평가하는 것. 이 입장은 좁은 의미에서의 참여문학뿐만 아니라 더 널리 세계관이나 인생관에 대한 반성을 촉구한다고 생각되는 작품을 포함한다. (2) 위의 것을 문학의 적극적 기능이라고 한다면, 우리는 다른 한편으로 문학의 소극적 기능을 옹호할 수 있다. 그러나 이 후자가 전자보다 그 의의가 적은 것은 결코 아니다. 즉, 정치, 사회, 문화가 가하는 억압과 희생은 종류, 형식, 정도 여하를 불문하고 어느 시대에나 항상 존재하는데, 문학과 예술은 프로이트가 말하는 이른바 '현실원칙'으로부터의 해방을 일시적으로나마 실현시켜주는 것이다. 그리고 그것 없이는 개체는 소외된 자신으로부터의 회복을 기할 수 없고, 고차적인 즐거움을 향유할 수 없을 것이다. 소박하고 답답한 실용주의자나 이상주의자들은(톨스토이가 전형적으로 그런 부류에 속한다), 이러한 문학적 기능을 도피주의, 향락주의, 딜레탕티슴 등으로 불러왔다. 그리고 그렇게 생각하는 사람들이 지금도 존재한다는 것은 슬픈 일이다.

그러나 이러한 구분은 작품에 따라 확정되는 것이 아니다. 작품 A는 적극적 기능을 하고 작품 B는 소극적 기능을 한다는 따위의 기계론적 이분법이 성립될 수는 없기 때문이다. 가령 사르트르의 『구토』는 어느 쪽에 속하는가? 부조리하고 무질서한 세계에서 강철과 같이 단단하고 필연적 구조를 갖는 작품을 창조함으로써 자신의 존재를 정당화하겠다는 주인공 로캉탱의 기도는 예술의 적극적 기능을 주장하는 것인가, 혹은 소극적 기능을 말하는 것인가? 만일 로캉탱의 예술관을 따르는 독자가 그런 작품의 창조나 향유를 위해서 외적 세계와의 단절을 결심한다면, 그것은 인생관 그 자체를 뒤엎는 적극적 계기가 될 것이다. 그러나 반대로 부조리하고 구속적인 세계를 불가피한 여건으로 받아들이고 삶을 영위해나가는 한편, 그런 문학작품을 쓰고 읽는 행위를 통해서 일시적으로나마 보상과 위안을 찾는 경우에는 우리는 그것을 문학의 소극적 기능이라고 지칭할 수 있을 것이다. 이런 점에서 보면 문학의 적극적 기능과 소극적 기능은 작품에 따라서가 아니라 수용자 개개인의 가변적인 요구와 태도에 따라서 결정될 성질의 것이다. (1989)

*

"스토리의 '의미'는 무의식적인 환상을 사회적, 도덕적, 지적 그리고 심지어 신화적 언사로 변형시킨다는 점에 있다."
(노먼 홀랜드Norman Holland,『문학적 반응의 역학 *The Dynamics of Literary Response*』, Columbia University Press, 1989)

그렇다면 텍스트 읽기는 주로 두 가지 각도에서 이루어

질 수 있을 것이다. ⑴ 변형의 근원에 있는 무의식 내지는 심층심리를 작품으로부터 역추적하고 그 변형의 과정으로서 작품을 재해석하는 것(프로이트가 호프만의 『모래 사나이』를 두고 전형적으로 시도한 작업). ⑵ 변형된 텍스트의 언어 그 자체의 현실적 기능과 효과에 중점을 두는 것(대부분의 읽기 체험).

⑵의 경우는 다시 두 가지 각도로 갈라진다. ⒜ 그런 기능과 효과가 텍스트의 언어에 객관적으로, 그러나 잠재적으로 담겨 있고, 독자가 그것을 실현시킨다고 보는 각도(텍스트 중심주의). ⒝ 텍스트는 독자가 처해 있는 시대적 상황이나 그의 선先체험, 관심 또는 기대에 의해서 의미가 다원적으로 주어진다고 보는 각도(실존적 수용이론).

참고—미국의 독자반응비평reader-response criticism은 겉보기와는 달리 결국에는 텍스트 중심주의이다. 그것은 독자의 변신이나 적게는 '의식의 위기' 조성을 위하여 텍스트가 어떻게 작용하느냐는 것을 밝히려는 것이 아니다. 그것은 텍스트에 의미를 주는 작용자로서만 독자를 다루고 있을 뿐이며, '텍스트로부터 독자로' 그 관심을 확대하려는 것이 아니다. 그런 비평에 있어서는 '왜 문학작품을 읽느냐'는 질문에 대한 대답은 독자의 실존과는 무관하다.

내 생각으로는 실존적 입장에서 읽기의 부활이 필요하다. 다시 말해서 기능주의 견지에서 문학작품 읽기를 다시 생각해야 할 필요성이 있다. 그런 점에서 리쾨르Paul Ricoeur가 말하는 '읽기를 통한 세계의 확대'(텍스트로의 되돌아감이 아니라)는 중요한 개념이다. 다만 이 세계의 확대에 긍정적으로, 또는 반대로 부정적으로 작용하는 역사적, 사회적, 사상적 여건에 대한 고찰이 사전에 필요할 것이다. 리쾨르의 글이 다소 추상적인 인상을 주는 것은 바로 이런 고찰이 충분하지 않기 때문이다. (1989)

*

위 담론의 계속.

문학작품의 읽기가 쾌락의 탐구와 외부현실로부터의 단절이라는 두 가지 조건하에서 이루어진다는 것은 일단 인정하고 들어갈 만하다. 읽기의 과정에는 콜리지Samuel Coleridge가 말하는 '불신不信의 자의적 중지'가 요청되는데, 그 성립은 위의 두 조건과 관련된 것이다.

그러나 홀랜드와 같은 이론가들이 전적으로 고려하지 않고 있는 매우 중요한 사실이 있다. 그것은 읽기가 끝나고 나면, 우리는 다시 외부현실이 지배하는 세상으로 되돌아올 수밖에 없다는 것이다. 이때 여러 가지의 결과가 일어날 수 있다. (1) 비록 짧은 시간 동안일망정 현실이 변용된다. 읽기의 즐거움의 여운이 남아 현실은 아름답게, 심지어 신비스럽게 정화된다. 보들레르를 흉내 내서 말하자면 현실이

상징의 숲으로 변모한다. (2) 이와 정반대로 읽기의 즐거움과의 본질적 격차 때문에(혹은 그 즐거움이 카프카의 소설을 읽을 때처럼 괴로운 즐거움이었기 때문에), 현실은 더욱 견딜 수 없이 부조리하고 혐오스럽게 느껴진다. (3) 그런 견딜 수 없는 현실에 반항하고 근본적 개혁을 시도해야겠다는 생각을 새삼스럽게 하게 된다. 마르크스, 사르트르, 마르쿠제—이른바 정치적 참여로의 길이다. (4) 읽기의 즐거움을 통해서 스트레스를 어느 정도 해소하고 다시 고단한 일상생활로 복귀할 수도 있다. 그리고 고단함이 쌓이면 사우나를 하듯이 다시 읽기에서 위안을 찾을 수 있다(일반대중을 위한 기분전환divertissement으로서의 서정시, 탐정소설, 환상소설, 포르노그래피 등). (5) 사회적 현실로의 복귀를 물질적 생존을 위한 불가피한 강제노동으로 받아들이는 한편, 문학적 즐거움이 베푸는 다른 세계에서 값진 삶의 뜻을 발견한다는 이중적 태도를 취할 수 있다. 이 경우 문학작품은, 심미적審美的 쾌감으로부터 몽상의 행복이나 신비적 체험에 이르기까지 가지가지의 가능성을 베푼다.

이상과 같은 읽기와 현실세계와의 관계에서 이제 사라져가는 것이 있다. 그것은 (3)이다. 테크놀로지와 세계화가 지배하고 자본주의적 선진화 이외에는 다른 대안이 없는 사회(특히 서구 사회나 일본의 경우가 그렇고 한국도 이제 그길로 나가고 있다)에서는 이미 문학을 통한 정치적 참여가

효과를 발휘하기는 어렵다. 그것을 한탄하는 것은 마치 기사도나 가부장적 제도가 사라진 것을 한탄하는 것과 마찬가지로 실없는 짓이다. 문학의 본령이 마치 정치적 참여에 있는 듯이 지금도 주장하는 사람은 환상주의자이거나 혹은 자기 나라가 아직 후진적이라는 것을 스스로 고백하는 사람이다. (1989)

*

크리거M. Krieger는 『비평의 이론*Theory of Criticism*』에서 문학이론의 모든 한계에도 불구하고 그 불가피성을 이야기하고 있다. 비록 비체계적이고 형식화되어 있지 않다 하더라도 모든 독자는 과거 읽기의 체험에서 얻은 어떤 개념을, 즉 일종의 태아상태로 머물러 있는 이론을 가지고 있다는 것이다. 그의 이러한 주장은 옳을 뿐 아니라 매우 상식적이다. 사실, 대부분의 독자는 문학작품을 단순한 이야기책이나 기분전환 수단으로 볼망정, 지난날의 읽기를 통해서 이미 형성된 일정한 기대와 견해를 가지고 텍스트를 대한다.

그러나 크리거의 다음 발언은 정당화될 수 없다. "주체와 대상의 만남을 무제한적인 경험으로 보고 마치 그것이 계속적인 가능성인 것처럼 문학이론을 무시하는 말을 하는 것은 무책임성을 조장하는 것에 지나지 않는다."

우리는 이 '무책임성'을 비난해야 할 아무런 근거도 없다.

왜냐하면 사전에 품은 태아상태로서의 이론은 물론, 의식적으로 상당히 체계화시킨 이론일망정 그것은 불변의 것이 아니기 때문이다. 새로운 작품과의 만남은, 또 새로운 이론과의 만남은 자기가 품어온 기존의 이론을 지양하는 계기를 항상 베풀어줄 수 있기 때문이다. 자신의 문학관이 편견과 독단임을 깨닫게 하고 새로운 견지를 계시해주는 텍스트를 번번이 만날 수 있다면 그 '무제한적인 경험'은 무책임성이 아니라 가장 좋은 의미로서의 변덕이다. 사방으로 열려 있는 의식과 같이, 최대한의 다양한 체험의 향유를 가져오게 하는 그런 변덕이다. (1989)

*

요술은 무엇 때문에 존재하는가? 그 제1차적 목적이 남들을 매혹하는 데 있다는 것은 두말할 필요도 없다. 물론 우리는 요술의 메커니즘과 트릭을 분해하고 분석함으로써 그 비밀을 폭로할 수 있다. 그러나 요술의 존재 이유가 그런 비밀의 폭로에 있다고는 말할 수 없다.

마찬가지로 문학작품은 독자를 매혹하는 것을 제1차적 목적으로 삼는 언어활동이다. 그 구조와 수법을 분석하는 것은 부차적인 일이다. 한데 이 자명한 사실, 텍스트가 베푸는 매력이 그 분석보다 우선적이며, 텍스트의 즐거움이 그 설명에 선행한다는 사실을 무시하고, 마치 작품이 오직 분석을 위해서 있는 듯이, 그리고 그런 작업이 한결 고차적인 듯이 착각하는 일군의 전문가들의 아카데미즘이 오늘날 문학연구의 주종을 이루고 있다.

이런 점에서 리쾨르의 접근방식은 뜻깊은 것이다. 그는 분석작업을 결코 등한시하지 않으면서도 읽기의 매력을 삶의 해석학과 결부시켜서 우리 의식의 지평을 확대해준다.

(1989)

*

마르쿠제의 『일차원적 사회의 예술』을 읽다가 휴식 삼아서 유선 TV를 틀었다.

엄격한 신분제도하의 양가良家 청년이 창녀를 사랑한다는 흔해빠진 제재의 영화. 얼른 TV를 꺼버리고는 나 혼자 상반되는 결말을 상상해보고, 엉뚱하지만 그것을 마르쿠제의 주제와 결부시켜본다. (1) 그 청년의 사랑이 마침내 부모의 축복과 더불어 결혼에 이른다. 그러나 이것은 있음 직하지 않은 허구이다. (2) 그 청년의 사랑이 뒤마의 『춘희』에서처럼 집안의 반대로 좌절된다. 이것이 가장 있음 직한 결말이다.

(1)의 있음 직하지 않은 행복한 결말은 마르쿠제의 주제의 테두리 속으로 들어갈 수 있다. 그 경우 이 허구는(물론 허구화가 재주 있는 작가에 의해서 이루어진다는 가정하에서

하는 말이지만), 기존체제에 대한 반체제적인 항의로서의 뜻을 띨 것이다. 마치 다음과 같이 말하려는 듯이 말이다.

'그들의 순수한 사랑은 사실에 있어서는 봉건적인 체제 때문에 이루어지지 못할 것이다. 따라서 그것이 이루어지는 것으로, 더구나 부모의 동의하에 이루어지는 것으로 꾸민 이 소설은 거짓말이라는 것을 여러분은 넉넉히 짐작할 것이다. 그렇다면 작가는 왜 이런 거짓말을 한 것인가? 그것은 고의적이다. 아름다운 사랑이 성취된다는 이 거짓말을 통해서 소설이 겨냥하는 것은 아름다운 사랑을 성취시킬 수 없는 수치스러운 기존체제에 대한 고발과 그 전복을 역설적으로 시도한 것이다. 더 일반적으로 말해서 이상적인 상태를, 때로는 환상적인 상태를 상상하고 제시하는 것은 부조리하고 억압적인 기존체제에 대한 도전을, 아마도 독자 여러분의 의식에 스며들고 있는 그런 기존체제에 대한 도전을 위한 것이다. 미가 추에 대한 도전이듯이 말이다.'

그렇다면 (2)의 경우, 즉 우리가 리얼리즘이라고 말할 수 있는 경우는 체제에 대한 고발이 될 수 없는가? 아름다운 사랑의 성취를 가로막고 있는 봉건적 현실을 직접적으로 그리는 것 역시, 그 묘사의 정신과 수법 여하에 따라서는 독자의 반체제적인 반항을 불러일으킬 수 있다. 가령 『목로주점』이나 『제르미날』과 같은 졸라의 많은 소설들에 그런 효과가 없다고는 결코 말할 수 없다. 그런 점에서 리얼리즘에 대해서 부정적인 태도를 보이는 마르쿠제의 견해는 반드시 옳은 것은 아니다. 문학적 언어는 직설법에 의해서도 또 아이러니에 의해서도 기존체제에 대한, 그리고 더 넓게는 존재 그 자체에 대한 항의와 반항을 유도할 수 있다. 다만 마르쿠제의 주장에는 특별한 의의가 있다. 그것은 루카치와 같은 정통적인 마르크스주의 비평가에 의해서 부르주아적, 퇴폐적, 반동적이라고 낙인되었던 이른바 예술을 위한 예술이나 초월적, 환상적 예술이 역설적으로 반체제를 위한 투쟁으로의 길을 열어줄 수 있다는 것을 밝혀준 것이다.

그러나 (1)과 같은 이상주의적 거짓말이건 또 (2)와 같은 직설적인 리얼리즘이건 간에 그것이 반체제적 언어로서의 힘을 발휘할 수 있느냐 없느냐는 것은 작가의 수법과 텍스트의 구조에 달렸지만, 또한 크게 독자의 '인식적 관심 Erkentnisinteresse'에 달려 있기도 하다. 문학을 체제비판의 언어로서 인식할 줄 모르거나 그런 인식의 지평이 넓지 못한 사람이 보기에는 (1)은 여전히 안이한 거짓말에 불과할 것이며, (2) 역시 세상의 추악하고 비관적인 측면만을 드러내려는 병적인 작가의 소산일 것이다. 실지로 20세기 내외의 많은 프랑스 문학사나 비평가들은 졸라를 그렇게 평가했었다. (1990)

*

나의 어린 외손 경은과 한명漢明에게 "나는 것은 무엇이 있냐?"고 물었다. 대답으로서 모기, 퍼리, 새, 나비, 바행기 등이 나왔다. 그러자 한명이 덧붙였다. "해와 달."

해와 달이 난다는 것은 미처 생각해보지 못한 일이다. 한명은 무슨 뜻에서 그렇게 말했을까? 그의 생각 밑에 깔려 있는 원초적 인식은 무엇일까? 그 애의 인식은 나의 상상을 자극했다. 지상에서 떨어져 하늘에 걸려 있는 것들은 모두가 나는 것으로 생각했을지도 모른다. 그리고 해와 달이 새나 나비와 마찬가지로 땅에서 하늘로 솟아오르는 것으로 알았을지도 모른다. 저녁이 되면 매일 땅으로 다시 내려앉아 고이 잠들고 이튿날 아침이면 종달새처럼 다시 하늘로 날아오르는 해와 달……

나는 그 애에게 왜 그렇게 생각하느냐고 물어보지 않았다. 일부러 안 물어본 것이다. 연전에 국어교육에 관한 논문을 쓰기 위한 참고문헌으로 프랑스 소학교의 저학년용 언어교육 지침서를 살펴보았던 일이 머리에 떠올랐기 때문이다. 거기에는 이런 내용이 적혀 있었다. "어린이들이 가장 좋아하는 것은 초현실주의적 이미지들이다. 교사는 그것에 대해서 절대로 합리적 설명을 해서도 안 되고 또 어린이에게 그런 설명을 요구해서도 안 된다. 그것은 상상의 나래를 꺾어버리는 짓이다." 초현실주의는 어린이의 현실주

의이다. (1990)

*

젊어서부터 모아두었던 몇십 년간의 서양문학 자료들을
정리하는 중에 새삼스럽게 확인하게 된 것이 한 가지 있다.
1950년대까지는 넓은 의미에서 '문학과 인생'이라는 큰 테
마로 요약될 수 있는 글들이 많았는데, 1960년대에 들어서
면 그것이 사라지고 형식주의적인 경향의 글들이 우위를
차지한다. 특히 프랑스는 그런 경향이 두드러지게 나타난
다. 모리스 블랑쇼Maurice Blanchot는 1950년대 최후의 거물
이라는 느낌마저 든다.

이리하여 바르트의 표현을 빌리자면 '왜 문학을 하는가?'
라는 물음이 '어떻게 쓰면 문학이 되는가?'라는 물음으로
바뀐 것이다. '왜'가 '어떻게'에 의해서 흡수되었다기보다는
차라리 배제되었다고 말하는 것이 더욱 옳다는 것을 그 무
렵의 글들은 보여준다. 그러한 관심의 전환에 충분한 역
사적 의미가 있는 것은 사실이다. 문학이 언어의 예술이
라고 하면서도, 어떠한 언어적 특징이 그것을 다른 언어
적 표현들(일상어는 물론, 종래에 문학의 한 갈래로 다루
어온 일기, 전기, 수상, 단상, 잠언 따위)과 갈라놓고 있는
지에 대해서는 동서양을 막론하고 본격적으로 고찰된 일
이 거의 없었기 때문이다. 다시 말해서 문학의 본질을 언

어적 구조에 의해서 정의하려는 시도가 이제 처음으로 이루어진 것이다.

그러나 이러한 언어적, 형식적 접근이 문학에 관한 담론 전부일 수는 없다. 문학이란 말은 하나의 추상적, 총체적 개념이며, 실제로 존재하는 것은 개개의 작품이다. 한데 개개의 작품은, 문학자들이 그것에 공통적인 여러 요소들을 분석적으로 살펴 그 목록을 꾸미고 그것들을 다시 결합해보는 작업(대표적인 것으로 프로프V. Y. Propp의 민화 분석이나 바르트의 『이야기의 구조적 분석』)을 위해서만 존재하는 것이 아니다. 문학작품은 그런 언어적 요소들의 결합체로서 세계와 인간에 관한 의미를 밝히고 호소하려는 것이다. 그것이 작품의 원초적 존재 이유이다. 그 의미의 발견과 호소가 어떤 특정된 언어구조에 의해서 이루어지는 것은 사실이지만, 전자가 후자로 환원될 수는 없고, 후자에 관한 연구는 전자에 대해서 종속적이다.

따라서 다시 한 번 문학연구의 전기轉機가 와야 했고, 사실 이미 1970년대부터 그 전기는 시작되었다고 볼 수 있다. 그러나 그것은 과거로의 복귀가 아니다. '왜'에 대한 추구는 이제 '어떻게'를 사상捨象하는 것이 아니라 그것을 포섭함으로써 문학의 존재 이유에 대한 대답을 더욱 설득력 있는 것으로 만들어나가려는 것이다. 프로이트와 바슐라르의 업적이 비단 선구적이라는 점에서만이 아니라 공시적인 차원에서 재론되고, 미국의 뉴크리티시즘이 말하는 이른바 '의도에 관한 오류Intentional fallacy'에서 해방된 텍스트 이해, '작가의 죽음'을 전제로 한 언어적 분석과 해석이 중요성을 띠는 것은 그 때문이다. 그럼으로써 가능해진 복수적 읽기는 문학이 언어의 특수한 사용이라는 것을 확인시켜주는 동시에, 바로 그 특수한 언어사용으로 말미암아 텍스트가 세계와 삶을 향해서 열려 있고 우리의 실존을 더욱 다양하게 그리고 심층적으로 반성하는 계기를 마련해주는 것이다. (1990)

*

통합, 추상화, 환원.

통합에는 다음의 두 종류가 있다.

(1) 구조화Structuralization—각 요소와 그 기능이 온전히 보존된 채 유기적으로 통합되어 하나의 구조물이 형성되는 경우, 각 기관이 특정적이면서도 유관적인 기능을 하는 생물체의 경우, 또한 음소와 의미소로 구성되는 단어의 경우, 그리고 여러 부품으로 구성되는 자동차의 경우가 그것이다. 이 모든 경우에 있어서 각 요소는 어떤 상급의 다른 요소로 환원되거나 지양되는 것이 아니라, 저마다 독자적이면서도 필연적 존재성을 지니면서 하나의 전체로 순차적으로 통합되어나간다. 이 통합의 양상을 구조화라고 불러두자.

(2) 전체화Totalization—각각의 요소가 상위의 층으로 통합되면서 그것에 고유한 특정성이 희석되거나 지양되는 경우. 가령 시, 소설, 희곡은 문학으로 전체화되면서 각 장르의 특정성보다는 그것들이 공통으로 나누어 갖는 요소(교집합)만이 고찰의 대상이 되고, 문학은 더욱 회화나 음악과 함께 예술이라는 전체로 통합되면서 그 자체의 특정성이 사상되고, 또한 예술은 철학, 역사학, 인류학 등의 학문과 통합되어 문화라는 개념으로 전체화되는 따위이다.

이 전체화의 과정에서 상위 차원으로의 포섭이 진행될수록, 전체화된(포섭된) 요소들의 형식적, 내용적 독특성은 고찰의 대상에서 더 멀리 사라지기 쉽지만, 전체화가 그 요소들의 새로운 이해에 도움이 되지 않는 것은 아니다. 가령 한국의 문학이나 음악이나 그림이 예술로서 전체화되는 경우 그 전체화를 통해서 고찰된 보편적 특징이 한恨에 있다는 것이 밝혀진다고 하면, 우리는 다시 출발점으로 내려가서 한국의 시나 소설을 한의 견지에서 재해석할 수 있을 것이다. 다만 이 작업에서 경계해야 할 것은 환원주의이다. 한이 한국 예술의 보편적 특징이라고 해서 한국 문학의 본질은 일언이폐지—言以蔽之하여 한이라고 말하는 사람이 있다면 그는 시나 소설의 특정성을 이루는 언어적 구조를 모르는 사람, 따라서 시나 소설을 모르는 사람이 될 것이다. 또 다른 예를 들자면, 인간이 오이디푸스콤플렉스에 의해서 지배된다는 것이 사실이라고 하더라도(내 느낌으로는 그것은 다만 서구의 가족적 환경의 소산 같지만), '각 개인＝오이디푸스콤플렉스'라는 결론을 내려서는 안 되는 것이다. 전체화는, 그리고 그 시간적 양상인 변증법은 세계와 삶을 이해함에 있어서 인간의 지성을 부단히 유혹하고 인간은 그 시도를 끊임없이 이어왔지만, 자칫하면 환원적 추상화로, 그리고 그것을 내세우는 정신적 폭력으로 일탈하는 위험을 안고 있다. (1990)

*

자유는 필연성 속에서의 가능성을 의미한다는 키르케고르의 말이 생각난다. 따라서 필연성이 없으면 자유는 존재할 수 없게 된다.

키르케고르가 말하는 필연성이란 무엇보다도 죽음을 의미할 것이다. 죽음이라는 필연성을 철저히 인식하고 받아들이면서도 가능한 것은 무엇이냐는 것이 그의 가장 큰 관심사였던 것은 널리 알려진 사실이다.

한데 나는 키르케고르의 뜻을 짐짓 어겨서 이 필연성이라는 말을 사회적 의미로 전환해보고 싶다. 우리가 사회생활을 하는 데 불가피한 것으로 받아들여 온 구속이나 금기를 필연성으로 볼 때, 오늘날 서구에서 일어나고 있는 두드러진 경향의 하나는 그런 필연성의 소멸이다. 민주주의와 자유가 겉보기에는 매우 높은 단계까지 실현되어서 사회적, 정신적 구속이 사라져가는 것 같다. 거의 모든 것이 허용된 것이 오늘날 서구의 현상처럼 보인다. 가능한 것이 필연적인 것의 저항을 받으면서, 혹은 그 테두리 내에서, 혹은 그것에 대한 철저한 인식하에서 시도될 때에 자유의 참뜻과 가치가 발휘될 터인데, 이제 자유는 아나키와 동의어가 되고 만 것이다. 구속과 금기가 없어진 사회에서는 어떤 행동도 저항이나 제한을 받지 않으며, 따라서 깊은 의미에서의 '신바람'을 불러오지 않는다는 역설이 생긴다. 가령 성적性的 차원에서 보더라도, 바타유의 말대로 에로티시즘은 금기를 침범하는 데서 생기는 것이 사실이라면, 이미 금기가 소멸된 이상 에로티시즘의 시대는 사라졌고, 다만 더욱 큰 자극만을 겨냥하는 방종이 반복될 따름이다. 그리하여 여러 가지 기괴한 일탈적 행위가 감행되지만 그 짓이 곧 싱거운 것이 되어버리고 그 결과 사도-마조히즘이 확대되어나간다.

이런 고삐 풀린 망아지와도 같은 개인적 자유는 그러나 표면적 현실에 지나지 않는다. 사실 서구를 지배하는 것은 대안이 없는 기존체제(민주주의와 자유라는 탈을 쓴 교묘한 자본주의)와 그것을 지탱하고 또 그것에 의해서 지탱되고 있는 테크놀로지이다. 그 양자는 서로 야합하여 가치의 개념을 뭉개버리고 이렇게 말하고 있는 것이다.

"지금의 이 체제보다 더 좋은 다른 어떤 체제가 역사적으로나 현실적으로 존재한단 말이오? 작가나 시인이나 학자들 중에는 오늘날의 체제를 부정하고 새로운 가치와 혁명을 운위云謂하는 사람들이 있지만 마음대로 떠드시오. 무슨 말이라도 자유롭게 하시오. 당신들이 내뱉는 가장 반체제적인 발언이나, 때로는 당신들이 저지르는 가장 무정부주의적인 행동도 현체제를 흔들기는커녕, 도리어 그런 것을 무제한적으로 허용하고 있는 현체제의 우월성을 증명하는 것이오. 다른 한편으로 테크놀로지의 찬란한 발전을 생각해보시오. 과거의 어느 시대가 이런 편익과 정보와 오락과 소통수단을, 한마디로 해서 희한한 행복을 제공했단 말이오. 환경파괴가 걱정된다고? 걱정 마시오. 그것도 테크놀로지가 미구에 해결해나갈 테니까. 그러니 즐기시오. 동시에 후대를 위해서 이 행복한 세상이 더욱 확실히 이어져나가도록 공헌하시오. 그리고 역사상 가장 발달한 민주주의와 이 기막힌 테크놀로지가 갖다 준 한없는 자유를 동시에 누리시오. 주체성, 진리, 초월, 가치, 윤리, 인간조건과 같이 이 미증유의 자유와 행복을 의심하고 부정하려는 개념들은 아예 머리에서 씻어내시오. 요새 나오는 문학작품들을 보시오. 왕년에 높이 평가되었던 이맛살 찌푸린 실존주의나 결론 없는 자기 정체성의 탐구나 사회개혁 의식을 잔뜩 담은 정치참여의 흔적을 찾아보기는 매우 드물지 않소? 그 대신 가벼운 재치나 현실도피적 환상이나 노골적인 섹스가 주종을 이루고 있는데 참 잘된 일이지."

요컨대 이제 진실로 '서구의 몰락'이 시작된 것인지도 모른다. 슈펭글러Oswald Spengler가 걱정했듯이 황화黃禍 때문이 아니라 자생적인 과유불급過猶不及과 흥진비래興盡悲來의 역리 때문이다. 공동체적 책임의식에서 우러나는 도덕적, 사회적 구속을 스스로 받아들이고 테크놀로지에 의한 소외를 극복하려는 움직임이 그 본거지인 서구에서 전개되기를 바라는 것은 연목구어緣木求魚이며, 그 일을 위하여 동양이 나서야 할 때가 온 것인가? 그러나 도리어 지금의 서구 풍조가 소위 선진화의 이름을 띠고 동양으로, 세계로 퍼져 나가고 있는 것 같아서 두렵기도 하다. (1990)

*

장서 정리를 하는 중에 내가 1950년대에 즐겨 읽기도 하고 또 그 후 얼마 동안 강의에도 이용했던 시몽Pierre-Henri Simon의 『고소된 인간Homme en procès』이 나왔다. 당시의 가장 중요한 작가인 말로, 사르트르, 카뮈, 생텍쥐페리를 논하면서 실존적 휴머니즘이라고 부를 수 있는 새로운 인간관을 따져보려고 했던 평론집이다.

그 후 한 세대가 지났다. 이제 그 책은 망각되고, 그 네 작가에 대해서도 새로운 휴머니즘의 대표적 존재로서 다루는 사람은 거의 없다. 특히 말로나 생텍쥐페리에 대해서는 소수의 전공자를 제외한다면 비평가의 화제에 오르는 일도 거의 없다.

그렇다면 어떤 이유가 있는 것인가? TV를 비롯한 대중매체가 지배하고 정치적, 경제적으로 긴박한 상황이 사라진 오늘날, 과거에 문학이 수행하던 역할은 그 중요성을 상실했기 때문이다. 이제 문학은 뜻깊은 인생의 향도嚮導나 탐구자로서의 대접을 받지 못한다. 표면적으로나마 평화가 정착한 것 같고 대중매체가 스트레스를 해소해주는 세상에서, 구태여 인간조건을 근본적으로 반성하려는 그런 작가들의 심각한 소설을 읽으면서 골치 아픈 체험을 할 필요는 없다. 기껏해야 한 번 훑어보고 버려도 좋은 가벼운 오락거리로서의 시나 소설이 있으면 족한 것이다. 이러한 대중사회에서의 문학의 쇠퇴는 두 가지 현상을 가져왔다.

첫째로 문학은 주로 대학이나 연구소에 진을 친 '문학의 테크노크라트technocrat'끼리 주고받는 극히 전문적인 담론의 대상이 되었다. 말하자면 문학의 은둔이다. 둘째로 작품과 일반독자 사이의 교량 역할을 하면서, 문학이 시대적 현실이나 삶의 요청과 불가분리의 관계에 있다는 것을 설득력 있게 그리고 깊이 있게 보여준 유능한 비평가들이 설자리를 잃고 말았다.

이런 사태는 이미 서양만의 이야기가 아니라 '선진화'되어가는 한국의 이야기이기도 하다. 다만 19세기에 스탕달이 말한 '행복한 소수자'가 그나마 살아남으면 다행일 것이다. 그리고 이 위기를 강렬하게 의식한 대학의 교사들이 문학교육을 통해서 한 사람이라도 더 이 행복한 소수자의 일원으로 편입되도록 유도한다면 그것은 더욱 다행한 일이다. (1990)

*

푸코─역사, 특히 근대의 역사는 억압과 감시의 역사이다.

마르크스─역사는 억압에 대한 투쟁의 역사이다. 그 투쟁이 좌절되지 말고 완전한 해방의 실현으로 향해 나아가야 한다. 또한 미래의 역사는 그것을 기약하고 있다.

프로이트─억압은 초역사적이다. 억압은 생존과 문명을 위하여 치르는 불가피한 조건이다. 그러나 억압이 가하는 희생을 벌충해주는 것이 있다. 그것이 예술이다.

가장 못마땅한 주장은 푸코의 것이다. 그의 담론은 억압에 대한 도덕적, 정치적 항거의 시도(비록 그것이 좌절될망정)를 가치 있는 것으로 부각시키지 않는다. 하기야 그의 주장은 인간의 완전가능성human perfectibility의 신화를 뒤집어엎었다는 데 큰 의의가 있다. 그러나 그 담론은 반대편의 극단으로 달려가서 일방적인 폭로와 고발의 언어가 되었다. 자유를 위한 고투苦鬪라는 차원을 고려하면서 역사를 양면적으로 파악하려는 시각을 전적으로 배제하고 있다. 프랑스적인 환원주의의 표본 같다고 말할 만하다.

이에 반해서 마르크스의 주장에는 정치적, 도덕적인 울림이 있다. 그러나 그가 그려 보이는 유토피아는 실현 불가능하며, 구태여 그것을 실현하려는 기도는 더 큰 억압을 합리화하는 위험을 수반한다. 카를 포퍼Karl Popper의 말마따나 이 지상에서 천당을 꾸미려던 모든 시도는 오직 지옥만을 가져왔다.

나는 날이 갈수록 후기 프로이트의 이원론에 끌린다. 억압이 없는 사회라는 환상에서 벗어나 있는 프로이트, 그러면서도 예술의 향유에서 억압에 대한 보상을 찾는 프로이트의 절제된 현실주의. 이 양면성에는 지혜가 있다. (1990)

1991년
~
2000년

사르트르의 한계.

사르트르의 문학적 참여에 관한 글을 쓰는 준비를 하다가 생각난 두 가지.

(1) 나는 그의 『문학이란 무엇인가』에서 개진된 참여의 개념을 설명하다가 그 책이 '자기 강요적인 담론'이라고 말한 바 있다. 2년이 지난 지금 생각해도 옳은 말 같다. 그는 그 책의 제1장 주석에서 말라르메를 전혀 다른 의미에서 '참여 시인'으로 다룰 가능성을 시사해놓고(사르트르의 글을 읽는 재미의 하나는 논리적, 개념적 통일성을 스스로 파괴하는 모순된 발언을 끼워 넣는 데 있다. 물론 모순을 가리려는 재주를 부리고 있기는 하지만), 그 책과 거의 동시에 그 가능성을 극대화시킨 『말라르메론』을 쓰고 있다. 그 후 그는 참여라는 개념을 그가 좋아하는 모든 예술가(장 주네, 틴토레토, 플로베르, 자코메티)에게 부여하고, 반대로

자기 비위에 맞지 않는 사람들(특히 초현실주의자들)에게는 그 개념을 적용하기를 거부해왔다. 마치 루카치가 리얼리즘이라는 개념을 자의적恣意的으로 적용했듯이 말이다.

그러나 루카치의 경우에는 그의 호오好惡에 원칙이 있었다. 우리가 보기에 아무리 문학적 가치가 높더라도 직간접으로 정치적 혁명의 전망을 보여주지 않는 작가들(졸라, 프루스트, 카프카)은 나쁜 작가들이었다. 그러나 사르트르의 경우는 다르다. 그는 참여라는 말을 두 가지 다 전혀 다른 의미로 사용하기를 서슴지 않는다. 한편으로는 정치적 의미에서 그 말을 적용하여 19세기와 20세기 작가 대부분을 참여하지 않은 무책임한 사람들이라고 비난한다. 그리고 다른 한편으로는 『말라르메론』에서 보여준 바와 같이, 정치적 참여를 위하여 글을 쓰지 않았지만 자기를 매혹하는 작가(가령 플로베르를 포함하여)를 '깊은 참여'라는 전혀 다른 참여의 개념을 내세우면서 찬양한다. 죽음을 걸고 현실과 대결하면서 작품을 썼다는 뜻이다. 또한 『문학이란 무엇인가』에서 시는 정치적 참여의 피안에 있다고 했다가 흑인 시를 논할 때는 무엇보다도 그 정치적 의미를 부각시키기도 한다. 나로서는 사르트르가 이렇게 참여라는 개념이 요동을 치고 어떻게든지 그 요동을 정당화하려고 술책을 쓰는 이유와 과정을 추적해보는 것이 재미있고 또 그것이 사르트르를 이해하는 중요한 방법의 하나라고 생각해왔다.

(2) 사르트르는 한정된 시대에 생산되고 그 시대를 깊이 의식한 문학이 왜 보편적 의미를 지닐 수 있는가, 가령 우리는 오늘날 왜 발자크나 스탕달을 읽는가라는 문제에 대답할 수 있는 장치를 마련하지 못했다. 그의 양녀인 에르카임의 말에 의하면 바로 그 점이 사르트르 자신을 괴롭힌 만년의 문제였다고 한다. 한데 내 생각으로는 사르트르가 그 문제에 응답할 수 없었던 가장 큰 이유는 『존재와 무』에서 성찰한 실존적 존재의 개념을 날이 갈수록 사회적, 시대적 상황과의 관련으로만 편향시킨 데 있다. 다시 말하면 그는 아무리 시대의 구체적 상황과 밀접히 연관되어 있는 문학이라도, 거기에는 생로병사라는 항구적 조건과 대면하고 대치하는 존재로서 인간의 모습이 표현되어 있다는 점에 주목하지 않았던 것이다. 또 달리 말하면 문학의 정치적, 사회적, 역사적 의미에만 관심이 쏠린 나머지 이른바 개별성 속의 보편성에 대해 고찰할 여유가 없었던 것이다. 희랍 문학이 왜 현대에도 매력을 끼치느냐는 문제에 설득력 있게 대답하지 못했던 마르크스와 사르트르의 문학관에는 이러한 공통적인 한계가 있다. (1991)

*

위의 사르트르 비판의 계속.

그는 장 주네Jean Genet의 작품에 나타나는 사랑과 죽음의 기괴한 모습에 대해 언급하면서, 그것은 부르주아지의 눈살을 찌푸리게 하는 데 목적이 있으며, 주네는 그런 망측한 모습에 매혹되는 독자를 통해서 악의 시학에 의한 복수를 시도하고 있다고 말한다.(『장 주네론』)

그러나 사르트르의 설명은 충분하지 않고 우리는 한 걸음 더 나가서 생각해보아야 한다. 독자는 왜 사랑과 죽음의 망측한 관계에 매력을 느끼는가? 그 매력에는 보편성이 없는가? 이때 우선 생각나는 것이 프로이트가 말한 에로스와 타나토스의 관계이다. 여기에 주목하면 주네의 글이 부르주아지에 대한 복수라는 차원을 넘어서서 인류학적 의미를 띠게 된다. 사르트르는 개별적인 것으로부터 보편적인 것으로, 역사적인 것으로부터 초역사적인 것으로의 이행에 주목하지 않는다. 그것이 그의 실존적 심리분석의 한계이다.

사르트르는 작품이라는 생산물을 항상 생산자인 작가 자아의 표현으로만 설명하고, 그 생산물 자체가 인류적 차원의 보편성을 드러낸다는 점을 등한시하고 있다. 플로베르의 『보바리 부인』이 왜 다른 시대를 사는 우리에게 매력을 끼치는가를 설명하지 못하고 고심한 것은 그가 자신의 설명체계에 갇혀 있기 때문이다. '작품＝시대와 작가의 표상'이라는 종래의 문학관 대신에 작품을 보편적 구조와 상징적 차원에서 재고하려는 새로운 움직임을 의식적으로 등한시해왔기 때문이다. 사르트르야말로 앎의 차원에서 그자신이 말하는 '정화적 반성'을 해야 했던 것이다. (1991)

*

시벨리우스의 〈교향곡 제2번〉을 다시 들었다. 역시 홀린다. 이 교향곡은 보통 핀란드 사람들의 애국정신에 대한 각성의 표현으로, 그리고 제정러시아로부터의 해방을 지향하는 그들의 다부진 희망과 투쟁과 개가凱歌의 표현으로 알려졌다. 내가 가지고 있는 디스크에도 그런 설명이 붙어 있다.

그러나 나는 전혀 엉뚱하게, 본질적으로 다르게 이 곡을 들어왔다. 나는 이 곡을 들을 때마다, 인간의 접근을 가로막는 준엄한 북국의 자연을 연상하고 그 앞에서 압도되고 만다. 천둥처럼 울리는 순백의 산들, 대낮에는 짙푸른 하늘을 배경으로 찬연히 빛나고, 황혼에는 서서히 자취를 감추면서 신비롭게 속삭이는 산이며 강이며 수풀들. 자연은 때로는 우렁차게 때로는 낮은 소리로 "인간들이여 이 성역에서 물러나라"고 말한다. 그것은 자연과 인간과의 교류나 투쟁이 아니다. 더더구나 인간의 감정에 의해서 채색된 자연은 아니다. 인간은 그 자연 앞에서 외경畏敬에 휩싸여, 멀리서 아주 멀리서 엎드리고 웅크리고 그 속으로 삼켜지는 은총을 체험한다.

내가 베토벤의 〈전원교향곡〉을 이미 들을 수 없게 된 이유는 바로 여기에 있다. 인간 희로애락의 감정이 투영된 자연, 한마디로 인간에 의해서 소화된 자연은 절대적 타자로서의 자연 그 자체가 아니다. 시벨리우스의 그 교향곡을 들으면서 아마도 작곡가의 의도에서 크게 벗어나, 자연 앞에서의 절대적 외경에 젖어들어 잠시나마 자아에서 벗어나는 것은 내가 동양인이기 때문일까? (1991)

*

일본 위성TV가 제공하는 채플린 영화를 오늘까지 세 편 보았다. 〈근대〉〈독재자〉〈살인광시대〉.

풍자, 고발, 희극, 서정, 철학적 비판이 한 덩어리가 된 영화사상 최대의 걸작들. 그리고 특히 무성영화의 매력. 채플린의 육체 전체가 연출하는 역동적 효과. 그 희한한 육체의 언어를 읽고 있으면 모던발레의 원조 겸 정상은 바로 채플린이라는 생각이 든다.

사르트르의 참여문학에 관한 글을 쓰고 있으면서 이 영화들을 보니까 더욱 감명 깊다.

정치적 참여는 문학의 영역일 뿐만이 아니라 채플린 시대부터 벌써 영화의 영역이기도 했다는 생각이 든다. 더구나 흔히 말하듯이 백문불여일견百聞不如一見이라, 영화의 엄청난 호소력 앞에서, 그리고 오늘날 더욱 발달한 시청각 기술의 수법 앞에서 문학의 정치적, 사회적 역할은 도리어 후퇴할 수밖에 없는 듯이 느껴지기도 한다. 그러나 정말 그럴까? 내가 채플린 영화를 보고 새삼스럽게 그렇게 느끼게 된 이유는 무엇인가? 왜 근래의 영화가 아니라 아득한 옛날 영화가 참여의 예술로서 깊은 울림을 가져오는가? 그 가장 큰 이유를 대기는 어렵지 않다. 영화기술의 획기적 발달과 확대에도 불구하고(아니 차라리 그런 이유 때문에), 영화는 대중오락으로 전락하거나 반대로 자폐적인 실험에 치우쳐서 채플린과 같은 천재성과 통찰력과 사명감을 함께 지닌 예술가를 오늘날 산출하지 못하고 있는 것이다. 그러기 때문에 사르트르가 주장한 바와 같은 문학의 정치적 참여는 잔존할 수 있었고, 또 한국에서는 현재 문학의 주종을 이루고 있기도 한 것이다. (1991)

*

과거의 철학이 일반적으로 예술을 '앎'의 영역 밖에 위치시킨 것은 '앎=논리적으로 서술되고 논증되는 지식'이라는 전제에 의거해 있었기 때문이다. 그러나 앎을 이러한 논리적, 논증적 담론에서 해방시킬 수는 없는 것인가? 선禪의 경우처럼, 또 말라르메의 경우처럼, 앎을 도리어 언어의 한계에 대한 도전이나 모험의 소산으로 생각할 수는 없는 것인가?

나는 앎connaissance을 지식savoir으로 수렴하려는 철학적 경향에 동의할 수 없다. 고차적이며 궁극적인 앎은 논증적 철학이 아니라 차라리 예술과 종교 영역에 속한다는 것이 나의 생각이다. 철학이 의거하는 논리적, 논증적 지식은 그러한 궁극적인 앎에 이르기 위해서 지양되어야 할 전前단계로서만 뜻이 있는 것이다. (1991)

*

Japan, Nihon, Nippon.

요새 일본의 운동선수들은 국제시합에 출장할 때, 흔히 Nippon이라는 글자가 앞가슴에 큼지막하게 적힌 유니폼을 입고 나온다. 세계가 공통적으로 부르는 Japan이라는 호칭을 거부하기 위한 것이다. 그들은, 아니 그들의 뒤에 있는 국수주의적 지배자들은 이렇게 말하려는 듯하다. "여러분은 우리나라를 Japan이라고 불러왔지만, 그것은 서양중심주의자인 여러분이 우리에게 강요한 이름이며, 우리나라는 어디까지나 Nippon이다. 오늘날 우리는 Japan이라는 호칭에 순응할 수 없다. 순응하지 않아도 좋을 만큼 우리는 강대해졌고 도리어 온 세계가 우리 본래의 국명을 새로 인식해야 할 단계에 이르렀다. 외국인들이여, 특히 서양인들이여! 우선 우리는 Japan의 국민이 아니라 Nippon의 국민이라는 것을 똑똑히 인식하라. 그래서 우리는 빠른 시일 내에 Japan이 사라지고 Nippon이 지배하도록 힘을 모을 것이다. 머지않아 Made in Japan이라는 표현도 모두 Made in Nippon으로 바뀔 것이다."

다시 교만해진 일본. 특히 중일전쟁 이래로 제국 일본을 강조하기 위해서 항용 사용했던 Nippon이라는 발음은 태평양전쟁에서 패배하자 대부분 사라지고 Nihon이라는 한결 부드럽고 겸손하게 들리는 발음으로 복귀한 것이 일반적 경향이었다. 그러자 극우단체들과 반동적 지식인들이 다시 대두하고 또 경제가 크게 발전함에 따라, 많은 일본인들은 다시금 PP라는 격음이 나라의 영광을 더 잘 나타낸다고 느끼게 된 것이다. 구름을 뚫고 우뚝 솟은 후지산을 찬양하며 "우리 닛폰의 자랑이로다!"라고 외쳐대던 일제시대의 〈애국행진곡〉이 상기되어 불쾌하기 짝이 없고, 청일전쟁에서 이기자 "이제 여한이 없다"라고 크게 만족한 제국주의자 후쿠자와 유키치福澤諭吉의 얼굴이 밉살스럽게 떠오른다. 일본인에게 세계시민을 기대하기는 예나 지금이나 다같이 어렵다. 그들의 가슴에는 국수주의를 넘어설 보편적 이념이나 가치가 배어 있지 않다.

다른 한편으로 국제시합에서 이북선수들은 앞가슴에 '조선'이라고 한글로 써 붙이고 나오는데, 세계를 무시하고 세계에 도전하려는 그 당랑거철螳螂拒轍과 같은 만용이, 그런 촌놈행세와 철부지 짓이 차라리 나을지도 모른다. 그것은 열등감에 짓눌리고 토라진 자들의 우스꽝스럽고 가련한 치기의 소산이며, 'Nippon'이라는 표시가 상징하는 교만의 표시는 아니기 때문이다. (1991)

*

위성TV로 본 몇 가지 프랑스 영화들—가령 레이몽 크노Raymond Queneau의 〈지하철 속의 자지Zazie dans le métro〉, 그리고 루이 말Louis Malle의 영화들.

프랑스의 전통에 어긋나지 않게 재치가 있다. 그러나 다른 한편으로는 깊이가 없는 것에 무슨 깊이를 주려고 하다가 완전히 실패하고, 따라서 재치가 다만 천박성만을 가져오는 이런 프랑스 영화보다는 차라리 재치도 없고 깊이도 없는 미국 영화가 낫다. 얄팍한 장난을 덜 하기 때문이다.

프랑스 영화를 보는 것은 복권을 사는 것과도 같다. 드물게 천금을 획득할 수도 있지만 꽝이 대부분이다. 그 반면에 미국 영화는 싸구려 슈퍼마켓에서 파는 정크푸드 같다. 늘 그게 그 맛이지만 간신히나마 먹을 수는 있고 또 적어도 대중에게는 제법 영양가가 있는 경우가 많다. 가령 〈벤지〉. (1991)

*

자크 뒤부아Jacques Dubois의 『문학의 제도화Institution de

la littérature』를 읽다가 그만두었다.

문학을 오직 사회학적 각도에서만 다루는 것은 재미없는 일이다. 모든 것이 이데올로기로 설명될 수 있다는 주장으로는 고전을 읽는 이유를 밝힐 수 없다. 또한 한 인간이 왜 다른 방식이 아니라 하필이면 문학이라는 방식으로 그의 이데올로기를 표현하게 되었는지 그 실존적 이유를 댈 수도 없다(이 점에서는 사르트르가 뒤부아보다는 한결 낫다). 오늘날 문학사회학에 주력하는 사람들의 부정에도 불구하고 그들은 역시 텐의 아류들이다(시대라는 개념으로 '텍스트의 상호관련성intertextuality'을 생각해본 텐 자신이 더욱 현명하다). 그들이야말로 대학이라는 제도의 기생충이다.

그들은 살아나가는 개인으로서의 근원적인 욕망(예컨대 사랑, 앎, 창조, 놀이, 죽음, 초월)의 발현으로서 문학을 생각하지 않는다. 좀 난폭하게 말해보자면 그들은 추상적 개념을 다루는 학자가 되기 위해서 무수한 개인의 그런 근원적 욕망의 실존적 중요성을 등한시하는 것이다. 바람직한 사회학적 접근이 있다면, 그것은 한 시대나 사회가 어떤 특정한 욕망에 사로잡히게 된 이유를 설명하고, 그런 욕망에 내포된 보편적 의미를 추구하는 것이다. 가령 19세기 전반기에 낭만주의자들이 보여준 초탈의 지향이 자본주의 성장기의 소산이긴 하지만, 초탈의 지향은 인간의 본연적 욕망의 한 가지이며 속악한 자본주의 성장기였으니까 어느 때보다도 특출하게 표현될 수 있었다는 식으로 말이다.

문학은 자폐적인 아카데미 내에서의 연구에서 다시 실존적 체험의 장으로 되돌아와야 한다. 삶에 대한 치열한 질문과 결부되지 않은 문학연구는 한 전문적 직업에 불과하다. 더구나 오늘날 테크놀로지의 세계에서는 처량한 처지에 빠진 직업에 불과하다.

요새 하이데거를 읽고 있으니까 이런 제도화된 문학연구에 대한 불만이 더 심해지는 것 같다. 아무튼 그 방면의 책은 더는 살필 생각이 없다. (1991)

*

일제시대에 있어서 우리의 민족주의는 저항과 투쟁을 위한 매우 적절한 원리로서의 기능을 수행했다. 그러나 오늘날 민족주의가 차지할 수 있는 위상은 일제시대와는 다르다. 일제와의 투쟁에서 그것이 수행한 바와 같은 중요한 역할을 오늘날에는 서양에 대한 저항을 위해서 이어나가야 한다는 논리는 성립할 수 없다. 만일 요새 많은 젊은이들이 보여주고 있고 또 일부 기성세대 지식인들이 가세하고 있는 거의 맹목적인 반反서양운동이 민족의 이름으로 확대된다면 그것은 도리어 19세기 전반기의 조선시대처럼 민족을 해치는 편협성과 자폐증으로 전락하고 말 것이다.

한국의 역사와 문화에 대한 비판적 성찰이 반민족적 행

위처럼 취급되는 현상은 미래의 한국을 구축하는 데 매우 해롭다. 과거와 현재에 대한 반성이 없는 미래는 타성적인 연장에 불과하다. 가령 벌써 18세기 중엽부터 시작된 한국의 계몽운동이 일본의 경우처럼 성공하지 못한 이유는 어디에 있는가, 일본의 침략을 막지 못한 내재적 원인은 무엇인가, 한국문학의 한계는 어디에 있으며 외국문학은 어떤 점에서 그 한계를 넘어서는 데 공헌할 수 있는가 하는 따위의 질문과 응답이 치열하게 그리고 심층적으로 전개되지 않으면 민족의 장래는 결코 밝은 것이 될 수 없다. 타자의 시각을 빌린 자기 객체시와 자기비판이 없는 독존적 태도는 줄기차게 배척되어야 한다. 서양중심주의적이며 서양지향적인 경박한 지식인들의 행태에 대한 반동으로서 민족주의를 내거는 것은 자폐증에 의한 자기 방어의 표현은 될지언정 진실로 민족을 위하는 지성적 태도는 아니다. 동서양을 아우르는 보편적 가치에 대한 깊은 관심과, 그런 가치의식을 바탕 삼아 민족 특유의 유산과 사상을 냉철하게 성찰하고 재인식하려는 시도야말로 오늘날 진정한 민족을 위한 길이다. (1991)

*

오늘날 개인의 곤경.

(1) 개인을 자율적, 주체적 존재로 알아온 것이 서양의

전통이며 이런 입장은 세계에 널리 퍼져왔다. (2) 그러나 오늘날 개인은 그를 조종하고 지배하는 조직 속에 편입된 것이 전 세계의 추세이다.

이 두 가지의 양태는 상반적이다. 그러나 고도의 테크놀로지 사회는 양자가 맞물릴 수 있는 것 같은 환상을 주려고 한다. 그것은 우리 각자에게 다음과 같이 말한다. "당신은 당신이 스스로 선택한 조직 속으로 편입된다. 이 편입은 당신의 자의에 의한 것이며 당신 자신의 결정에 의한 것이며 당신 개인의 생존과 행복을 위한 것이다."

하기야 이런 기만은 이미 초국가주의, 나치즘, 공산주의가 사용한 것이다. 그 기만의 기술이 이른바 세뇌이다. 다만 과거의 세뇌공작이 오늘날 테크놀로지 사회에서의 세뇌공작과 다른 점이 있다면, 그것은 전자가 노골적인 반면에 후자는 은밀하다는 것이며, 또한 전자가 단일적인 반면에 후자는 다양하다는 사실이다. 바꾸어 말하면, 능란한 광고가 그렇듯이, 그 세뇌공작이 의식화되지 않기 때문에 그만큼 더 깊이 스며드는 것이다. 금전만능주의, 정신적 가치의 격하, 조직구성원 간의 치열한 경쟁을 유도하는 성과주의, 새롭고 교묘한 기구의 부단한 출현, 유혹적인 오락수단……그 모든 것이 '멋있는 신세계'의 인간들이 거부해서는 안 될 뿐 아니라 자진해서 받아들이는 여건들이다. (1991)

*

　우리는 모두 시공時空 양면에 걸쳐 특정한 상황 속에 생존하면서 삶의 문제를 생각하고 해결하려고 한다. 그리고 그런 특정한 상황 속에서 삶의 문제가 과거의 규범으로는 해결될 수 없다는 것을 의식하면(대부분의 경우가 그렇지만) 새로운 규범의 필요성을 느낀다.

　이때 우리는 윤리학자, 사회학자, 법학자와 같은 전문가들이 자체적으로 혹은 다른 집단이나 시대의 일을 참고하면서 새로운 규범을 만들어주기를 바란다. 한데 그들은 그들이 만든 규범이 오직 우리의 개별적 상황에만 적합한 성격의 것이라고는 공언하지 않는 것이 보통이다. "우리의 새로운 규범은 엄격히 오늘날 우리만의 것이며 미래의 세대나 다른 문화권에는 적용될 수 없다"라는 겸손한 말을 듣기는 어렵다. 사회적, 윤리적 규범만이 아니라 거의 모든 개별적 원칙들이 보편성을 주장한다. 정의, 자유, 평등, 인권, 질서, 행복, 진리 등의 이름으로.

　이러한 개별적인 것의 보편성을 주장하려는 담론은 흔히 기만적 술책이다. "내가(우리가) 내세운 원칙은 결코 개별적, 한정적인 것이 아니라 보편적 대원칙에서 유래한다"라고 주장해야 많은 추종자를 획득할 수 있다. 한데 이 보편성의 분식粉飾은 윤리적 규범만이 아니라, 모든 이론과 사상의 경우에도 마찬가지이다. 사실 인간 사상의 역사란 개별적, 한정적인 의미를 호도하는 보편성 주장의 역사, 차라리 그런 보편성 주장들의 경합의 역사이다. 심지어 극히 개인적인 억지를 부리는 사람들 역시 보편성을 내세운다. 한데 그런 보편성의 주장이 과거와 갖는 관계는 크게 다음의 두 가지로 요약될 수 있다.

(1) 과거와의 절연—과거에 있었던 모든 보편성의 주장은 하나같이 허구나 은폐에 지나지 않으며, 오직 나의(우리의) 새로운 이론만이 보편적 진리라고 주장하는 것. 가령 마르크스의 사적 유물론이나 분석철학. 그것들은 결국 개별성에서 벗어나지 못하고, 기껏해야 어느 정도의 역사적 의의만을 남기고 사라지고 말았다.

(2) 과거의 이용과 발전적 계승—과거에 보편적 진리라고 주장된 것의 일부를 흡수하거나 변형하여 그 바탕 위에 자기의 새로운 이론을 구축하여 더욱 단단한 보편성을 주장하는 것. 가령 토마스 아퀴나스에 의한 아리스토텔레스의 이용. (1991)

*

두 가지의 음악.

(1) 나를 위로하거나 내 가슴속으로 깊이 스며들거나 나의 상념을 자극하고 다른 세상과의 만남을 유발하는 음악. 그때 나의 존재는 변용되지만 나의 의식은 나 자신을 떠나

지 않는다. 나는 자신의 존재를 새롭게 느끼고 인간과 사물과 세계의 모습을 새롭게 발견한다―모차르트, 베토벤, 브람스, 말러…….

(2) 나를 나에게서 완전히 해방시키고 나를 비존재화시키는 음악. 소리들의 야릇한 놀이 속으로 나를 끌어들이고 용해하는 음악. 말하자면 인간조건 밖의 음악. 내가 그런 음악을 듣고 기쁨을 느낀다면, 그 느낌이 이는 것은 음악을 듣는 그 순간이 아니라(그때 나는 소리에 매혹되어 나 자신을 잃고 있으니까), 듣고 나서 자의식이 돌아올 때이다.

나는 바르톡Bela Bartok의 〈관현악을 위한 협주곡〉을 듣고 이런 체험을 새삼스럽게 했다. 한데 그 곡 다음으로 베토벤의 〈현악사중주 15번〉을 들으려 했다. 그러나 평소에 그렇게도 좋아하던 이 곡이 가슴에 와 닿지를 않는다. 왜 그럴까? 필경 내가 직전에 바르톡을 들었고 그 소리들의 여운이 남아 있기 때문이다. 내 생각으로는, 위에 적은 (1)의 종류의 음악으로부터 (2)의 종류의 음악으로의 이행은 쉽게 이루어지지만, (2)로부터 (1)로의 이행은 성공하기 어려운 것 같다. 마치 불꽃놀이를 보고 홀린 다음에 성당에 들어가서 신부의 강론을 듣기가 고단한 듯이 말이다. 보들레르의 표현을 내 나름대로 빌려서 말해보자면 '자아의 응집 centralisation'으로부터 '자아의 기화(氣化, vaporisation)'로의 이행은 쉽고 그 역은 어려워 보인다. 가능하다면 그 양자 사이를 뜻대로 넘나들 수 있으면 좋으련만, 인간조건에서 벗어나려는 욕망이 그 왕래를 잠시라도 가로막기 때문이리라. 나는 이 몇 마디로써 이른바 예술을 위한 예술의 효능에 대해서 이야기한 것 같다. (1991)

*

단상斷想의 아이러니.

(1) 쓰는 사람—사람들은 많은 경우에 상념을 일관되고 논리적으로 전개시킬 겨를이나 능력이 없기 때문에 단상을 쓴다. 적어도 그것이 나의 경우이다.

(2) 읽는 사람—그러나 그것은 읽는 사람에게는 자신의 사유와 상상의 시발점이 되거나 도약대가 될 수 있을 것이다. 한데 그러기 위해서는 읽는 사람은 쓴 사람의 동기나 의도를 완전히 무시해야 한다. 그뿐 아니라 문장 중의 한 단어에만 주목할 수도 또 문장의 뜻을 엉뚱하게 새길 수도 있어야 한다. 심지어 쓴 사람의 생각을 부정의 계기로 삼을 수도 있어야 한다. 남의 단상을 읽는 사람은 어떤 문학작품을 읽을 때보다도 더 철저하게 그런 권리를 보유한다. 그래야 전혀 예측할 수 없었던 귀중한 상상과 사유가 생산될 수 있다. 그리고 바로 그것이 쓴 사람이 누릴 수 있는 아이러니컬한 보람이기도 하다. (1991)

*

  우리는 어떤 극적인 사건에 휘말리거나 뛰어들고 그것을 차후에 이야기하는 일이 있다. 그러나 자신이 사건의 주인공이 되고 또 내레이터가 되기도 하는 이런 이야기를 할 때, 우리는 그 이야기를 문자 그대로 처음으로부터 시작하는 것은 아니다. 그러고 싶어도 그럴 수가 없는 것이다. 우리의 모든 행위는 시간적, 공간적으로 이미 형성된 어떤 '사태의 한복판in medias res'에 끼어들어 있고 그 사태와의 관련하에서 이루어지는 것이기 때문이다.

  그것은 너무나 당연한 이야기이다. 아무도 또 어떤 일도 절대적인 시작이 될 수 없다. 우리의 존재와 행위는 우리 자신이 만들지 않은 여건과 상황을 떠나서 생각할 수 없다. 다만 문제는 그 여건과 상황을 어느 정도로 그리고 어떻게 인식하고 해석하고 받아들이느냐는 데 있다. 어떠한 모험도 그것을 모험으로 만들어주는 여건(가령 당사자의 내력, 과거 모험의 역사, 모험의 가치를 인정해주는 타자들)에 의해서 그 존재성이 좌우된다고 말할 수 있다. 어떠한 훌륭한 작품도 선행하는 작품과의 관련을 떠나서 생각될 수 없듯이, 우리는 다만 그러한 조건과 제약하에서 자신의 이야기를 시작할 수 있을 따름이다. 남의 이야기를 할 때는 더더구나 그렇다. 그런 점에서 발자크나 졸라와 같은 이른바 리얼리스트 소설가들이 등장인물을 일정한 환경 속에 자리 잡게 하고 또 그 전력前歷을 서술하면서 스토리를 시작하는 것은 단순히 인과관계를 설정하기 위해서가 아니라, 존재와 행위의 절대적인 시작이란 있을 수 없다는 투철한 인식에서 비롯된 허구의 설정이라고도 말할 만하다. (1991)

*

전통적 윤리학설은 일반적으로 신중성, 절제, 겸양, 관용 등의 덕목을 강조한다. 그러나 학설 주창자들 자신은 그런 덕목을 선뜻 실천하지 않는다. 도리어 그 반대이다. "내 주장이 옳은 것인지 아닌지는 여러분의 판단에 맡긴다"라고 겸손하게 말하기는커녕, 도리어 이렇게 단언한다. "겸양이나 절제와 같은 덕목의 중요성을 강조하는 내 학설은 분명한 진리이며, 그것은 어떤 비판이나 반대에 의해서도 또 어떤 상황의 변화에 의해서도 흔들리지 않을 것이다."

겸손을 내세우는 학설 자체는 교만하다는 모순, 수신修身이 되어 있지 않은 사람들에 의한 수신의 담론, 지행知行의 완연한 분리, 그러나 학설이 겸손하면 그것은 학설이 될 수 없다는 아포리아⋯⋯. 교만은 니체가 보여주는 바와 같은 도전적 담론만이 아니라, 허심을 이야기하는 불승의 설교에 이르기까지 모든 이론적 담론의 숙명적 속성이다. (1991)

*

칸트의 명제 중 하나—"행위의 가치는, 행위에 의해서 이룰 수 있는 목적들과 관계없이 오직 의지의 원칙에만 달려 있다."

목적, 하물며 결과는 도덕적 가치와 관계없다는 이 발언은 엄격히 개인적 도덕에 관한 것이며, 행위 그 자체와 바람직한 동기, 즉 의무감을 중시하는 정언명령의 한 표현이다.

그러나 '순수행위'의 도덕적 가치를 선양하려는 칸트의 이 명제는 현대사회에서는 그대로 적용되기 어렵다. 개인 행위가 미치는 영향의 범위가 극히 제한적이며, 사회적 상황이 장기간에 걸쳐 안정된 작은 국가에서는 이 명제가 유효할지도 모른다. 그런 사회에서는 공인되고 공유된 확고한 법과 제도와 관례가 개인 행위의 목적과 결과를 조정하고 규제하고 평가하는 기능을 담당하기 때문이다. 개인은 순수한 동기에서 행위를 하면 되고, 그것이 달성하고자 하는 목적의 성취 여부는 사회에 별다른 영향을 끼치지 못하며, 또한 그것에 수반되는 결과에 대한 판단과 대책은 공동체에 일임할 수 있다.

그러나 현대와 같이 전쟁의 위기가 존속하고, 테크놀로지가 부단히 새로운 환경을 만들어내고, 게마인샤프트(Gemeinschaft, 공동사회)가 게젤샤프트(Gesellschaft, 이익사회)에 의해서 밀려나고, 이른바 세계화가 개별국가의 자족성을 불가능하게 만드는 사회에서 개인 행위의 도덕성 여부는 그 행위 자체의 정당성보다는 차라리 목적을 설정하고 결과를 예측하는 지적 능력과 관련되는 경우가 많다. 가령 나는 징집영장을 받았는데 그 명령대로 전쟁에 나가서 적을 죽이고 나의 죽음도 감수할 것인가, 혹은 내가 지켜온 평화주의의 대원칙에 따라서 징집을 거부할 것인가, 만일 이러한 거부의 결과가 조국의 패배와 멸망을 가져온다면 어떻게 되겠는가 하는 따위의 중대한 물음에 대답하려고 할 때 칸트의 도덕적 의무론은 그대로 적용될 수도 없고 도움이 되지도 않는다. 우리는 칸트적인 의무론을 넘어선 차원에서 그때마다 행동을 선택해야 한다. 그런 점에서 우리는 도리어 아리스토텔레스로 거슬러 올라가서, 윤리학이란 "보편적인 원칙보다도 개별적인 구체적 행동과 관련된 것"이며, "행위의 결과를 자각하지 못하는 무지에 의한 행위"를 경계해야 한다는 그의 말에 더 무게를 두어야 할지 모른다. 그러나 우리의 시대에는 행위의 결과를 자각하기가 아리스토텔레스의 시대와는 비교도 할 수 없을 만큼 어렵다. 결국 지금 우리에게 요구되는 것은 선택에 있어서 신중해야 하고, 선택된 행동의 결과에 대해서 책임을 지고, 만일 불행한 결과가 초래되면(그것이 비록 예기치 못한 사태의 진전 때문일망정) 자신의 유죄성을 인정한다는 새로운 도덕률이다. (1991)

*

전화위복轉禍爲福, 고진감래苦盡甘來에 관하여—이 성구成句에 대한 세 가지 태도.

(1) 이런 말에는 아무런 필연성도 없다. 모든 화는 복으로 전환되는 것이 아니라는 철저한 인식하에 철저히 각오하는 것. 스토이시즘. 희망 없이 고난을 견뎌내는 영웅적 태도.

(2) 불행하고 괴로운 상황이나 사건 현장에서는 위복이나 감래는 예측하기가 불가능하다. 이런 성구는 항상 결과가 나타난 다음에야 말해질 수 있다. 그래서 위복이나 감래라는 다행스러운 우연성이 현실화된다면 그것을 기대 이상의 덤으로 생각하는 지혜로운 태도를 보이는 것.

(3) 반드시 위복과 감래가 이루어진다고 믿는 것. 대표적인 것으로 종교적 환상. 한데, 정치적 권력뿐만 아니라 모든 권력은 지배와 억압의 방편으로 이 환상을 최대한 이용하려고 한다. "당신들의 고난은 구원을 위한 길이며, 더 밝은 미래를 위한 과정이다." (1991)

*

모든 사회적 조직은 각 개인에 의한 역할 분담을 전제로 한다. 그리고 그렇게 분담된 역할 수행에 있어서 사람마다 창의력을 발휘할 수 있고 또 그것이 조직의 번영에 이바지

한다는 의식을 가질 수 있게 된다면 그 사회는 이상적인 상태에 가깝다.

그러나 이 상태가 실현되기 위해서는, 다시 말해서 각각의 역할 담당자가 자신의 실천을 통해서 그 두 가지의 연결된 가능성(창의성과 조직을 위한 공헌)의 실현을 기하고 실감하기 위해서는, 그가 제 역할을 전체성의 구도 및 전망과 유기적으로 관련시킬 수 있어야 한다. 가령 축구에서 골키퍼의 역할이 그런 것이다. 그가 그의 한정된 영역에 묶여 있으면서도 상황에 따라 수많은 창의적 기량을 발휘하고 그것에서 제 존재성을 자랑스럽게 자각할 수 있는 것은, 축구시합이라는 전체적인 구도를 이해하고 그 안에서 자기가 분담한 역할이 매우 중요하고 불가결하다는 것을 알고 있기 때문이다. 나는 이런 역할을 '열린 역할'이라고 부르려 한다.

이와 반대로 '닫힌 역할'이라고 부를 만한 것이 있다. 그것은 테크놀로지의 발전과 더불어 무서운 속도로 늘어가고 있다. 첫째로 각자의 역할은 창조성의 발휘가 아니라 단순한 반복일 경우가 많다. 대부분 기계와 기구의 부분품 생산이 그렇다. 게다가 생산자 자신 역시 언제라도 다른 사람에 의해서 심지어 로봇에 의해서 교체될 수 있는 부분품으로 전락한다. 그런 소외현상은 이미 채플린의 〈모던 타임즈〉가 여실히 보여준 바 있다. 이와 더불어 전체적 구도 속에서의 역할의 의미가 파악되기가 어렵다. 가령 비행기의 작은 부분품 한 가지만을 제한적으로 생산하는 노동자는 자신의 실천을 비행기라는 복잡한 전체의 원리나 기능과 관련지어서 이해하기 어려울 것이다. 이러한 단편화斷片化는 비단 기계공업만이 아니라 사회생활 전체로 걸쳐 나간다. 심지어 학문세계도 예외는 아니다. 인문학은 철학, 문학, 역사로 구별되고, 문학은 국문학, 외국문학으로 더욱 갈라지고, 외국문학은 영문학, 불문학, 독문학 등으로 세분되고, 그것이 더욱 세기별로, 장르별로, 작가별로 나뉘어서 전공자가 생기고 각각의 전공자는 문학의 전체상全體像 속에서 그의 역할에 대한 성찰은 물론, 심지어 가장 가까운 인접분야와의 관련에 대한 성찰조차 자신의 문제로 삼지 않는다. 이리하여 대학은 유니버시티가 아니라 극단적으로 세분화되고 닫힌 전공분야의 단편들이 좁디좁은 공간을 할거하고 있는 멀티버시티가 되어버린다.

세계와 인간의 바람직한 전체상의 구성을 염두에 둔 역할분담이라는 인식이 그 어느 시대보다도 성립되기 어려운 오늘날의 사회에서는 개인은 극단적으로 소외되고 서로 단절되어 있다. 비록 허상이었을망정 마르크스주의가 붕괴한 이후로는, 전체와 개인을 유기적으로 관련지어서 인식하고 이해하려는 움직임은 다시 자리 잡을 수 있을 것 같지 않다. 더구나 현재는 불안하고 미래는 불확실한 지금의 세계

에서는 심지어 그런 시도를 해보려는 돈키호테조차 나타나지 못할 것이다. (1991)

*

『변증법적 이성비판』의 저자로서의 사르트르처럼, 물질의 희소성에서 비롯되는 적대성과 갈등을 대타對他관계의 본질로 생각한다면, 인간의 행위에 도덕적 의미를 부여하기 어렵다. 개인적 차원을 넘어서서 집단적 차원에서 보더라도, 오직 적자생존만이 있고 승자와 패자만이 있는 이 투쟁에서 부르주아지의 억압은 나쁘고 프롤레타리아의 혁명적 행동은 옳다고 말할 수 있는 어떠한 도덕적 근거도 없다. 후자가 전자의 존재를 말살하고 그것으로부터의 해방을 꾀한다면 그것은 생존경쟁 차원의 행위이며 보편적인 도덕률에서 비롯된 것이 아니다. 더구나 희소성이 해결되지 않는한, 마르크스처럼 프롤레타리아의 승리가 유토피아를 가져온다는 환상도 가질 수 없다. 따라서 사르트르로서 선호의 기준이 있다면 그것은 수량적 고려뿐인 것 같아 보인다. 그가 생각하는 정의와 자유는 인구의 절대다수를 점하는 프롤레타리아가 물질적 희소성에서 비롯된 투쟁에서 절대소수인 부르주아에게 결정적 승리를 획득하는 것이다. 그리고 지식인의 임무는 바로 이 계급투쟁에서 자신의 출신계급인 부르주아지를 스스로 등지고 절대다수인 프롤레타리아에게 투쟁의 이론을 제공하며 그의 편에 서는 것이다. 이것이 말하자면 사르트르식 '살신성인'이다.

하기야 사르트르가 도덕 문제에 대해서 전적으로 무관심했다거나 그것을 무시했다고 말할 수는 없다. 우리는 그가 『실존주의는 휴머니즘이다』에서 개인의 선택과 보편타당한 행동의 중요성을 강조한 것을 알고 있다. 그러나 그 후 그 두 가지 도덕적 요청은 칸트적인 정언명령과의 관련을 떠나서 프롤레타리아 혁명에 있어서 지식인의 역할이라는 명제에 의해 왜곡되었다. 그리고 그 도덕적 요청은 인간의 대타관계는 적대 관계라는 그의 기본적 존재론과 상충하였다. 그리하여 개인의 선택, 보편타당한 행위, 존재론적 적대관계, 희소성을 둘러싼 생존경쟁, 그 경쟁에서의 프롤레타리아의 승리를 위한 투쟁이라는 서로 맞물리기 어려운 현실과 요청 사이에 끼어든 사르트르의 고육책은 결국 프롤레타리아 투쟁에 적극 가담하는 일에 굳이 실천도덕의 외양外樣을 갖게 하는 것이었다.

사르트르의 행동은 자신의 출신계급인 부르주아지의 억압과 착취에 대하여 강렬한 연대책임과 죄책감을 느꼈다는 사실에서 비롯된다. 그것은 이해할 만하고 또한 마땅한 도덕적 반응이기도 하다. 그러나 이 감정적 콤플렉스가 사르트르의 경우처럼 격앙되면 부르주아는 절대악이며 프롤레타리아는 절대선이라는 마니교敎적인 이원론으로 낙착

되기 쉽다. 그가 모택동주의자가 되고 1960년대 후반의 문화혁명을 적극 지지한 것도 그런 이유에서이다. 부르주아지 박멸에 앞장선 이 부르주아 지식인의 순정주의는 그러나 결국 좌절의 운명에 처하게 된다. 왜냐하면 첫째로 이미 수십 년 전부터 프로레타리아의 공식적 대표기관인 공산당은 그의 정치적 참여를 진지하게 받아들이지 않았으며, 둘째로 비록 프롤레타리아의 투쟁이 승리를 가져온다 해도 희소성의 문제는 결코 해결될 수 없고, 생존경쟁은 영원히 계속될 것이기 때문이다. 사실 그의 『변증법적 이성비판』은 그 비극에 끝이 없으리라는 것을 시사하고 있기도 하다. (1991)

*

칸트와 공자.

칸트는 『도덕형이상학원론』에서 성향性向을 배격하고 의지를 부단히 강조한다. 따라서 도덕적 의무의 실천은 모든 경우에 성향(받아들일 만한 것이건 물리쳐야 할 것이건 간에)을 극복해야 할 이성의 힘에 의거하며, 그것은 항상 의식적이며 반성적인 행위라야 한다.

이와 반대로 공자는 실천의 최고 경지는 '종심소욕불유구 從心所欲不踰矩'라는 말로 대표되어왔다. 물론 공자 역시 올바른 길로 들어서기 위해서는 이성적 판단과 의지력에 의한 자기통제가 필요하다는 것을 무시한 것은 결코 아니다. 그것이 다름 아닌 수신이다. 그러나 이성과 의지력의 의식적 행사, 즉 수신은 첫 단계이며 종국적 이상으로는 이성과 의지력의 행사가 거의 본능화되는 단계가 설정되어 있다. 부단한 수양과 실천을 통해서 이루어지는 이 단계는 말하자면 이성의 성향화性向化이다. 그리고 이것이 덕의 극치이다.

의무의 실천이 본능화, 성향화되는 단계를 상상하지 못하는 칸트의 사상은 기독교 문화권의 소산이다. 완전무결한 창조주인 신과 불완전하고 원죄에서 벗어나지 못하는 인간의 대립에서 비롯된 인간불신 문화의 소산이다. 이런 문화에서는 인간은 완전을 바라면서도 항상 죄를 짓고 좌절하는 나약한 존재이며, 이 나약한 존재는 '종심소욕불유구'의 경지를 생각할 수 없다. 남은 길은 죽음의 순간까지 자기통제를 위한 고단한 의식적 실천뿐이다. 성향을 불신하는 칸트의 도덕적 형이상학은 기독교적 구원을 향한 서양의 전통적 지향을 도덕적 차원으로 옮겨서 부연한 것이다. (1991)

*

엄밀하게 과학적인 진술(가령 "물은 섭씨 100도에서 끓는다, 생물체는 세포로 구성되어 있다, 지구는 태양의 주위를 돈다" 등등, 만인의 관찰과 실험이 동일한 증명을 가져오는 진술)을 제외하고는 모든 진술은 객관적이 아니다. 한데 객관적일 수 없는 진술에 객관성을 부여하려고 하는 담론의 방식이 가장 널리 퍼져 있는 것이 철학 분야이다.

객관성을 위한 이 기만은 두 가지 방법으로 이루어진다. 첫째는 자기의 이론을 증명할 수 있을 사실이나 양상만을 골라서 오직 그것만이 객관적이고 보편적인 듯이 말하는 것이다. 가령 사르트르처럼 "인간은 자유롭다"라고 말하거나 반대로 마르크스처럼 "인간은 사회경제적 조건에 묶여 있다"라고 말하는 경우가 그렇다. 또 하나는 "그럴지도 모른다, 그런 것 같다, 나는 그렇게 생각한다"라고 말해야 하는 것을 "그렇다"라는 주장으로 바꾸어놓는 것이다. 다시 말해서 개연적 사실이나 주관적 판단을 단언적 언술로 호도하는 것이다.

이런 것이 진리 명제의 기원이다. 그러나 대부분의 철학자들은 자신은 그런 단언을 하면서도 남의 단언은 곧이곧대로 듣지 않는다. 이리하여 '진리주장truth claiming'의 콘테스트가 벌어지고 그것이 철학사를 이룬다. 그것은 문학이론이나 문학비평의 역사의 경우도 마찬가지이다. 그러나 문외한들은 이런 진리주장을 진리로 받아들인다. 더구나 그 주장자들이 이른바 네임밸류가 있고 또 그들의 주장이 권력의 이데올로기가 되거나 권력의 비호를 받고 있으면 더욱 그렇다. 그리고 가장 증오할 만한 것은 그런 배경을 이용하여 허위를 진리라고 내세우는 기만을 의식적으로 일

삼는 자들이다. (1991)

*

성인이나 초인의 경지에 이른 사람이 아니라면, 윤리는
대타적인 경우는 물론 대자적對自的인 경우라도 스스로 과
한 금욕 없이는 성립할 수 없다. 그것은 본질적으로 반反욕
망의 소산이다.

어떤 정신분석학자들은 이런 의식적 극기의 근원에는 무
의식이 깔렸다는 것을 강조한다. 가령 자비의 윤리는 승화
된 오이디푸스콤플렉스나 메시아 콤플렉스의 소산이라는
따위의 주장이 그런 것이다. 그런 주장은 그 나름대로 옳
을지도 모른다. 모든 고귀한 행동의 근원에는 이기적이며
병적인 동기가 깔렸을 수 있다. 그러나 근원에 관한 설명은
윤리적 행위의 사회적 기능과 의미를 밝히는 것과는 다른
것이다. 윤리적 요청의 근간은 사회생활에서 상극적 관계
로부터 공생의 관계로의 전환에 있다. 유교에서의 수신 역
시 다만 개인적 수양에 그치는 것이 아니다. 그것은 공생적
대타관계(인의仁義)를 훌륭히 수행하기 위한 준비단계이다.
따라서 자비에 관해서도 우리가 따져야 할 중요한 문제는
그 기원이나 동기보다는, 어떤 종류의 자비가 어떻게 공생
적 대타관계라는 윤리적 요청을 가장 잘 충족시키느냐는
것을 알아보는 것인데, 이것은 정신분석 영역 밖의 것이다.

또한 인간의 본성이라는 척도에 맞추어서 윤리적 요청을 시비하는 담론에도 한계가 있다. 인간의 본성이 선善한 것이니까 인간은 자연히 윤리적이 된다고 말하는 것은 안이한 생각이다. 비록 인간의 본성을 알 수 없다고 해도, 또 그것이 사욕이나 악을 뿌리로 삼고 있다고 해도, 공생을 위한 윤리적 요청의 진정성에는 아무런 손상이 가지 않는다. 도시 자아를 초극하려는 데 덕의 본질이 있기 때문이다.

이런 말을 하자니 다시 생각나는 것은 프로이트이다. 그는 오이디푸스콤플렉스를 넘어서서 초자아를 정립시키는 것이야말로 어른이 되는 길이며, 또한 문화를 위해 자아의 희생을 받아들여야 한다고 말한 바 있다. 하기야 프로이트는 윤리에 관해서 특별한 이론을 세운 것은 아니지만, 그의 문화론에는 그 나름의 윤리관이 포함되어 있다고 생각한다. 선진자본주의의 혜택을 누리고 있는 일부의 정신분석학자나 심리학자들이 욕망의 완전한 해방을 주장하고 있는 것은 '문화를 위한 희생'을 긍정적으로 받아들인 프로이트에 대한 배반이며, 부잣집 어린애들의 어리광과 같은 짓이다.

물론 욕망의 해방을 전적으로 거부할 수는 없다. 그러나 그 해방은 윤리적 요청의 배척을 의미해서는 안 된다. 사실 개인적 욕망은 공생을 위한 윤리적 요청에 의해서 완전히 초극되는 것이 아니라 억압되는데, 그 억압이 축적되면 반

사회적으로 폭발할 것이다. 따라서 사회는 욕망의 배출이 이루어지도록 고려하고 허락한다. 그리고 예술 기능의 하나는 바로 그 배출의 승화에 있다. 따라서 윤리와 예술 사이에는 갈등이 있다고 말할 수 있으며, 또 반대로 공존관계가 성립된다고도 말할 수 있다. 윤리를 위한 욕망의 통제와 예술을 통한 욕망의 해방이라는 두 가지 요청 사이의 줄타기—여기에 현실적인 지혜가 있는 것인지도 모른다. (1991)

*

수유리의 내 집 바로 맞은편에 다세대주택(각 층에 18평 정도의 작은 주택을 두 개씩 만든 도합 4층짜리 건물)이 생겼다. 싸구려 골재를 쓴 이 주택들의 바닥과 복도와 계단만큼은 그러나 대리석 조각으로 치장되어 있다. 그렇게 번지르르하게 '부티'를 내야 사는 사람들이 나타난다는 집 장사의 말이다. 참으로 딱한 허영심이다! 그러자 두 사람의 모습이 떠올랐다. 1960년대에 브리태니커 대사전의 껍데기만을 사서 리빙룸의 서가에 꽂아놓은 대저택의 소유자와, 평생 한 넥타이만을 꾀죄죄하게 매고 다닌, 내가 잘 아는 한 동경대학 교수의 모습이다.

이 세 가지 타입의 인간을 도식화하면 다음과 같이 순환적인 것이 된다.

(1) 빈자의 허영→부자의 모방

(2) 부자의 허영→지식인의 모방

(3) 지식인의 허영→빈자의 모방

내 느낌─(1)은 가련하다 (2)는 가소롭다 (3)은 가증스럽다.

옛날에는 부를 감추기 위해서 빈자를 모방하던 부자가 많았는데, 그런 가당한 처신을 하는 사람은 근자에는 보기 드물어졌다. (1991)

*

얇은 햇빛이 얇은 커튼 사이로 스며드는 저녁나절. 나는 파이프 담배를 피우면서 브람스의 〈현악 6중주〉 제2번을 듣고 있다. 나는 파이프의 따듯한 골통을 왼손으로 어루만지고(그 촉감은 거의 성적이다!), 가늘게 피어오르는 자연紫煙의 그윽한 냄새를 맡으면서 먼 곳을 바라본다. 입안에서는 쌉쓰름하면서도 달콤한 맛이 감돌고, 내 귀는 그 절묘한 소리들의 향연을 향해 활짝 열려 있다. 오관五官이 동시에 열락에 젖어드는 희한한 시간이다. 그러나 이 시간이 너무 오래 지속되어서는 안 된다. 그 효험은 시간이 지날수록 줄어들 것이다. 그래서 나는 그 곡이 끝나자 그리운 사람의 곁을 결연히 떠나듯이 6중주 제1번을 계속 듣고 싶은 유혹을 물리치고 책상으로 돌아와, 아직도 쾌감이 남아도는 것을 느끼면서 이 몇 자를 급히 적는다. (1991)

오늘에야 피부병에서 해방되었다. 몸이 근질거리지 않는다는 것이 기적처럼 여겨진다. 삶의 기쁨을 가장 절실하게 맛보는 것은 회복기의 환자라는 지드의 말이 생각난다.

이런 가볍고 상쾌한 기분에 싸여서 『데카메론』을 읽는다. 옛날에 성적 자극을 느끼면서 읽었을 때와는 다른 맛이 있다. 엷은 미소를 띠면서 『데카메론』을 읽을 수 있는 것은 노년의 특권이다. (1991)

이 세상에서 가장 진지한 사람 중 하나는 네로이다. 그는 욕망의 승화로서의 예술이 아니라, 욕망의 실현으로서의 예술을 극한까지 추구하려고 했다. 삶은 예술이어야 했고 예술은 삶이라야 했다. 절대적 초월을, 시적 현실을 문자에 의해서가 아니라 '지금 이 자리'에서의 행위로 실현시키려 했다.

그가 로마를 불사른 것은 불의 신비 속에서, 파괴의 미학 속에서 범용한 인생을 초월하려는 충동이었다. 거리에 나서서 아무렇게나 권총을 쏘아대는 것이 초현실주의적 행위라고 말로만 떠들던 브르통Andre Breton은 네로와 비교하면 얼마나 왜소한가! 또 비록 거리에서 권총 몇 발을 쏘는 행위가 실제로 감행되었다 해도 그 행위는 얼마나 치기로 가득 찬 것인가! 그것은 세계에 대한 도전이 아니라 장난에 불과하다. 반면에 로마를 불사르는 것, 그것은 세계 전체(네로에게 있어서 로마는 세계 전체이다)에 도전하려는 엄청난 시도이다.

그러나 아깝다! 아까운 것은 페트로니우스Gaius Pertronius가 말했듯이, 로마가 불타는 광경을 보고 네로가 지었다는 시가 평평범범한 것에 불과했기 때문이 아니다. 그것은 그 시뻘건 불길 속으로 제 몸을 내던짐으로써 초월과 죽음이 합치는 희한한 순간—인간조건을 넘어선 궁극적 황홀의 순간을 그가 두려워했기 때문이다. 결국 진지한 네로는 겁쟁이 네로로 낙착하고 만 것이다. (1992)

*

구심적	원심적
베토벤	존 케이지
말라르메	랭보
세계를 조직	세계로 확산
모던	포스트모던
해석학	해체이론
신 또는 그 대리물	신의 죽음
"나는 말한다"(리쾨르)	"나는 말해진다"(라캉)

(1992)

바르트, 데리다, 수잔 손탁 등 그들의 문화적, 문학적 극단주의, 이성 중심주의에 대한 그들의 공격—그들의 행위는 주체가 사라지고 개인만이 존재하는 포스트모던 사회의 확산적 경향과 부합하고 그 경향을 대변한다. 과거의 부정, 자아의 내적 공간의 말살, 지속적 현실과 안정된 가치의 거부를 통해서 그들은 후기 자본주의 지배자들의 공조자가 되어 있다. 따라서 도리어 전통적 가치의 옹호자들이 오늘날 가장 급진적인 반체제 진영을 형성할 수 있다는 역설이 생긴다. (1992)

*

"구조주의의 대상은 의미를 제조하는 인간이다······ 인간에게 주어지는 모든 것은 벌써 인간적이다. 우리가 여행하면서 발견하는 수풀이나 강에 이르기까지."(바르트, 『비평론집』)

이런 말을 하는 바르트는 어쩌면 그렇게도 하이데거와 대조적인가!

바르트	하이데거
의미의 제조자	의미의 추구자
인간적 의미가 부여된 자연	자연적 자연의 유혹과 복권
사회적	존재론적

인간＝사회 내 존재   인간＝세계 내 존재

언어＝의미의 제조자   언어＝존재의 비밀 보관자

                               인간이 분비하는 것

                                    (1992)

*

불행한 시간은 특별한 시간이다. 불행한 시간이 있기 때문에 인간은 본질적인 반성의 길로 들어선다.

사르트르가 말라르메를 보는 것은 그런 입장에서이다. 철저한 불행의 체험, 그것은 인간의 진실 발견과 직결된다.

쿤데라의 『참을 수 없는 존재의 가벼움』도 마찬가지이다. 이 소설은 체코의 국민적 불행 없이는 존립할 수 없지만, 체코의 불행을 주제로 삼은 소설은 아니다. 그 불행은 인간의 발견(그것은 부정적인 발견이었지만)의 계기가 되었다는 점에서 특별한 것이다. 그 순간에는 쿤데라가 '키치kitsch'라고 부르는 것으로부터 해방된다.

그러나 본질적 반성을 위해서, 인간의 진실 발견을 위해서 불행을 자초하거나 남의 불행을 야기해야 한다고 주장하는 사람이 있다면 그는 목적과 결과를 혼동하는 큰 잘못을 저지르는 것이 된다. (1993)

*

예술작품 수용의 두 가지 극단.

(1) 구심적―메를로 퐁티의 입장. 작품이 말하려고 하는 깊은 의미로의 접근. 그러나 그 객관적 존재성을 어떻게 인지할 수 있는가?

(2) 원심적―바슐라르의 경우. 작품은 독자의 몽상을 위한 도약대이다. 독자는 텍스트에서 출발해서 표류한다. 어떤 비평가들의 견해로는 작품을 읽는 가장 부당한 입장이다. 그러나 작품을 대하는 '진정한 방법'이 만일 있다면 그것은 어떤 근거에서 설정될 수 있는 것인가?

(1)과 (2)의 공통점 두 가지. (a) 일상성으로부터의 해방, 다른 자아와의 만남(그것이 원래 잠재적으로 존재하는 것이건, 혹은 새로 태어나는 것이건 간에). (b) 그러나 일상성으로부터의 해방은 어느 한 곳에 고정되거나 어느 한 쪽으로 지향되는 것이 아니다. 구심적 수용의 경우에는 그 중심이 다원적이다(프루스트는 "예술 덕분으로 우리는 우리의 세계라는 단 하나의 세계를 보는 대신에 세계가 증식하는 것을 본다"라고 함). 원심적 수용의 경우에는 항상 텍스트를 떠나고 심지어 배반하면서 즐거운 방황이 이루어진다.(바르트 『텍스트의 즐거움』, 바슐라르 『몽상의 시학』 참조)

(1993)

*

오래간만에 브람스의 〈클라리넷 5중주〉를 들었다. 역시 좋다. 제2악장의 고귀한 애수가 구슬처럼 맺혀서 영롱하게 빛난다. 한때 제3악장에서 그 애수를 넘어서려는 듯한 쾌활한 가락이 퍼지지만 결국은 그 초월은 이루어지지 않고 결국 제4악장의 마지막에서 슬픔은 끝내 남는다. 내적 드라마이다.

옛날에 내 친구 중 한 사람이 제 부친의 경우라고 하면서 해준 이야기가 생각난다. 사별한 아내를 묻은 날 그 설움을 억누르기 위해서 친지들과 농담까지 주고받다가 집으로 돌아와서는 한밤중에 남몰래 울었다는 것이다. 그 이야기를 승화시키면 바로 이 곡이 될지 모른다는 엉뚱한 생각이 들었다.

그러나 이러한 내적 드라마로서의 해석도, 또 더더구나 나의 친구의 부친에 관한 엉뚱한 연상도 음악 자체의 본뜻(과연 그런 것이 있다면)과는 아무런 상관이 없고, 단지 그것이 유발한 터무니없는 망상에 지나지 않는다. 그러나 바로 이렇게 터무니없는 느낌이나 생각으로 미끄러져 가게 하는 데에 예술의 한 가지 효용이 있을지도 모른다. 날이 갈수록 더욱 일탈, 표류, 방황의 계기로서 예술을 생각하게 된다. (1993)

미셸 투르니에의 『방드르디』에서 방드르디가 종교음악을 들으면서 떠올리는 엉뚱한 이미지들.

방금 위에서 말한 나 자신의 체험으로 보아도 음악이란, 또 예술이란 바로 그런 작용을 한다. 예술이 국경을 넘는다는 말은 그 기원에 있었던 문화나 동기에서 벗어날 수 있다는 의미로 해석될 수 있다. 방드르디의 경우, 그의 엉뚱한 반응은 종교음악의 본뜻을 조롱하려는 것이 아니라, 그 음악이 본래 가지고 있던 종교성으로부터 그것을 해방시킨다는 것이다. 예술작품은 모든 사람으로 하여금 작품의 본질적 의미로 지향하게 하는 데 목표가 있는 것이 아니다. 작품의 본질적 의미란 객관적으로 존재하지 않는 것이기 때문이다. 예술작품은 도리어 서로 다른 여러 사람에 의한 원심적 확장을 통해서 그 존재 의의를 획득한다. 예술작품이 애초에 겨냥하지 않았던 엉뚱한 수용자들에게 엉뚱하게 받아들여진다는 것은 그것이 누릴 수 있는 아이로니컬한 특권이다. (1993)

*

투르니에를 읽다가 흥분이 가져오는 중압감에 견딜 수 없어 책을 잠시 덮어두고 거실로 나와서 바흐의 〈플루트 소나타〉를 들었다. 그 귀족적인 경쾌함이 『방드르디』의 압력을 완전히 씻어주지는 못했지만 다소 완화시켜주기는 한다. 마치 열탕으로 터질 듯한 솥뚜껑이 살짝 옆으로 밀려서 증기가 서서히 빠져나가듯이.

내 옆에서는 생후 한 달 반의 외손자가 소파에 누워서 팔다리 짓을 하고 있다. 마치 바흐의 곡에 본능적으로 호응하는 것 같다. 그러자 갑자기 이런 생각이 든다. "이 어린것에게 판소리를 들려줄 수는 없다. 아무리 한국문화의 자랑거리일망정 한의 절규로 이 애의 감정교육을 시작할 수는 없다." 그러자 또 이번에는 경쾌한 플루트의 소리가 앙도아르와 치명적 유희를 벌이는 방드르디에 대한 하늘의 찬가처럼 들린다. 이윽고 또 엉뚱하기 짝이 없는 다른 망상이 떠오른다. 이 갓난 손자가 플루트의 아름다운 선율을 배경 삼아 어린 사자와 정답게 희롱하는 장면이 영화의 한 장면처럼 눈앞에 그려진다. 바흐를 들으면서 터무니없이 표류한 셈이다. (1993)

*

西登香爐峯 / 南見瀑布水

성심여대 식당에 걸려 있는 한 액자 속의 이 대구對句가 오늘 점심을 먹는 중에 유난히 내 시선을 끈 이유는 무엇일까? 서/남의 대조, 산/수의 대조로써 광활한 자연의 양면을 부각시켜놓은 이 열 글자가 어느 그림보다도 더욱 나의 상상력을 자극했기 때문일까? 그렇다면 왜 다른 허구한 날에는 그것이 내 시선을 끌지 않았을까? 아마 오늘은 다른 교수들과 수다를 떨지 않고 나 혼자서 그 액자를 정면으로 바라보면서 식사를 했기 때문일 것이다. 그러나 또하나의 이유가 있는 것 같다. 그것은 직전에 초급불어 강의를 했기 때문일 것이다. 서양말에는 꼭 주어가 있는 데 반해서 이 글에는 주어가 빠져 있다는 문법적 차이가 새삼스럽게 느껴졌던 것이다. 누가 산에 오르고 누가 폭포를 보았다는 것인가? 그야 뻔하다. 한문만이 아니라 동양 삼국의 언어에서는 '나'라는 주어가 생략되는 일이 많다는 것은 말할 필요도 없다. 그러나 이 '나'는 왜 표출되지 않는 것인가? 여러 가지 이유가 있겠지만, 이런 한시漢詩의 경우에는 나라는 주어의 관례적인 생략에 덧붙여서 다소 철학적인 해석을 해볼 수도 있을 것 같기도 하다. 그것은 대상과 대면할 때 '나'는 그 존재성을 잃고 오직 대상만이 존재하기 때문, 다시 말해서 주체의 행위(이 경우에는 登과 見)는 대상을 존재시키고 부각시키는 기능을 할 뿐 나라는 주체는 그 속으로 흡수되기 때문이 아니겠는가? 이 존재론적 무화無化가 가장 잘 나타나는 것이 아마도 위 시구와 같이 자연을 대할 때일 것이다. 그러나 이러한 자아의 무화가 물론 보편적인 현상은 아니다. 대체로 서양인의 경우에는 자연 속으로 빨려드는 내가 아니라, 자연이라는 대상을 대하는, 좀 심하게 말해보자면 자연을 빨아들이는 주체로서의 '나'가 강조된다. 가령 대표적인 예로 베토벤의 제6교향곡 〈전원〉이 그렇다. 그것은 시골 그 자체가 아니라, 시골을 찾아간 '나'의 기쁨과 외경의 표현이다. 또 『고독한 산책자의 몽상』에서 루소가 하는 말도 마찬가지이다. 잔잔히 밀려오고 쓸려가는 호수의 물가에 앉아 있으면 '나'의 마음에 그지없는 기쁨과 평화가 깃든다는 것이 강조되어 있다.

서양인 일반의 경우에는, 이렇듯 '나'가 흡수하는 자연으로부터 '나'를 흡수하는 자연으로의 이행은 주체를 강조하는 그들의 언어의 구조로 보아, 다시 말해서 그들의 정신적 구조로 보아 아마도 어려울 것이다. 그 이행으로의 지향과 그 어려움이 투르니에의 『방드르디』에도 나타나 있는 것으로 느껴진다. (1993)

*

나의 고질적인 편견일지도 모르지만, '얄밉다'라는 형용사는 일본인에게 붙어 다닐 수 있는 형용사 중 하나로 여겨진다. 가령 오늘 일본의 NHK 위성방송 BS1이 내보낸 오후 열 시의 세계정세에 관한 보도가 전형적으로 그렇다. 영어의 악센트가 미처 빠지지 않았지만 일본말을 곧잘 하는 미국인이 캐스터의 한 사람으로 나왔다. 그를 내세운 이유는 '겉 다르고 속 다르다'는 것이 뻔하다.

겉치레—이른바 '다테마에建前'—"우리는 서양인을 일본어의 보도요원으로 쓸 만큼 국제성을 지닌 민족이다. 우리는 세계에 대해서 그만큼 열려 있다."

속셈—이른바 '혼네本音'—"뉴스 캐스터로서의 역할을 할 정도로 일본어를 잘하는 서양인이 있다는 것을 세계는 알아야 한다. 이제 우리는 영어를 배워야 하는 민족으로만 남아 있는 것이 아니다. 도리어 서양인이 일본어를 배워야 할 만큼 우리는 세계 일류의 민족이다. 서양인들이여, 일본어를 일본인만큼 유창하게 하는 이 사람이 부럽지 않은가! 다른 한편으로 영어권 사람들과의 인터뷰에서는 영어를 원주민만큼 잘하는 일본인이 얼마든지 있어서 그들을 동원하고도 남는다. 그 경우에는 서양인이 필요 없다. 구니야國谷와 같은 수려한 용모의 여성 아나운서가 구사하는 완벽한 영어를 들어보아라. 이렇게 우리는 언어에 있어서 자족적이다. 자족적이 못 되는 것은 이미 세계어가 된 일본어를 아직도 모르는 당신들 대부분의 서양인이다. 뉴스 캐스터가 된 이 미국인을 모범으로 삼아라."

인터내셔널리즘의 가면을 쓴 이 얄미운 내셔널리즘! 한국의 방송국이 미구에 일본을 본받아 이런 잔꾀를 부릴까 봐 걱정이다. (1993)

가을처럼 청명하고 선선하다. 높은 아파트 건물에 의해서 사방으로 갇힌 하늘이 푸른 손수건처럼 보인다. 그 한 조각의 하늘을, 그나마 고맙다고 생각하며 바라보면서 슈만의 교향곡 1번과 4번을 듣고 있다. 자발리쉬Wolfgang Sawallisch가 지휘하는 연주인데, 카라얀과는 달리 지나친 꾸밈새가 없어서 산뜻하고 자연스럽게 흐른다.

노래와 같은 곡조가 하늘에 안기려는 듯이 울려 퍼진다. 아니 차라리 하늘에서 퍼져 내린다. 아파트의 벽면들이 여전히 눈에 들어오긴 하지만 그 존재성을 상실했다고 해도 과언이 아니다. 하늘이 소리에 매혹된 듯이 확대된다. 간간이 보이는 흰 구름이 천천히 흘러간다. 마치 음악 소리에 그 움직임을 맞추려는 듯하다.

자연에 의해서 영감을 얻은 예술작품이라는 인공물이 자연에 진 빚을 갚으려는 듯이 자연에 새로운 의미를 준다. 이것이 예술의 기적이다. (1993)

얼른 생각하기에 추리적, 논증적, 분석적인 것과 직관적인 것과는 서로 대립하는 것 같다. 그러나 양자 사이에는 연관이 있다. 때로는 이 연관은 매우 긴밀하다. 양자는 이질적이지만, 일자가 타자로의 길을 트고, 또 그 불가결한 전제가 될 수도 있다.

(1) 시초에 직관이 없으면 추리나 논증은 태어나지 않는다. 19세기 실험의학의 창시자인 클로드 베르나르의 말—"번개 같은 직관이 모든 과학적 탐구의 시발점이다."

(2) 다른 한편으로, 추리를 하고 또 그것을 넘어서려는 고행이 없으면 직관이 태어나지 않을지도 모른다. 면벽面壁 십 년 만에야 진리를 깨닫는 선사禪師의 경우가 그럴 것이다. 또한 프루스트의 마들렌 과자의 일화가 그것을 말해준다. 그는 이 장면에서 "그러자 갑자기 추억이 떠올랐다"라고 적고 있는데, 아 갑자기 떠오른 추억 앞에는 추리와 분석 작업을 통해서 추억을 떠올리려는 이성의 고행이 있었다. 그리고 마치 그 고행을 가상히 여긴 신이 은총을 베푼 듯이, 갑작스럽게 직관적으로 추억이 떠오른 것이다. 양적으로 농축된 추리, 논증, 분석의 에너지가 마치 불꽃처럼 폭발하여 직관이나 계시로 질적 전환을 한 것이라고도 말할 만하다. (1993)

*

슬픔은 격렬한 음악이나 아이러니의 형식으로 분출할 수도 있고 아름다운 엘레지로 승화될 수도 있다. 전자의 경우에는 슬픔이라는 근원이 은폐되고 후자의 경우에는 슬픔의 정수精髓가 구현된다. 전자의 경우에는 슬픔은 은폐와 대조에 의해서 더욱 세차지고, 후자의 경우에는 순화를 통해서 서서히 가라앉는다. 사르트르의 용어를 빌리자면 전자는 '확장된 시'이며, 후자는 '수축된 시'이다. 이렇듯 동일한 질료가 정반대의 예술적 표현을 산출할 수 있는데, 그 양자가 전혀 다른 근원의 것으로 생각한 사르트르 자신의 견해에는 한계가 있다.(『장 주네론』 참조) (1993)

*

하이데거의 말—"문학의 역사는 문제들의 역사가 되게 마련이다."(『존재와 시간』) 매우 적절한 말이다. 그러나 한 걸음 더 나가서 이 문제들은 공시적 성격을 가지고 있다는 점에 주목해야 한다. 문학사는 과정의 역사, 더구나 전진적 과정의 역사가 아니다. 문학의 역사가 보여주는 과정의 하나하나는 공시적 중요성을 띤다. 과거 문학의 어떤 한 주류나 사조가 후속하는 것에 의해서 초월되었거나 지양되는 일은 없다. 과거는 사라지지 않고 현재로 누적된다. 신화와 설화로부터 모더니즘에 이르기까지 모든 문학적 형식과 표현은 혹은 변형적으로 지속되거나 혹은 그것들 사이의 혼효混淆, 통합, 긴장, 모순 등과 여러 관련을 맺으면서 문학이라는 전통을 풍요롭게 하고 있다. 다시 말해서 세계와 인간의 삶을 더욱더 깊이 그리고 더욱더 넓게 문제로 삼아가고 있다. (1993)

오늘날 마르크스주의는 비판의 원리일 뿐, 이미 혁명의 원리가 아니다. 그것은 자본주의사회(특히 오늘날 후기 자본주의사회)의 현상들, 가령 소외, 착취, 소비, 테크놀로지, 더욱더 심화되는 빈부의 격차, 세계화라는 미명을 내건 강대국들의 패권주의 따위를 비판하는 한 적절한 견지를 제공하기는 할망정, 이미 계급투쟁에 의한 혁명의 원리로 작용할 수는 없다. 이것은 1980년대 말 소련의 붕괴에서 비롯된 것이 아니라, 이미 1960년대부터의 일이다. 그 무렵 프랑스 공산당이 계급투쟁을 포기한 것은 그 대표적인 사례이다. 심지어 이른바 서구 마르크스주의자들은 자본주의의 적대자라기보다, 이미 초극될 수 없게 된(우리가 예측할 수 없는 역사적 우연성이 어떤 대격변을 가져올지 모르나, 적어도 프롤레타리아혁명에 의해서는 초극될 수 없게 된) 자본주의 체제 내에 머무르면서, 그리고 그 체제가 베푸는 자유를 향유하면서 실효 없는 비난을 일삼는 자들이다. 왜냐하면 그들의 이야기는 소수의 지식인들 사이에서 맴돌 뿐, 사회적, 경제적 구조의 변혁을 위한 어떠한 힘도 될 수 없고, 좀 과격하게 말하면 선진자본주의 체제의 기생충에 불과하기 때문이다.

아무런 개변도 바라볼 수 없는 이 정체상태는 언제까지 계속될 것인가? 머지않아 자본주의 자체 내의 문제들이 내적 폭발을 일으킬 것인가, 혹은 정말로 예상치 못했던 대재앙이 가령 우주적 차원에서, 또는 인간이 만든 지구환경의 변화로 말미암아 일어날 것인가? 그렇지 않으면 사회정의의 원리가 그나마 서서히 작용하여 좀 더 공정한 공동체가 자본주의 테두리 내에서 형성되어나갈 것인가? 그러나 우리는 모든 예언이나 기대를 헛소리로 만들어버리는 불확실성과 불안의 시대에 살고 있다. (1993)

*

어젯밤에 호로비츠Vladimir Horowitz의 피아노 연주를 듣다가 말할 수 없는 기쁨이 온몸 가득히 휩싸는 것을 느꼈다. 그의 손끝에서 나오는 절묘한 피아노 소리가 시간과 공간을 내 속에서 그리고 내 주위에서 지워버렸다.

그래서 오늘 레코드가게로 뛰어가서 그의 다른 연주가 담긴 CD를 석 장 사 왔다. 그중의 하나, 〈Horowitz at home〉이라는 표제가 붙은 것을 여니 그 설명문이 호로비츠 자신의 글로 되어 있었다. 그래서 알았다, 내가 왜 그에게 홀렸는지를. 나의 최근 문학관이 그에 의해서 음악적으로 구현되어 있었던 것이다! 여기에 그 귀중한 글을 옮겨 적는다.

"작곡가의 악보는 골격에 지나지 않으며, 연주자가 그것에 살과 피를 부여해야 한다. 그래야 음악이 생명을 얻고 청중에게 호소할 수 있다. 어떤 원전(原典, Urtext)으로 돌아

가야 납득할 만한 연주가 된다고 믿는 것은 한낱 환상에 불과하다." (1993)

*

Y와 저녁을 함께했다. 그는 십여 년 전과 조금도 다름없다. 철학은 진리를 위한 담론이며 문학은 그렇지 않다고 늘 주장한다. 나는 그런 확연한 구별을 하는 그가 부럽지만 그의 말에 찬동할 수는 없다. 그의 잠재의식에는 문학전공을 걸고(그러면서도 그는 자기의 문학적 소질의 건재를 증명하기 위해서인 양, 시를 계속 발표하고 있다), 철학을 전공으로 삼은 행로변경에 대한 자기 정당화의 욕망이 깔려 있을지도 모른다. 그는 이렇게 말하려는 듯하다. "나는 우리 나라의 다른 많은 철학자처럼 문학을 모르는 철학자가 아니다. 그러나 내가 철학을 전공하게 된 것은 진리를 탐구하는 철학이 진리의 개진과는 거리가 먼 문학에 비해 월등한 분야이기 때문이다."

나는 오늘 그에게 이런 말을 했다. (1) 지知와 지식은 구별되어야 한다. 프랑스 말을 빌리자면 connaissance(앎)는 savoir logique(논증적 지식)와 다른 것이다. Connaissance 는 철학자들이 일반적으로 주장하듯이 반드시 논증적 절차로만 도달할 수 있는 영역이 아니다. 그것은 어쩌면 직관, 상징, 신비적 체험에 의해서, 한마디로 예술과 종교를 통해서 더 잘 접근할 수 있는 영역일지도 모른다. 진리라는 산정에 오르는 길은 여러 가지이다. 오직 논증적 담론만이 그 길이라는 편견은 이미 니체에 의해서 근본적으로 부정된 터이다. 그 후 우리는 진리의 언어로서 문학적 언어에 접근하려는 하이데거, 메를로 퐁티, 리쾨르의 존재를 알아왔다. (2) 모든 담론은 픽션이다. 현실은 『장자』에서처럼 미분화상태로 복잡다단하게 얽히고설켜서 존재하는데, 인간은 그것을 어떤 한 입장에서 살피면서 그 실타래를 풀어보려고 한다. 그러나 그 실타래가 풀린다 해도 풀린 실타래는 이미 현실이 아니라 픽션이다. 다른 현상은 고사하고 인간 자신에 관해서도 가령 생리학적으로, 심리학적으로, 정신분석적으로, 또 생각하는 갈대로서, 언어를 분비하는 존재로서, 행동하는 주체로서 나뉘어 설명되고, 각 분야의 전문가들은 그가 채택한 각도를 내세워 "이것이 인간이다"라고 선언한다. 자기 자신과 세계의 전체상을 파악할 수 없는 인간은 군맹무상群盲撫象의 한계를 벗어날 수 없으며, 별수 없이 이 픽션에 의거해서 진리명제를 제시하는 작업을 이어나가는데, 어떤 명제 하나가 진리로서 정착된 일은 없다. 특히 철학적 담론들은 진리명제들의 다양하고 덧없는 콘테스트로 구성되어 있다. (3) 객관적으로 확인하거나 입증할 수 없는 픽션의 창조자라는 점에서 철학과 문학은 동일하다. 다른 것이 있다면 철학은 니체가 던진 폭탄에도 불구하고 여전히 논증적, 체계적 언어를 사용하는 일이 많고, 문학은 상상과 상징의 세계를 펼치기 위한 언어를 만든다는 점이다. 그러나 논증적, 체계적 언어가 문학의 언어보다 더 진리에 가깝다는 보증은 여전히 없다. 플라톤의 이데아는 진리이며 초현실주의의 이미지는 허위라는 주장은 성립할 수 없다.

Y는 확신으로 가득 차 있고 나는 의심으로 가득 차 있다. 그에게는 모든 것이 분명하고 나로서는 모든 것이 애매모호하다. 그와 나의 대화를 엿듣는 사람이 있다면, 그는 이미 진리에 도달해 있고 나는 방황과 모색만을 계속하고 있다고 생각할 것이다. 혹시 내게 일리가 있다고 생각하는 이들도 있을지 모르지만.

아무튼 간에 그의 존재는 내게 귀중하다. 왜냐하면 그는 지적知的인 잡담을 더불어 할 수 있는 드문 벗 중 한 사람이기 때문이다. (1993)

*

말러Gustav Mahler의 〈교향곡 9번〉을 처음으로 듣는다. 엄청나다. 제1악장에서의 죽음의 엄습, 저상沮喪, 침사沈思, 죽음과의 투쟁, 당황과 동요, 진정. 그 모든 내적 드라마가 얽혀서 전개된다. 제2악장에서는 죽음이 잠시나마 물러가고 활기와 평화가 일상성과 함께 다시 회복된다. 회복된 것이 아니라 젊었을 때의 추억으로서 되살아난 것일지도 모른다. 제3악장은 마치 꼬마가 거인을 놀리려는 듯, 죽음을 조롱함으로써 그 집념으로부터의 해방을 시도한다. 그러나 그것이 성공할 이치가 없다. 죽음이 분노한다. 죽음은 그런 조롱을 허용할 만큼 관대한 존재가 아니다. 제4악장에서는 '의연한' 슬픔이 깊어간다. 애타는 호소도 몸부림도 없다. 죽음의 완전한 승리를 순순히 받아들일 따름이다. 꺼져가는 소리, 그것은 최후의 평화인가, 넘어설 수 없는 허무인가? 아무튼 그것은 가장 순수한 의미에서 죽음의 수용이며 센티멘털리즘과는 머나멀다.

〈교향곡 4번〉과의 극단적 대조. 내가 9번에 대해서 이상과 같은 해석을 한 것은 물론 자의적인 것이다. 아마도 오늘 김원룡 선생이 작고했다는 소식을 들었기 때문에 이렇게 내 멋대로 이 명곡을 들었는지도 모른다. (1993)

*

공산주의가 멸망한 지금, 앞으로 가능한 사상적 싸움은 서구적 민주주의와 동양의 유교적 전통과 이슬람권 문화의 3파전이 되리라는 헌팅턴Samuel Huntington의 의견은 귀담아 들어볼 만한 것이다.

유교적 전통은 20세기 전반까지만 해도 동양적 후진성의 진범으로 취급되어왔다. 나 자신도 그런 생각을 가져왔다. 그러나 동양의 역사는 다음과 같은 아이러니를 보여주는 것 같다(한국, 일본, 대만, 싱가포르의 경우). (1) 동양적 후진성 극복을 위한 서구적 민주주의와 그것을 지탱하는 개인주의적 자본주의의 도입. (2) 그 도입으로 말미암은 다소간의 경제적 번영. 그러나 이와 아울러 서양이 보여주고 있는 타락한 개인주의(포스트모던 사회에서의 가치체계의 붕괴와 주체성 잃은 개인의 병렬)의 오염과 위험. (3) 그것을 예방하거나 바로잡으면서도 경제적 번영을 계속해나가기 위하여 유교적 도덕의 재흥을 고려해보는 것. 그것이 현실적으로 싱가포르의 리콴유李光耀 정권의 방침인데, 유교적 도덕은 자본주의적 개인주의를 일정 범위 내로 견제하는 데 과연 성공할 것인가? (1993)

*

라틴어 인용사전을 뒤적거리다가, 내가 늘 나 자신에게도 또 학생들에게도 되풀이해온 '자신에게는 엄격하게, 남에게는 관대하게'라는 말이 거의 그대로 그 옛날 교황 클레멘스 9세Clemens IX의 입에서 나왔다는 사실을 알게 되었다. 분하면서도 반갑다. 분하다는 것은 내 생각이 선인에 의해서 이미 선취先取되었기 때문(아주 오래전에 들은 어느 학생의 재치 있는 표현을 빌리자면 '미리 도둑맞았기' 때문)이다. 반갑다는 것은 내 생각의 정당성이 증명된 듯이 느껴졌기 때문이다. 잊어버리지 않기 위해서 그 인용구를 적어둔다. 'Aliis, non sibi clemens—남에게는 너그럽게, 자신에겐 너그럽지 않게'. (혹시 그 교황은 Clemens라는 자신의 칭호가 바로 그런 윤리를 구현하고 있다는 것을 널리 알리기 위하여 이 말을 만들어낸 것이 아닐까?) (1993)

*

전통적 도덕의 붕괴는 쾌락마저 붕괴시킨다. 가령 금기와 금단이 있기 때문에 날카로웠던 파격적 성적 쾌락(리비도와 죄책감 사이의 긴장과 드라마)이 사라진다. 그뿐 아니라 성적 자유는 간통과 강간을 다반사로 만들었고 그것이 널리 퍼졌기 때문에 성적 피해의 강박관념이 히스테리로까지 번지게 된다. 현재 주로 미국에서 일어나고 있는 이러한 성적 차원에서의 과유불급過猶不及 현상은 사드, 로렌스, 헨리 밀러가 보여주는 아찔한 체험과는 머나멀다. (1993)

*

기독교와 마르크스주의의 세 가지 공통점.
(1) 역사를 오직 인류의 역사로서만 서술하고 그 종점에 낙원을 상정하는 것.
(2) 역사의 종말에 올 유토피아(인간의 종국적 구원과 계급 없는 사회)의 관점에서 현재와 과거를 역조명하는 것.

(3) 가장 큰 해독—미래의 낙원에 대한 환상을 절대적 신앙으로 삼아서 현재의 인간을 억압하고 기만하기 위한 조직화된 권력을 행사하는 것.

위의 (3)은 인간이 거의 본능적으로 가지고 있는 현실에 대한 불만과 불안(죽음의 불가피성, 욕구 충족의 불가능성)을 교묘히 이용하기 때문에 효과를 발휘한다. 따라서 그 두 억압적인 이데올로기에서 해방되는 근본적인 길은 죽음을 종용從容히 받아들이고 욕구를 자율적으로 통제하는 지혜를 갖추는 것이다. 그러나 대부분의 사람은 그런 지혜를 갖추기가 어려우므로 아마도 이 기만적인 이데올로기들 역시 얼른 극복되기가 어려울 것이다. (1993)

*

후쿠야마Francis Fukuyama는 『역사의 종언과 최후의 인간The End of History and the Last Man』에서 개인의 내적 가치에 대한 자각과, 헤겔이 말한 타인의 인정을 받고 싶은 욕구를 연결하려고 애쓰고 있다.

(1) 그러나 이 접속의 시도는 지나치게 세속적이며 경박하다. 그것은 『논어』의 첫머리에 나오는 "남들이 알아주지 않아도 노여워하지 않는 것은 참으로 군자답지 않은가人不知而不慍, 不亦君子乎"라는 덕을 참으로 모를 뿐 아니라, 또한 기독교적 윤리("오른손이 하는 일을 왼손이 모르도록 하

라")와도 어긋나는 것이다.

(2) 따라서 개인적 차원에서의 덕은 내적 가치에 대한 자각과 타인에 의한 인정의 욕구를 분리하고 후자를 초월하는 데 있다. 더욱더 고차원의 덕은 자신의 내적 가치라고 생각했던 것조차 의심하는 겸허한 심성을 길러 나가는 데 있을 것이다. 그것이 평생을 두고 실천해야 할 수신修身이다.

(3) 그러나 집단적 차원은 이러한 개인의 내적 가치나 덕이 소중히 여겨지거나 실천될 수 있는 자리가 아니다. 집단적 차원에서는 덕이 실현된 일이 없을 뿐 아니라, 타자의 인정을 기필코 얻어내야 한다. 여기서는 "인간은 인간에 대해서 늑대"라는 적대적 관계를, 적자생존의 원리를 넘어설 수 없기 때문이다. 집단 간의, 특히 국가 간의 평화가 유지되는 것은 서로가 상대를 무서운 늑대라고 인정한다는 조건하에서이다. 그래서 방비와 안전보장을 위한 조치가, 그리고 동맹과 합종연횡合縱連衡이 사활의 문제가 된다. 여기에서는 '주인/노예'의 관계는 근본적인 것이다.

(4) 터무니없는 이상주의자가 아닌 이상, 누구나 (2)와 (3) 사이의 불연속성이 인간의 피치 못할 상황이라는 것을 알고 있을 것이다. (1993)

*

허구fiction에 관해서.

(1) 모든 지적 활동은 허구이다. 문학작품만이 아니라 철학과 자연과학 역시 허구이다. 왜냐하면 인간의 능력으로서는 전체를 인식할 수 없기 때문이다. 흔히 전체상이라는 말이 사용되지만 그것은 대표적인 허구이다.

(2) 그러나 인간이 우주와 사물과 자기 자신을 이해하는 것은 허구의 구성을 통해서이다. 그것밖에는 다른 길이 없다. 한데 그 허구는 항상 새롭게 다양하게 구성된다.

(3) 문학 및 철학과, 자연과학의 차이─문학과 철학에 있어서는 시대가 달라짐에 따라 다르게 구성되는 허구의 계기가 반드시 일회적이라고 말할 수는 없다. 과거의 허구는 지양되지 않고 다른 외양을 띠면서 또 융Jung의 용어를 빌리자면 집단 무의식으로 잠재하면서 지속되거나 재생될 수 있다. 과장된 표현이겠지만 "플라톤 이후의 철학의 역사는 플라톤에 대한 주석의 역사"라는 말에는 일리가 있다. 또한 문학의 경우, 우리가 로맨티시즘이니 리얼리즘이니 하고 이름 짓는 글쓰기의 두 갈래도 한 시대에 한정된 것이 아니라, 각각 현실을 넘어서려는 움직임과 현실의 밑바닥을 파고들려는 움직임으로 이해할 때, 그 양자는 시대에 따라 서로 계기繼起할 수도 있고 동시적으로 존재할 수도 있다.

그러나 자연과학의 경우에는 그런 말을 하기 어려울 것 같다. 과거의 것은 현재의 것에 의해서 지양되거나 포섭된다. 철학에서는 플라톤으로 돌아가기가 가능하지만, 자연과학에서는 가령 프톨레마이오스로 돌아간다는 것은 상상할 수 없는 일이다. 자연과학자는 그 학문의 역사를 살피는 경우가 아니라면, 철학자가 플라톤을 대하듯이 동시대적 관심이나 필요에서 프톨레마이오스를 대하지는 않을 것이다. (1993)

*

다시 허구에 관해서.

인간이 만든 허구가 마치 실체처럼 되어버리고, 인간은 그 사이비 실체에 의지하고 지배를 받고 그것을 절대적인 것으로 삼기도 한다. 그것이 특히 신의 경우이다.

프랑스의 이른바 '새로운 리얼리즘'을 대표하는 한 사람인 로브그리예Robbe-Grillet는 이러한 허구의 실체화, 절대화와 관련해서 매우 적절한 말을 한 적이 있다. '나'는 고독 속에서 구원을 찾아 소리를 질러보지만, "아주 빨리 나는 아무도 대답하지 않으리라는 것을 알게 된다. 그러나 내가 나의 호소를 통해서 창조하기를 계속하는 보이지 않는 존재는 나로 하여금 침묵 속에서 불행한 외침을 영원히 지르지 않을 수 없게 만든다."(『누보 로망을 위하여Pour un nouveau roman』) 이것은 비극적 자기기만이다. 고독에 못 견뎌서 스스로 절대자라는 허구를 만들어놓고 그것이 자기의 외침에 대답해주기를 필사적으로 바라다가 끝끝내 대답이 없다고 절망하는 일종의 희비극tragi-comedy—이것이 서양사

상의 매우 중요한 한 갈래가 되어 있는 이른바 '신의 침묵'
이다. (1993)

*

운주사에서 와불상臥佛像을 보고 느낀 것—소재와 작품
에 관해서.

(1) 소재가 먼저 있다. 그 소재로 무엇을 만들까 하는 생
각이 뒤따른다. 아이디어가 소재를 찾게 하는 것이 아니라
소재가 아이디어를 탄생시킨다. 그러나 이렇게 차후에 탄
생하는 아이디어는 개인이나 집단의 문화적 콘텍스트에 의
해서 선립적先立的으로 제한되기도 한다. 그것이 운주사 와
불의 경우이며, 그것은 다음과 같은 경위로 만들어졌을 것
이다. (a) 한 석공이 일으켜 세울 수 없는 장방형의 큰 바위
를 발견했다. (b) 그는 원래 불상의 제작을 직업으로 삼고
있었거나 혹은 지극한 불심의 소유자였다. (c) 그는 그 누
워 있는 바위에 직접 불상을 새겨보기로 결심했다. 이리하
여 그 와불이라는 희한한 작품이 제작되었다.

(2) 그 당시에는 소재를 다루는 테크닉이 섬세하지 않고
또한 연장도 부족했을 것이다. 그래서 거칠다. 그러나 매우
상징적인 거칠음이다. 근대의 재현적 예술이 상실한 그런
뜻깊은 거칠음이다. 그래서 아이로니컬한 일이 생겼다. 근
대 조각은 다른 한편으로는 이러한 거칠음이 주는 깊은 상

징성을 재생시키기 위해서 매우 발달한 테크닉과 연장을 동원하기도 한다. (1993)

*

레비스트로스Claude Levistauss는 『야생의 사고La Pensé sauvage』의 앞부분에서 예술론을 전개하고 있다. 통찰력 있는 이야기가 없는 것은 아니다. 그러나 '축소된 모델=예술'이라는 주장에 전적으로 동의할 수는 없다. 그의 말은 특히 다음의 두 가지 점에서 반박될 만한 것이다.

(1) 축소된 모델에 미학적 목적이 담겨 있다는 것은 사실이다. 그러나 레비스트로스가 주장하는 바와 같이 "예술적 목적이 담겨 있는 것은 모두 축소된 모델이다"라고 말할 수는 없다. 그는 가령 거대한 불상의 존재를 등한시하고 있다. 예술적 목적이 거대함과 합일하여, 다른 세계, 초월적 세계로의 지향을(뒤집어 말해서 자아의 왜소함의 자각을) 유도하는 경우를 그는 무시하고 있다. 그런 무시는 그로서는 아마도 당연한 일일지도 모른다. 왜냐하면 그의 연구는 성스러운 것, 숭고한 것, 초월적인 것으로 생각되어 온 것들을, 인간 중심적 설명의 대상으로, 지성에 의한 탈성화脫聖化 과업의 대상으로 전환하기 때문이다. 이것이 레비스트로스를 엘리아데Mircea Eliade와 갈라놓고 있는 가장 중요한 점이기도 하다.

(2) 축소된 모델을 통해서 부분 아닌 전체에 대해 이해를
할 수 있다는 발언은 어느 정도 참된 것인가? 이 발언은 가
령 일본의 정원이나 분재와 같은 미니어처 아트에 대한 설
명이 될 수 있다. 그런 예술은 자연을 '한 줌으로' 파악할
수 있게 해줄지도 모른다. 그러나 미니어처를 통해서 파악
된 것은 어디까지나 축소된 전체이기 때문에 자연 그 자체
의 숭고하고 심오하고 때로는 두려운 모습에 압도되는 일이
없다. 미니어처 아트는 자연을 인간의 척도에 따라 상징적
으로 이해하려는 것, 그리고 기껏해야 인간이 자연의 본질
내지는 정수라고 억단臆斷한 것에 따라 자연을 이해하려는
것(이쪽이 아마 한 송이 꽃에서 우주의 본질을 직관할 수
있다는 따위의 일본 사람들 생각에 더욱 가까울 것이다)에
불과하다. 이러한 한계는 레비스트로스 자신의 다음과 같
은 발언에 의해서 반증된다. "축소된 모델의 효과는 감각적
차원에 대한 포기를 지적 차원에 의해서 보상하려는 데 있
다." 이런 발언은 이른바 구조주의적 심성의 대표적 표현일
것이다. 좀 더 넓은 견지에서 말하면 그것은 혼돈, 모호성,
미분화, 불가사의가 가져오는 공포나 불안이나 신비를 멀
리하고 세계를 오직 가지적可知的인 것으로 순치하려는 서
양의 한 두드러진 전통적 표현이다. (1996)

사르트르와 푸코.

(1) 출발점의 형식적 동질성—양자는 다 같이 인간의 존재를 알기 위한 근본적 반성과 비판을 시도했다. 한데 이런 작업은 대개 직전 세대의 사상에 대한 비판 형태를 띤다. 사르트르는 관념론과 실재론 사이의 대립을 지양하기 위해서 현상학을 끌어들여 자신의 존재론을 수립했고, 푸코의 비판 대상은 바로 사르트르의 실존적 주체의 윤리였다. 한데 이런 비판은 흔히 환원주의로 빠져들기 쉽다. 사르트르는 대타관계의 이론에서 공생Mitsein의 개념을 사상捨象해버렸고, 푸코는 인간의 역사를 억압의 역사로만 보아, 그것이 자유를 위한 투쟁의 역사이기도 하다는 점을 도외시했다.

(2) 새로운 도덕적 비전과의 관련—사르트르의 경우에는 '있는 존재Etre'에 대한 성찰 밑에는 처음부터 '있어야 할 존재Devoir-Etre'에 대한 관심이 깔렸었다. 그러나 대타관계를 적대관계로 전제하고 구축한 그의 존재론은 도덕적 구상과 맞물리기가 어려웠다. 하기야 그는 인간 존재를 공생관계라고도 생각해본 일이 있지만 그런 생각은 그의 존재론 속으로 모순 없이 끼어들 수가 없었다.

다른 한편으로 푸코의 경우에는 적어도 초기와 중기에는 도덕적 안목이 강조되지 않았다. 그는 구조주의자들과 마찬가지로 과학적, 객관적 검증 차원에 머무르겠다는 겸허한 동시에 소심한 태도를 보였다. 그러나 어떻게 살아야 하느냐는 문제는 모든 인간에게서와 마찬가지로 푸코에게서도 무시할 수 없는 문제였기 때문에 그는 이에 대답해야 했다. 그러나 그에게는 이 대답의 시도를 어렵게 만드는 난점이 있었다. 왜냐하면 주로 권력의 억압과 감시라는 관계에서 역사를 성찰한 그의 인간관으로서는 바람직한 도덕이론이 성립하기 어려웠기 때문이다. 그래서 아나키즘적인 생각을 거친 후에 그가 제시한 대답은 그전까지의 주장과는 얼른 맞물릴 수 없는 인간관에 의한 것이었다. 이른바 '자기에 대한 배려'라고 그가 명명한 개인주의적, 엘리티즘Elitism적인 윤리였다. 한데 그런 개인윤리로의 전환(사람에 따라서는 '자폐적 전환'이라고까지 악평할 수도 있을 것이다)은 참으로 아이로니컬하다. 왜냐하면 그것은 그가 고발해온 권력에 대한 투쟁이 불가능하다는 것을(더욱 나쁜 일로, 권력에 의한 조작에 체념할 수밖에 없다는 것을) 자인한 것과 다름없으며, 결국은 '이불 속에서 활개춤'을 추는 것에 지나지 않았기 때문이다. 그의 생각의 이러한 전환은 그가 후기에 시도한 몇 가지 반항적 참여의 실패와 미구에 닥쳐올 죽음을 의식한 결과일지도 모른다. (1996)

*

점심을 먹고 나서 소파에 누워 브람스의 〈첼로 소나타〉(Op.

99) 제2악장의 그 기막힌 아다지오를 들었다. "아아, 참 좋다"라는 가는 소리가 내 입에서 절로 새어 나온다. 그러나 끝까지 듣고 일어나자, 모든 일을 지적知的으로 따져보려는 나의 못된 성미 때문인지, "과연 무엇이 좋단 말인가?" 하는 반성적 의식이 또 발동한다. 이럴 경우 대답은 늘 한 가지이다. 왈, '무한한 거리감'. 일상생활이 결코 도달할 수 없는 세계를, 보들레르의 그 유명한 시의 한 구절을 옮기자면 "질서와 아름다움만이 있는 곳, 호사와 고요와 열락만이 있는 곳"을 엿볼 수 있게 해주기 때문이다. 그 별견瞥見이 잠시간에 지나지 않는 만큼 더욱 소중하다. 그 얼마간의 희한한 시간 때문에 예술을 향유한다는 생각은 내게는 변함없는 것이다.

그러나 객관적으로 볼 때, 이 피안의 세계의 향수享受에 예술의 본뜻이 있다는 주장은 과연 근거가 있는 것인가? 그런 생각은 서양에서 부르주아 사회의 도래와 더불어 생긴, 다시 말해서 그 사회를 지배하는 속악성을 못 견뎌 한 소수 순수주의자들에게서 싹튼 극히 짧은 역사(1850~1920년경까지 약 70년간)의 소산이 아닐까? 그러나 그것은 부르주아 사회가 대중사회로 더한층 전락하게 된 오늘날에는 전 세계적으로 더욱더 절실해질 수 있는 것이 아닐까?—아무튼 나로서는 피안의 세계로의 유혹이 그 이외의 다른 어떤 동기보다도 예술향유의 밑에 깔려 있는 것이다. 이런 태도는 죽을 때까지 변함없을 것이며, 이 점에서 나는 아마도 시대에 뒤처진 인간이리라. 그러나 포스트모더니즘을 뒤따르기 위해서 허둥지둥하지는 않을 것이다. 아마도 시대에 뒤처진 인간들의 특권일 것이다. '느림'이 주는 희한한 즐거움, 그것은 나날이 심해지는 속도 때문에 더욱 귀중해질 것이다. (1996)

*

토플러Alvin Toffler의 『제3의 물결The Third Wave』을 뒤늦게 사서 읽어보고 있다. 많은 새로운 정보들이 깔려 있다. 특히 그가 제2의 물결이라고 부르는 산업화 사회와 이번에 제3의 물결이라고 부르게 된 테크놀로지 사회의 차이에 관한 도식적이지만 요령 있는 비교가 눈에 띈다.

다만 미국사람다운 낙관주의가 밑에 깔려 있다. 머지않아 찾아올 제3의 물결에서는 대중매체의 탈대형화脫大型化가 초래되고 그가 'Blip culture'라고 부르는 다양화, 단속화가 문화현상의 특징을 이루게 되어, 그 결과 제2의 물결이 가져왔던 획일화 대신에 개별성이 자리 잡게 된다는 것이 그의 예측이다.

한데 이 주장은 의심스럽다. 그것은 오늘날 인간을 지배하는 두 가지 요소에 대해서 주목하지 않은 결과이다. 내 생각으로는 첫째로 그가 제2의 물결의 특징이었다고 지적한 획일화가 그렇게 쉽게 사라지지 않을 것 같다. 그리고 또 한 가지는 대중매체와 문화현상의 다원화가 가져오게 되는 것은 개별성이 아니라 방향상실일 것이다. 각자는 다양한 대중매체와 대중문화를 즐기면서 제 나름대로 살 것 같지만, 그것은 주체적 선택이라기보다 더 교묘해진 광고와 선전과 암시에 의한 세뇌라는 획일적 현상일 것이다. 그것은 주체적인 내적 통합(이것이 진실한 개인적 인격을 형성하는 것이다)과는 본질적으로 다르고 도리어 그것을 불가능하게 만든다. 다시 말해서 제3의 물결의 자극적인 다양성은, 찰나적이며 가변적이며 외향적인 취미 때문에 내적 자아의 형성에 필요한 진실한 여가의 박탈을 더욱 촉진할 것이다. 겉으로 보기에는 다양하고 개인적인 생활을 영위하는 것 같지만, 사실은 내적 자아의 소거消去라는 동질성을 지니는, 따라서 다스리기 더 편한 인간들의 무리가 더욱 현저하게 형성되어나갈 것이다. 내가 탈혼奪魂 작업이라고 부르는 술책이 제3의 물결의 시대에는 테크놀로지와 테크노크라시의 지배자들에 의해서 더욱 철저하게 이루어져나갈 것이다. (1996)

*

에밀 졸라의 대작 『루공 마카르 총서』를 읽어보면 '죽음과 삶의 변증법'이라고 이름 지을 수 있는 세계관이 두드러지게 나타난다. 그리고 그 근원으로 거슬러 올라가 보면 삶은 죽음에서 태어난다는 헤라클레이토스의 생각과 만난다.

이런 생각은 불교에서 말하는 윤회와 어떻게 다른 것일까? 졸라와 대비해보면 적어도 두 가지 점에서 근본적으로 다르다. 불교의 경우에는 다시 태어나는 생명도 괴로움의 연속이므로 그것으로부터의 해탈이 필요하다. 현세에서의 삶은 오직 삶과 죽음의 영원한 고리로부터의 해탈을 자각하고 실현하는 한에서 가치가 있다는 아이러니는 졸라의 삶의 예찬과 대조적이다. 삶→죽음→삶의 과정은 불교의 경우에는 영원한 반복이다. 이에 반해서 졸라의 경우 이과정은 결코 단순한 반복이 아니라 상향적 나선형을 그리는 것이라고 말할 수 있다. 삶은 죽음으로 하강하지만, 그죽음을 양분으로 삼고 자라는 제2의 삶은 앞선 삶보다 더충실하고 풍요로운 것이어서 상향적이다. 이리하여 삶은 그때마다 죽음을 먹으면서 더욱더 살쪄간다. 졸라에게 있어서 더러운 것, 썩는 것은 더 알찬 제2의 삶을 위한 비료이며 양분으로서의 기능을 한다. 이 과정이 되풀이되면서 마침내 삶의 완성이 이루어지는 시점이 상정된다.

그렇다면 헤라클레이토스의 경우는 어떤가? 그의 생사의 변증법은 졸라의 경우처럼 '살쪄가는 삶'을 강조하고 있는가? 아니다. 그는 그 변전을 다만 우주의 운동 그 자체로만 보고 있으며 거기에는 생성의 개념이 포함되어 있지않다. 따라서 졸라가 보여주는 바와 같은 '살쪄가는 삶'의 신화는 19세기 서양을 지배한 '인간의 완성 가능성human perfectibility'의 신화와 깊은 관련이 있지 않을까 하는 것이 나의 생각이다.

이렇듯 '생→사→재생'이라는 원형적 사고는 사라지지 않으면서도 시대의 이데올로기에 의해서 각색되고 변질된다. 따라서 원형적인 것과 사회적인 것을 갈라서 생각하는 것은 사상事象의 일면만을 추상한 것에 지나지 않는다. (1996)

*

후대의 사람들이 우리 행위의 가치를 그 결과에 따라서 평가하는 것은 정당한 일이며, 우리는 그것을 막을 수 없고, 도리어 그것에 대해서 책임을 질 수밖에는 없다.

그러나 행위의 순간 우리는 그 결과를 알 수 없다. 우연으로 가득 찬 역사와 환경의 변화는 과거 행위에 대해서 그때마다 다른 판단을 내리게 한다. 따라서 우리는 최대한의 통찰력을 발휘하면서, 그러나 우리의 예측이 빗나갈지 모른다는 불안을 안고서 오늘날 정당한 동시에 미래에 도움이 된다고 여겨지는 행위를 이어나갈 수밖에 없다. 그것은 칸트적인 순수동기의 윤리와 공리주의의 결부가 될 것이다. 말하자면 "너의 보편타당한 행위가 동시에 사회에 유용한 것이 되게 하라"는 이중적 격언을 따르는 것이다. 그러나 윤리학이 대척적인 것으로 치부해온 순수주의와 공리주의를 비록 융합해서 행위의 지침으로 삼는다 하더라도, 그 실제적 결과는 행위자의 선의와 지성을 얼마든지 배반할 수 있다. 몸에 가장 좋다고 알려진 약이 사람에 따라서는 그 부작용 때문에 죽음을 가져올 수도 있는 것처럼.

'진인사대천명盡人事待天命'의 윤리는 이러한 도덕적 아포리아에 대한 가장 성숙한 태도이다. '진인사'는 행위자가 행위의 동기와 결과의 판단에 있어서 가장 성실하고 가장 지적으로 되어야 한다는 것을 의미하고, '대천명'은 행위의 결과가 예상에 어긋나고 도리어 해독을 초래하더라도 그 행위에 대해서 책임을 진다는 것을 의미한다. (1996)

*

사르트르는 1948년에 문학의 장래에 관해서 다음과 같은 추측을 한 일이 있다. "후세에 있어서 우리 작품들의 운명은 우리의 재능이나 노력에 달려 있는 것이 아니라, 미래의 갈등 결과에 달려 있다는 것을 우리는 알고 있다. 만일 소련이 승리한다면, 우리는 침묵에 묻혀 마침내 다시 한 번 죽는 꼴이 될 것이다. 그리고 만일 미국의 승리를 가정해보면, 그들은 우리 중 최고의 작가도 문학사라는 항아리 속에 가두어 넣고 다시는 꺼내보지 않을 것이다."(『상황 Ⅱ』)

그때 사르트르는 제3차 세계대전이 일어나는 경우를 상정하여 이런 말을 한 것인데, 다행히도 오늘날 소련은 전쟁

없이 자멸했고 결과적으로 미국의 승리 쪽으로 역사가 진전되었다. 그렇다면 미국의 승리로 끝난 이 대변동으로 말미암아, 훌륭한 작가와 작품들은 과연 사르트르의 말대로 문학사의 한 부분으로 기재되기는 할망정 아무도 상대하지 않는 과거의 유물로만 남게 되진 않았는가? 다시 말해서 인간의 자유와 사회주의혁명이 불가분리하다는 인식하에 이의를 제기하는 '진실한' 참여문학(그것이 사르트르가 생각했던 최고의 문학이다)은 미국의 승리를 계기로 그 입지를 완전히 상실하고 만 것인가?

내 생각으로는 꼭 그렇게만은 말할 수 없을 것 같다. 왜냐하면 미국의 승리는 참여문학의 후퇴를 더욱 재촉하기는 했을망정 그 근본원인은 아니었기 때문이다. 참여문학의 후퇴는 이미 1960년대부터 소련의 실상이 적나라하게 폭로되었다는 사정과 무관하지 않고, 특히 1970년대부터 현저하게 드러나기 시작한 테크놀로지의 압도적 지배의 결과이다. 그것이 가져온 '달콤한 인간소외'—고도화된 과학기술이 가능케 한 노동시간의 단축, 그것에 따라 증대하는 여가와 키치와 대중문화가 조직사회 속에서 무한경쟁이 초래하는 이른바 스트레스를 보상해주는 사회, 그리고 그것 이외로는 더 좋은 사회를 현실적으로 생각할 수 없는 시대—사르트르가 20세기를 진단하면서 일실逸失한 가장 큰 사실은, 바로 이러한 테크놀로지의 가공할 발전이 문학만이 아니라 인간 삶의 변화에서 정치적 상황보다 한결 결정적 요인을 이루고, 이것이 도리어 정치적 상황에 큰 영향을 미쳐왔다는 점이다. 물론 1948년에 그것을 예측하기는 불가능했을 것이다. 그리고 1960년에 나온 『변증법적 이성 비판』에서는 테크놀로지에 의존하는 자본주의 사회의 특성에 대한 어느 정도의 주목이 있기는 하다. 그러나 그 성찰은 미흡하고, 말년인 1970년대에 이르러서도 테크놀로지가 가져온 극히 심각한 소외현상에 큰 주목을 하지 않고, 소련에 대한 환멸로 말미암아 모택동주의에 의한 정치혁명이라는 매우 소박한 과격사상으로 치닫게 된 것은 유감스러운 일이다. (1997)

*

푸코가 루셀Raymond Roussel에 관해서 제기하고 있는 문제는 재미있다.

루셀은 미친 사람처럼 취급되어왔다. 그러나 1960년에 이르러 그의 텍스트는 문학적 담론으로서 수복되었다. 그렇다면 하나의 담론이 어떤 시기에는 병적인 것으로 취급되다가 다른 시기에는 문학적인 것으로 기능하게 되는 것은 무슨 곡절에서인가?

내가 이 문제에 대답한다면 다음과 같다.

(1) 이성은 이성적 논리를 벗어나는 담론을 소외하거나

억압해왔다. 적어도 이것이 서양철학의 전통이다. 오늘날 철학자로 대접받기에 손색이 없는 사람들, 가령 몽테뉴, 파스칼, 디드로, 키르케고르, 니체는 철학과가 아니라 문학과에서 다루어온 전통이 최근까지도 계속되었다. 그들이 형식논리에 부합하는 체계적인 글쓰기를 하지 않았다는 이유에서였다.

(2) 문학은 다소간을 막론하고 그 나름대로 진실의 발견과 전달을 그 기능으로 삼는다고 자부해왔다. 전통적 합리주의의 영향을 받은 소견 좁은 문학사가나 평론가들의 경우를 제외한다면, 비논리적이며 비상식적이며 뒤틀린 언어야말로 세계와 삶의 새로운 모습, 더 깊은 모습을 표상한다는 생각이 다행히도 큰 갈래를 이루어왔다. 그러나 철학은 문학의 그러한 포부를 진정치 못한 것으로 취급하는 일이 허다했다(플라톤, 데카르트, 독일 관념론, 분석철학).

(3) 그러나 1930년대부터는 이성적 담론과 상치하거나 그것을 넘어서는 문학적 언어가 어떤 철학자들에 의해서도 드물게 그러나 혁명적인 것으로 재인식되었다. 누구보다도 종래의 관념론적, 합리주의적 철학에 대한 근본적 반성을 감행했지만 뒤늦게야 평가된 니체와 궁극적 존재의 문제와 씨름한 하이데거 덕택이다. 또한 인간을 비합리적 존재로 보고 그 비합리성에서 인간의 본령과 구원을 찾아보려고 한 키르케고르에 대한 새로운 관심과, 베르그송의 생의 철

학과 초현실주의와 실존주의가 가져온 이성의 권능에 대한 반성도 그 계기로서 함께 생각해볼 만하다.

(4) 이때부터 철학과 문학의 관계는 전도되지는 않았을 망정, 전자가 후자의 담론을 진정치 못한 것으로 취급하는 행위는 시효를 상실했다(물론 소견 좁은 철학자들이 잔존하여, 이 혁명적 변화에 무감각하거나 그것을 아예 인정하지 않는 채로 지금도 대학 강단을 적지 않게 차지하고 있긴 하지만). 20세기 후반에 이르면 체계적인 철학적 담론의 허구성에 대한 비판이 철학자들 사이에서 더욱 치열해진다. 푸코, 데리다, 로티와 같은 사람이 그 대표자이다.

(5) 그러나 남은 문제가 있다. 철학에 의해서 소외되었던 비이성적 내지는 초이성적 담론이 제 권리를 찾고, 그것이 도리어 철학적 전통에 대한 반성을 촉구한 것은 마땅한 일이지만, 무엇을 위한 비이성적 담론이냐는 문제는 끝끝내 남는다. 그것이 만일 포스트모던적인 아나키즘이나 경박성이나 일과성―過性을 조장하고 그런 풍조를 정당화하는 구실이 된다면 문제는 크다. 내가 요새 읽은 국내외의 몇 가지 소설들은 그런 우려를 자아내기에 충분하다. (1997)

*

인간은 자기 자신을 능히 다스리고 대타관계를 평화롭게 이어나갈 수 있는 도덕적 주체로서 신뢰할 만한 존재인가?

대답은 동서고금을 통해서 보면 가지가지이다. '그렇다, 어느 정도 그렇다, 그렇지 않다'라는 세 가지로 대별할 수 있는 그 대답에도 각각 뉘앙스의 차이가 있다. 고대 중국철학은 그 점을 잘 보여준다고 생각하여 다음과 같은 도표를 만들어보았다. 이 도표는 물론 시대적, 역사적 순서를 따른 것이 아니라 사상적 차원에서 꾸며진 것이다. 한자로 표기하는 것이 한결 분명할 것 같아서 구태여 한글로 옮기지 않았다.

道 ↓	老子	'大道廢有仁義'(제18장), 우주의 원리인 道에 따라 살았던 인간의 원초적 능력에 대한 환상적 신뢰
仁義 ↓	孔子·孟子	교육을 통한 도덕적 주체의 양성
兼愛交利 ↓	墨子	도덕적 주체를 부정하지는 않으나 이기적 자아의 존재를 인정(따라서 사회적 인간의 양성 필요)
禮에 의한 규제 ↓	荀子	性惡說(도덕적 주체의 자발성의 부정, 사회적 규준에 의한 遷善)
法에 의한 규제 ↓	韓非子	도덕적 주체의 더욱 철저한 부정, 정치적 통제에 의한 다스림
放任	莊子	다스릴 수 없는 난세, 정치의 피안, 자기중심적 養生

(1997)

하버마스Jurgen Habermas—현대에서는 보기 드문 답답한 철학자. 이성과 이론을 물신物神처럼 섬긴다. 시적詩的 언어의 불가피성과 그 궁극적 의의에 대한 이해가 전무하다. 그는 철학과 문학의 영역을 엄격히 구별하고, 문학에 대해서 '진리 영역 침입 금지령'을 내린다. 그는 바타유Georges Bataille를 비판하면서 이렇게 말한다. "만년의 바타유는 작가와 철학자로서 이중의 삶을 영위한 끝에 마침내 철학과 과학으로부터 벗어날 수 있는 가능성이 열렸다는 것을 알게 된다. 에로티시즘은 그로 하여금, 본질적인 것의 인식은 오직 신비적 체험과 눈 감은 침묵을 통해서만 이루어질 수 있고, 논증적인 지식은 언어의 연속이라는 순환 속에 절망적으로 갇혀 있다고 생각하게 만들었다. (……) 한데, 이런 말을 함으로써 바타유는 이론이라는 도구를 가지고 철학을 근본적으로 비판하겠다던 그 자신의 노력을 스스로 부정한 것이다."

하버마스는 바타유가 이성적, 이론적 언어로서는 도저히 진리에 이를 수 없다는 것을 마침내 알고 신비주의를 통한 절대의 탐구로 들어섰다는 것을 결코 긍정적으로 받아들이지 않는다. 그는 바타유만이 아니라 니체를 비롯하여 그 후예라고 할 수 있는 하이데거, 데리다, 푸코와 같이 합리주의적인 전통에서 벗어났을 뿐 아니라 철학과 문학의 경계를 무너뜨린 모든 철학자를 단죄한다.

이런 점에서 보면 끝까지 문학과 철학 사이를 드나들던 사르트르는 이 독선적이고 반동적인 철학자에 비하면 천양 지차가 있을 만큼 가치 있는 사상가이다.

하버마스가 문학을 오직 취미의 영역으로 한정시키려는 매우 뒤떨어진 입장을 고수하는 근본적 이유는 그의 언어관에 있다. 그는 언어를 증류수처럼 순수한 실체로 보려고 한다. 문화적 배경, 무의식, 함축된 의미connotation 그리고 비유적, 상징적, 심층적 의미에 의해서 '오염되지 않은' 순수한 언어라야 비로소 마땅한 소통의 언어가 되고 진리에 이르는 이성적 언어가 된다는 대전제가 그의 사상의 밑바닥에 깔려 있다. 따라서 언어를 순수한 상태에서 사용하지 않는 문학, 도대체 '오염'되지 않은 언어는 있을 수 없다는 인식에서 출발하고 그 '오염'에서 엄청나게 풍부하고 깊은 의미를 찾아보려는 문학이 그의 마음에 들 수는 없다. 순수 언어에 의한 분명한 의미 표현의 가능성과 당위성을 생각하는 하버마스의 눈에는 문학에 종사하는 사람들의 작업이 진실과 동떨어진 것으로 비치는 것은 당연한 일이다. 다만 하버마스는 엄격하게 약속된 과학적 언어나 기호를 제외한다면 이 세상의 모든 언어는, 특히 문학만이 아니라 철학의 언어 역시 때 묻고 오염되고 불순하다는 것을 모르고 있으니 답답한 것이다. 철학의 정의 자체가 예나 지금이나 흔들흔들하여, 철학이 무엇이며 무엇을 할 수 있는지에 관한, 서로 어긋나는 무수한 논의의 역사가 바로 철학의 역사를 이루고 있다는 사실이 그런 사정을 충분히 반영하고 있는데도 말이다. (1997)

*

다시 하버마스에 관해서.

"당신이 가장 싫어하는 현대 철학자는 누구냐?"라는 질문을 받는다면 나는 서슴지 않고 '하버마스'라고 대답할 것이다. 다만 그에 대해서는 일종의 역설적인 경탄이 있기는 하다. 유럽중심주의(분화적 사고방식, 발전사관, 언어낙관주의)가 심각한 의심의 대상이 된 지 벌써 반세기가 넘은 오늘날에도, 그토록 억척스럽게 그것에 의지하려는 그의 만용이 놀랍기만 한 것이다. 문학을 군이 앎의 영역에서 추방하려는 그의 기도는, 다시 말해서 그의 문학 공포증은 심지어 비통하기까지 하다. 언어가 어떻게 사용되는지, 언어로서 무엇을 할 수 있는지, 그는 말라르메도 도스토옙스키도 읽어본 일이 없을 것이다. 그에 비하면 사르트르의 언어관은 혁명적이다(『구토』에서의 언어에 관한 본질적 의문, 그리고 「작가와 언어」에서의 양가적 생각 등등).

나는 하버마스가 무슨 이유에서 그렇게 큰 철학자로 대접받고 있는지 알 수가 없다. 기껏 생각할 수 있는 것은 다음과 같은 것이다. 오늘날 서구라는 가치의 황무지에서는 총체적인 재건의 철학이 필요해 보이는데, 그런 포부를 내세우는 것이 하버마스이며, 서구의 일부 퇴행적 지식인에게는 매우 낯익은 그의 사상은 자기 존재의 재확인을 가능케 해주는 것이기 때문이리라. 그들은 필경 이렇게 생각하면서 하버마스의 편을 들고 있을 것이다. "하이데거, 푸코, 데리다와 같은 불한당이 우리의 정체성을 파괴하기만 하고 아무런 구체적 대안도 제시하지 못하는데, 이와 반대로 하버마스는 그 옛날부터 우리의 사고의 바탕이 되어온 서구 중심적 합리주의가 유일한 옳은 길이라는 것을 이 위기에 처하여 다시 한 번 확인시켜주었다."

그러니까 하버마스는 반동적 사상가의 대표자이다. 따라서 서양 철학자들을 추종하는 것을 주업으로 삼고 자랑으로 삼는 이 나라의 사이비 철학자들로서는 이왕이면, '케케묵은 합리주의의 돈키호테'라고 할 수 있을 하버마스를 추종하는 것보다는 데리다를 따라다니는 것이 한결 나을지도 모른다. 후자가 서구의 철학적 전통을 근본적으로 의심했을 뿐 아니라, 불세출의 재주꾼이고 혀를 찰 만큼 능란한 언어의 마술사이기 때문이다. (1997)

*

사르트르를 이해하는 가장 마땅한 원리를 삼사 년 전에

찾아낸 것 같다는 생각에는 변함이 없다. 그것은 양면성이다. 가령, 시를 정치적 참여의 권외에 위치시켰다가 그 안으로 끌어들이는 것, 문학작품을 혁명의 수단과 아울러 자족적인 목적으로 생각하는 것, 19세기 부르주아문학을 공격하면서도 그 대표자라고 할 수 있는 말라르메와 플로베르에게 홀려 있는 것, 인간관계의 기본이 적대관계라는 이론을 펼치면서도 공생의 가능성을 부정하지 않은 것 등등.

문제는 그가 많은 경우에 필요에 따라서 그 어느 한쪽을 강조하고 다른 쪽은 은폐하거나 심지어 부정하려는 제스처를 보인 데 있다. 보들레르는 자신이 체험한 바와 같은 양면성이 보편적이라고 생각하여, "모든 인간에게는 항시 두 가지의 동시적인 청원請願이 있으니, 하나는 신을 향한 것이며 또 하나는 악마를 향한 것이다"라고 말한 일이 있는데, 사르트르는 보들레르와는 달리 자기 속에 존재하는 양면성을 라이트 모티프로 삼으려고 하지 않는다. 그러다가는 자기의 주장과 이론에 있어서 모순을 초래하기 때문이다. 그러나 그의 은폐와 부정의 제스처는 매우 서투르고 얄팍해서 그 속이 뻔히 들여다보인다. 특히 그의 이론적인 글을 읽으면 그가 자신의 성향을 어기면서까지 어떻게든지 정연한 논리를 펴려고 애쓴 흔적을 쉽게 찾아볼 수 있다. 다시 말해 그의 글을 읽는 재미는 바로 '겉 다르고 속 다르다'는 것을 파악하는 데 있다. 그러나 이것은 결코 사르트르의 약점이 아니라, 도리어 그의 사상의 깊이와 풍요성을 보여주는 것이다. 한 걸음 더 나아가서 말해보자면, 보들레르가 말하듯이 누구에게나 잠재하는 이중성의 존재를 그 나름대로 알려주는 것이다. (1997)

*

11월 일본에서 있을 에코에티카 심포지엄 발표 논문 준비로 죽음의 문제를 생각해보기로 했다. 그래서 우선 수중에 있는 란즈베르크Paul-Ludwig Landsberg의 『죽음의 경험에 관한 시론』을 펼쳤는데, 첫머리에 이런 말이 나온다. "인간에게 있어서 죽음이란 무엇을 의미하는가? 이 질문은 무진장한 것이다. 그것은 인간의 신비 그 자체이다."

이 저자를 비롯한 기독교도들의 근본적 잘못은 죽음을 인간에게 있어 독특한 신비로 보는 데 있다. 우선 죽음을 신비로부터 끌어내려 생물적 차원으로 되돌리는 것이 급선무이다. 왜냐하면 그런 생각의 전환(다시 말해서 영생의 욕망이 초래한 자기기만을 거부하고 가장 평범하고 객관적인 사실로 회귀하는 것)이야말로 거짓된 문제 제기, 거짓된 추리, 거짓된 희망으로부터 인간을 해방시켜 죽음에 슬기롭게 대처하는 왕도가 되기 때문이다. 하기야 이렇게 단순화해도 삶의 욕동欲動(쇼펜하우어식으로 말하면 삶의 맹목적 의지)으로 말미암아 죽음 너머의 재생에 대한 희구가 가시지 않을지도 모르지만, 그 미망적 희구를 이성적 설득으로 없애나가기는커녕 가지가지의 망상과 궤변으로 더욱 조장할 필요는 없을 것이다. 그것은 죄악이기까지 하다.

그러나 생물적 단순화에 의한 죽음 문제의 극복을 위해서는 엄청난 수양이 요구된다. 인간의 교만으로부터 해탈하기 위한 수양 말이다. 이것이 몽테뉴가 마지막으로 도달한 결론이기도 하다. (1997)

*

종교가 신이라는 허구를 내세우면서 횡포를 일삼지 않는 한, 그 허구를 용인해서 해로울 것은 없다. 두 가지 이익을 가져올 수 있기 때문이다. 첫째로 그것은 허약한 영혼들이 죽음의 위기를 넘기기 쉽도록 도와준다. 둘째로 그것은 그들로 하여금 신의 이름을 내걸면서 학대받는 자들에게 자비를 베풀게 할 수 있다. 이런 것이 아마도 신이라는 허구의 필요성일 것이다. 그러나 나는 이런 허구에 의지해야 할 정도로 허약한 영혼은 아니다. 앞으로 어떻게 생각이 바뀔지 모르지만 적어도 지금으로서는 그런 정도의 자부심은 가지고 있다. (1997)

*

다시 죽음의 문제—가장 진부하고 가장 필연적인 생리

적, 생물적 현상을, 즉 가장 객관적인 사실을 냉철한 입장에서 주체적으로 수용하기를 주저하고 겁내는 지적 나약함이 무수한 헛된 문제들을 만든다. 따라서 진실한 죽음의 윤리는 이 헛된 문제들에 가담하지 않으려는 용기에 있다. 즉, 가장 산문적인 것을 시적인 것으로 전환시키려는 나약함에서 해탈하기 위한 극기력에 있다. (1997)

*

서술, 가치 판단, 주관적 주장.

어떤 사람이 가령 "이것이 문학이다" 또는 "문학에는 이러이러한 특성이 있다"라고 말할 때, 우리는 그의 말을 틀림없는 객관적 진실의 서술이라고 생각할 수 있는가? 매우 소박한 사람이 아닌 다음에야 그렇게 생각하지는 않을 것이다. 왜냐하면 그런 말을 하는 사람은 실상은 "문학은 ~이어야 한다"라는 가치 판단을 밑에 깔고 있거나 "내 생각에는 문학은 ~이다"라는 주관적인 주장을 하고 있기 때문이다. 그리고 그런 가치 판단이나 주관적인 주장을 표현하는 구절을 생략함으로써, 그것이 마치 사실의 인식이나 검증과 같은 외양을 꾸미고 있는 것이기 때문이다.

만일 가치 판단이나 주관적 주장을 일체 배제하여 순수한 서술적 차원에만 의지해서 말한다면, 초등학교 아동이 지은 서투른 동화와 플로베르의 『보바리 부인』 사이에 존재하는 동질성에 주목하여 오직 그 동질성만을 존중하면서 "문학은 언어를 재료로 사용한 허구이다"라는 정의밖에는 내리지 못할 것이다. 그러나 문학의 본질, 문학성, 예술성, 그리고 그 기호와 수법의 특성 등을 고려하지 않고 최소한의 기본적 차원에서 문학의 특정성을 규정한다는 것은 의미 없는 일이다. 그것은 마치 생물학자가 벼룩과 인간의 공통점만을 드러내서 '동물은 움직이는 생물체이다'라고 규정하고 양자를 동일시하는 것이 별로 의미 있는 일이 못 되는 것과 마찬가지이다. 이러한 단순화는 가장 엄밀한 객관성을 내거는 구조주의자조차 받아들이지 않을 것이다. 일체의 가치 판단의 피안에 선다는 구조주의자들은 사실 그들이 가장 문학답다고 미리 판단한 몇몇 작품들을 패러다임으로 삼고 그것을 문학의 본질적 구조로 보고는 이 후자를 객관화하는 것이다.

모든 지적 오해와 기만은 가치 판단과 주관적 판단에 의거한 것에 객관적 진리의 모습을 부여하려는 욕망, 그럼으로써 타자를 더욱더 잘 설득하고 지배하려는 욕망에서부터 비롯된다. 그런 술책은 진리의 이름을 내세우는 과거의 모든 철학체계에서 가장 두드러지게 나타난다. 철학자들의 진술에는 그 앞에 "내 생각에는" "내 추측으로는" "내 연구의 결과에 비추어볼 때는"과 같은 주절主節이 붙어 있어야 할 텐데, 그것을 서술의 편의상, 또 더욱 나쁘게는 기만적 의도에서 제거한 것이다. 그래서 그 수사적 술책에 휘말리는 어리석은 자들은 그 서술이 요지부동한 객관적 진리인 것처럼 받아들이게 된다.

그러나 이런 사이비 객관적 서술은 기만적 허구라고 비난받아 마땅할 성질의 것만은 아니다. 왜냐하면 우리는 일정 수의 사이비 객관적 서술에 대해서 어느 정도 동의와 합의를 할 수 있기 때문이다. "그 말에는 일리가 있어 보이고 나도 그렇게 생각하고 있으며, 지금으로서는 그것이 객관적이며 타당한 것 같다"라는 식으로 말이다. 그리고 그것을 이데올로기로, 생활의 지침으로, 또는 반성의 계기로 삼고 살 수 있기 때문이다. 그러나 그런 사이비 객관적 서술의 효용은 가변적이다. 가령 무질서가 팽배하는 지역에서는 "인간은 개인적 존재"라는 주장보다는 "인간은 사회적 동물"이라는 주장에 무게를 두고, 반대로 오늘날처럼 사회적 획일화와 탈혼奪魂 작업이 극도에 달한 사회에서는 도리어 "인간은 개인적 존재"라는 주장이 사태를 바로잡기 위해서 합당할 것이다. 통시적으로도 또 공시적으로도 관찰될 수 있는 이러한 가변성—다문화의 존재, 시속의 변화, 또 개인적으로는 인생관의 변화 따위는 진리와는 상관없는 것이며, 한편으로는 환경에 적응하고 다른 한편으로는 더 마땅한 생활을 영위하려는 인간의 유연성에서 유래하는 것이다. 물론 그런 다양성과 변화에 대해서 선악의 판단을 내릴 수도 있지만, 그 판단 역시 가변적이며, 일정한 상황 속에서의 합의에 의해서 이루어져야 할 것이다. 만일 그런 것을 모르고 그것을 보편타당한 단정이라고 여기는 사람들이 있다면, 그들은 바로 사이비 객관적 진리의 덫에 걸린 사람들이다.

다만 이런 프래그머티즘에도 한 가지 지켜야 할 규범이 있다. 그리고 이 규범만큼은 시공을 초월하여 만인이 합의할 성질의 것이라고 생각한다. 그것은 다름 아니라 우리의 가변성이 한결같이 억압과 잔혹성의 감소 방향으로 나아가야 한다는 것이다. 그것은 증명이 필요 없는 생존상의 공리公理이며 절대적 윤리이다. 그 점에서 나는 로티Richard Rorty와 생각을 함께한다. 그것은 데리다가 내세우는 정의의 개념보다는 한결 실리적이며 실천적이다. 왜냐하면 정의만큼 추상적이며 판별하기 어려운 것은 없는 반면에 억압과 잔혹성은 구체적이며 눈에 잘 띄는 것이기 때문이다. 어떤 행위가 정의의 실천인지 아닌지는 역사상 합의가 이루어진 일이 없는 반면에, 억압하고 잔인한 행위가 악이라는 사실을 부정하는 사람은 없을 것이기 때문이다. 아마도 악의 박멸은 불가능하겠지만, 또 경우에 따라서는 더 큰 목적을 위해 잠시 필요할지도 모르지만(이른바 필요악), 감소를 지향한다는 것은 칸트의 정언명령이나 어떤 형이상학적, 신학적 명제와는 아무 상관 없이 실천 가능한 것이며, 이것이

최소한의 유효한 윤리적 과제일 것이다. (1997)

*

일본에서 있을 심포지엄 준비 때문인지 죽음의 문제가 머리에서 떠나지 않는다. 오늘은 논문자료로 내가 삼십여 년 전에 만들어두었던 그야말로 케케묵은 카드들을 다시 꺼내보았다. 그런데 그때의 생각과 지금의 생각에 근본적인 변화가 없는 것이 스스로 놀랍다. 그간 아무런 발전이 없었다는 뜻도 되지만 또한 변하지 않는 집념을 지녀왔다는 뜻도 될 것이다. 그중에 사르트르의 『존재와 무』를 읽으면서 적어놓은 비판이 있다. 올바로 이해한 결과인지 아닌지는 모르지만, 지금이라도 그대로 말할 만한 구절이다. 몇몇 틀린 자구字句를 수정하여 여기에 옮겨놓아 본다.

"사르트르의 경우, 죽음은 생성을 위한 기도企圖의 시간적 한계에 지나지 않는다. 그것은 다만 살았을 때에 한 일을 합산하기 위해서 긋는 선線, 그것도 남들이 긋는 선에 불과하다. 죽음은 다만 나의 행동이라는 연극이 끝났다는 것을 알리기 위해서 내리는 막에 지나지 않고, 관객 즉 타자로 하여금 나의 행동(죽음과 더불어 그것은 이미 돌이킬 수 없이 응결되어버린다)을 총평하게 하는 계기, 즉 나의 본질을 구성하는 계기를 제공할 따름이다. '죽어 있다는 것은 살아 있는 사람들의 먹이가 된다는 것을 의미한다'라고 사르트르는 말한다.

그가 기독교도들처럼 죽음 뒤에 오는 것, 가령 영생이나 은총이나 구원과 같은 것에 대한 환상을 이렇듯 깨끗이 물리친 것에 나는 전적으로 동의한다. 또한 죽으면서 느끼게 될지 모르는 고통이나 공포에 대해서도 일절 언급이 없는 것도 이해할 만하다. 그러나 삶의 과정, 그 자체와 연결하여 죽음의 의미를 생각하지 않는 것, 그것이 사르트르의 최대 약점이다. 미구에 필연적으로 닥칠 죽음을 삶의 과정에서 생각하고, 그것을 넘어서는 가치를 추구해보려는 다부지고도 비극적인 지향을 보여주지 못한 점에서 사르트르는 앙드레 말로나 알베르 카뮈보다 덜 실존적이다."

또 그보다 십 년가량 앞선 것으로 보이는 1958년 12월에 적은 다음과 같은 카드도 있다. "죽음이 신의 권한이었던 한에 있어서, 죽음은 인간에게는 문제가 되지 않았다. 인간의 의지를 초월하는 그 존재에 대해서 인간에게는 다만 체념과 복종의 당위성만이 있었다. 문제는 죽음이 오직 인간의 문제로 귀속한다는 것을 증명한 합리주의 시대로부터 생긴다. 설명할 수 없음에도 불구하고 설명하지 않으면 안 되는 것, 다룰 수 없는 동시에 다루어야 하는 것이 되었기 때문이다. 그러자 죽음은 인간의 운명과 자유가 갈등하는 자장磁場이 된 것이다."

죽음이 무엇인지 절실하게 느낄 수도 없었던 젊은 시

절의 겉멋 들린 글이지만 전혀 엉뚱한 이야기는 아닌 것 같다. (1997)

*

파스칼에 관해서.

현실에 대한 그의 성찰은 최상급이다. 인생은 불행하다는 편견에 끌려 있으나, 이 편견 덕분으로 그의 기막힌 통찰이 생산될 수 있었다. 가령 다음과 같은 말을 들어보라. "우리는 우리 자신을 너무나 모른다. 그래서 어떤 사람들은 매우 건강할 때 죽어간다는 생각을 한다. 그리고 어떤 사람들은 곧 죽게 되어 있는데 건강하다고 생각한다. 곧 신열이 나고 종기가 생기는 것을 느끼지 못하는 것이다."

그러나 그의 결론은 매우 실망이다. 인간의 그런 미망을 아이로니컬하게 받아들이면서 사는 지혜를 터득하지 못하고, 오직 신이 베푸는 내세의 은총에만 희망이 있다는 더 중대한 미망으로 쏠린 것, 그럼으로써 이 희대의 천재가 결국은 엄청나고도 끔찍한 종교적 허구의 희생양이 되고 만 것은 참으로 슬픈 일이다. (1997)

*

프랑스의 지성계에서는 불행한 일이 있다. 그것은 양식良識의 권화라고 할 수 있는 몽테뉴의 정신이 사라지고, 마니교적인 선악 이원론, 흑백 이원론의 대립이 자리 잡았다는 것이다. 그것은 절대왕권에 의해서 정치적 통합을 이루고, 또한 그것을 지탱하기 위해서 합리주의와 기독교 교리로 사상적 통일을 이루려던 17세기부터의 일이다. 그러나 이러한 절대주의는 절대적으로 군림할 수는 없다. 그것은 반체제의 저류底流를 가져오는데, 17세기 프랑스에서 그것을 대표한 것이 누구보다도 파스칼이었다. 그러나 파스칼 역시 흑백논리에서 벗어날 수 없었다. 그는 한편으로는 몽테뉴의 지혜롭고 너그러운 회의주의에 대해서 맹공을 퍼붓고, 다른 한편으로는 예수회가 현세적 교화의 수단으로 기독교를 내세우는 행위에 단호하게 반대한다. 다 같이 신의 이름을 빌렸지만 관용이 없기는 쌍방이 마찬가지였다.

그 후 프랑스의 사상계는 타협을 모르는 흑백논리의 대립 양상을 두드러지게 보여왔다. 볼테르와 루소의 대립, 프랑스 혁명에서의 피비린내 나는 상쟁相爭, 드레퓌스사건 이후로 몇십 년 동안 대립하여온 극우파와 극좌파의 알력, 그리고 근자에는 각각 다르면서도 다 같이 환원주의적이라고 할 수 있는 입장에서 사르트르에게 가해진 치열한 비난(특히 레비스트로스로 대표되는 구조주의자들, 보수적 마르크스주의자들, 그리고 또 최근에는 데리다가 가하는 비난) 따위는 프랑스가 아니고서는 여간해서 볼 수 없는 광경이다. 이렇듯 양극단이 존재하는 나라, 때에 따라 한쪽이 다른 쪽을 치고 잠시 인기를 끌다가 또 다른 극단에 의해서 패퇴되는 나라가 다시 몽테뉴적인 관용으로 되돌아가기는 불가능한 것처럼 여겨지기조차 한다.

그러나 이러한 극단적 대립의 연속이, 독특한 끊임없는 사상적 티격태격이, 문명사에서 수행하는 역할은 반드시 부정적인 것만은 아니다. 그것은 편협하고 일방적이고 환원주의적이기 때문에 도리어 참신한 자극을, 삶과 세계를 다르게 생각하는 계기를 제공한다. 비록 괴테나 셰익스피어와 같은 거대한 작가도, 칸트나 하이데거와 같은 통합적 철학자도 산출하지 못한 프랑스가 주는 매력과 한계는 바로 그 점에 있다. 젊어서 프랑스에 끌리지 않는 사람은 우둔한 사람이며 늙어서도 그 나라에 끌리는 사람은 지혜롭지 못한 사람이라는 말을 나는 가끔 해왔는데, 그 말은 옳은 것 같다. 그러나 나 자신은 나이 칠십이 가까운데도 그 사이에서 아직도 엉거주춤하고 있으니 우스운 꼴이라고 하지 않을 수 없다. (1997)

*

기본적인 진실에 대한 문제―인간은 초월적인 것에 끌리는 거의 본능적인 지향을 가지고 있으면서도 무신론자가 될 수 있는 것인가? 뒤집어 말하면 초월적인 것으로의 지향은 필연적으로 신으로의 지향이라는 서양의 지배적인 사상은 진리인가? 이 질문에 대한 부정적 대답의 예—(1) 불교에 의해서 대표되는 동양적 무. (2) 서양에서는 순간과 영원의 동시성을 체험하려던 바타유. (1998)

*

인간은 자기가 절실히 바라는 것만을 발견하고 획득한다는 뜻의 말을 메테를랭크Maurice Maeterlinck가 한 적이 있다. 이 말은 신비주의의 경우에 특히 합당하다. 신비주의자들은 직관적, 초이성적, 초언어적인 방법으로 신의 존재를 분명히 인식하고 신과 접하고 신과의 합일을 실현한다고 말한다(타자로서 대상화된 신이나 그 대리자와의 만남을 겨냥하지 않는 신비주의는 없다. 그 점에서 그것은 불교의 영역은 아니다. 그것은 무엇보다도 기독교나 유대교와 같은 일신교의 영역이거나 샤머니즘의 영역이다). 그러나 이 경우 전혀 무관심했던 신이 갑작스럽게 출현하는 것은 결코 아니다. 신비주의자는 처음부터 신이 나타날 가능성을 믿고(비록 잠재의식 차원에서일지라도), 그 가능성이 현현顯現되기를 바라며, 이 희구의 실현 수단으로서 황홀과 망아忘我에 의지하려는 것이다. 따라서 신비는 계시가 아니라, 이미 품은 신이라는 관념의 구상화이다. 달리 말하면 일종의 자기 암시이며 자기기만이다. 그러니까 신비주의자는 그의 체험을 통해서 아무것도 객관적으로 증명할 수 있는 것이 없다.

그들은 다음의 두 가지 과정을 밟는다. (1) "나는 신의 존재를 믿는다." (2) "믿어왔던 신이 과연 나타났다." 따라서 이 과정에 관해서 따져보아야 할 것은 마치 믿음의 증거처럼 보이는 (2)라기보다는 그 증거의 외양을 가져오게 한 (1)의 근거의 타당성 여부이다. (2)에 관해서 말하자면 "나는 내가 믿는 것이 마치 객관적 존재처럼 나타나도록 정신적, 심리적 술책을 썼다"는 것이 신비주의자가 고백해야 할 실상이다. 프로이트의 용어를 빌리자면 '상념의 전능全能'의 두드러진 한 경우이다. (1998)

*

FM에서 슈만의 〈오보에와 피아노를 위한 이중주〉(Op. 94-2)가 흘러나온다. 이 곡에는 '로망스'라는 제목이 붙어 있다. 이 제목 때문에 그 아름다운 음악이 인간사人間事로 전락하고 말았다. 그런 제목이 없었다면 나의 상상력은 이 곡을 오보에와 피아노로 상징된 두 천사의 화답으로 승화시켰을 것이다. (1999)

*

내가 흥미를 느끼면서 읽고 있는 나와 동일한 세대의 철학자가 세 사람 있다. 푸코, 데리다, 로티이다. 나는 그중에서 로티가 적어도 정치적 입장에서는 가장 정직하다고 생각한다. 그는 오늘날의 자유주의적 자본주의 사회가 역사상 출현한 가장 좋은 사회라고 주저 없이 공언한다. 그리고 당분간은 그것을 근본적으로 지양할 수 있는 더 좋은 사회는 현실적으로 상상하기 어렵다고 말한다. 따라서 지식인의 임무는 이 자본주의사회를 뒤집어엎는 것이 아니라 그것이 지니고 있는 부차적, 부분적 결함을 바로잡아나가는 데 있다는 이야기다.

이에 반해서 푸코와 데리다의 정치적 태도는 도피적이다. 그들은 절대로 로티와 같은 말을 하지 않으며 그렇다고 해서 분명히 사회주의나 공산주의 체제의 편에 서는 것도 아니다. 그러면서도 그들은 자신이 몸담고 있는 체제 그 자체를 고발하거나 때로는 엉뚱한 유토피아적 구상을 그려 보이기도 한다. 폭력이 없는 사회, 정의가 자리 잡는 사회에 대한 환상에 끌린다는 매우 비현실적인 태도를 보이는 것이다. 마치 그런 환상을 품는 것이 지식인의 임무라는 듯이 말이다. 그러고는 제 나라의 자본주의 체제가 베푸는 특권과 이익과 명예와 안전을 향유한다. 이렇듯 한편으로는 체제를 고발하고 다른 한편으로는 체제에 의지하는 이 이중성은 특히 프랑스 지식인들의 장기이며, 나보다 앞서 산 사람들, 가령 사르트르, 바르트를 위시하여 그 숱한 서구적 마르크스주의자들도 예외가 아니다. 좀 심하게 말하면 그들은 어리광을 부리는 것이다. (1999)

    기도企圖에 대한 바타유의 반대. 그것은 역사가 막혀 있다, 이미 어떤 출구도 갖지 못하게 되었다는 인식에서 오는 비관주의의 소산이다. 바타유는 "기도한다는 것은 존재를 후일로 미루는 것이다"라고 주장한다. 기도가 존재의 부정이라고 생각하는 것은 한 걸음 한 걸음씩 미래를 향하여 걸어나가는 과정, 그 자체에 존재의 의미가 있다는 일반적인 주장과 대립된다. 내가 보기에는 매우 건전한 이 후자의 주장에 따르면, 기도는 결코 존재를 후일로 미루는 것이 아니라, 시시각각으로 존재를 실현해나가는 생성의 과정을 의미한다. 왜냐하면 존재의 의의는 목표의 달성 그 자체에 있는 것이 아니라(그 달성은 우연에 의해서, 그리고 특히 죽음에 의해서 언제라도 중단될 수 있다), 그것을 위한 지향에 있기 때문이다. 만일 바타유의 말이 진실이라면, 나치즘과 싸우다가 죽은 사람들의 존재는 정당화될 수 없는 '개죽음'이 되고 말 것이다. 그들은 후일의 승리를 확신하고 그것을 위해서 몸을 바치다가, 바타유의 표현을 빌리자면 존재를 후일로 미루다가 죽었기 때문이다.

    따라서 우리는 그의 말에 찬성할 수 없다. 다만 시대적으로 절망하고 개인적으로도 전혀 더 나은 미래를 상상할 수 없는 처지에 있을 때에는 바타유처럼 오직 지금 이 자리에서 이루어질 찰나적 황홀을, 순간 속에서 체험되는 아찔한 경지를 삶의 절정으로 기대할 수밖에는 없을 것이다. 그러나 일단 이 희한한 체험을 하고 난 다음에는 삶을 포기하시 않는다면, 다시 말해서 그런 체험이 앞으로도 되풀이되기를 바란다면, 그것 역시 기도를 위해서 존재를 미루는 꼴이 될 것이다. 더구나 그런 체험은 반복됨으로써 그 효험이 줄어들 것이다. 남는 것은 오직 효험의 극단화를 위한, 그러나 성공을 보장할 수 없는, 더욱 격렬하고 자학적이고 거의 절망적인 시도일 것이다. 생성을 부정하는 바타유의 찰나적 신비주의에 어느 정도 정당성이 있다고 해도, 이 한계는 극복될 수 없다. 그것은 자칫하면 광란으로 낙착되고 말 것이다. (1999)

*

불교에서의 해신解信과 앙신仰信.

앙신에 의거한 기도, 은총, 구원은 기독교의 경우와 크게 다를 것이 없다. 그러나 내가 만일 앙신을 한다면 나는 불교가 아니라 차라리 기독교로 귀의할 것이다. 왜냐하면 예수라는 유일의 확실한 매개가 설정되어 있기 때문이다. 이에 반해서 불교적 앙신의 경우에는 이런 매개가 분명치 않다. 가령 아미타불이 그런 기능을 한다고 해도 그 매개라는 것이 신학적으로 정립되어 있지 않다.

내 생각에는 불교의 진실한 재생을 기하기 위해서는 기

독교와의 엄연한 구별의 원리가 되는 근본불교의 정신으로, 다시 말해서 인간 자신에 내재하는 능력을 신뢰하는 해신으로 되돌아가야 할 것이다. 신이라는 허구 없이도 성립될 수 있는 유일한 종교로서의 불교의 매력, 그것이 곧 해신의 매력이다. 그러나 오늘날 일반대중이 믿는다는 불교는 앙신에 달라붙는 가지가지의 미신에 의해서(그런 미신은 한국만이 아니라 여러 나라에 퍼져 있다. 일본의 신불습합神佛習合은 그 대표적인 경우이다) 그 본의가 패퇴되고 있다. 만일 내가 앞으로 기도하게 된다면 그것은 다음과 같은 아주 소박한 내용의 것이 될 것이다. "부처님, 저는 부처님과 같은 깨어난 인간이 될 수 있으리라는 건방진 생각은 아예 가지고 있지 않습니다. 당신이 보여준 모범을 생각할 때마다 당신과 나를 갈라놓는 거리가 무한하다는 생각이 새삼스럽습니다. 그러면서도 한 발자국이라도 더 가까이 당신의 곁으로 가고 싶습니다. 무슨 큰 야망은 없습니다. 다만 나 같은 소인으로서는 욕심을 자제하고 겸허하게 되는 것이 그나마 당신의 모범을 따르는 길이라고 여기고 있지만, 그것조차 어렵습니다. 그러니 부디 그렇게만이라도 되도록 힘을 보태주시기를 청원하나이다." 나의 마음은 조금씩이나마 이런 해신 쪽으로 기울고 있는 것 같다. (1999)

*

어느 철학자에게 음악을 자주 듣느냐고 물어보았다. 시간이 아까워서 잘 듣지 않는다는 대답이었다. 아아, 불쌍도 하여라! 그런 철학자는 대개의 경우 독창성 없는 해설자이거나, 기껏해야 하류의 분석철학자이거나 관념론자이다.

이런 철학자에 대한 반증이 될지 모르지만, 니체의 경우 음악은 생채 있고 약동하는 철학으로의 길을 연다. "음악은 정신을 해방하고 상념에 날개를 달아준다는 것, 그리고 우리가 음악가가 되면 될수록 더욱 철학자가 된다는 것에 주목한 사람이 있었던가? 추상이라는 잿빛의 하늘은 번개의 섬광에 의해서 전율하는 것 같다."

나는 니체의 이 말에, 특히 그 마지막 구절에 전적으로 동의한다. 그러나 그의 번개의 섬광과 나의 그것은 정반대의 성격을 띠고 있는 듯하다. 니체는 그의 고향인 북쪽의 음악을 버리고 남쪽 나라의 음악에서 번개의 섬광을 발견했다. 반대로 나는 주로 독일이 대표하는 북쪽의 음악에서 내 몸을 꿰뚫는 천둥과 번개를 느낀다. 언제 어떻게 달라질지 모르지만 지금 내가 음악에서 구하는 것은 경묘한 감각이나 섬세한 감성보다는 깊은 파토스이다. 니체가 "음악을 지중해적인 것으로 전환해야 한다"라고 말할 수 있었던 것은 그가 독일 사람이었기 때문이다. 독일 사람이 아닌 나로서는, 제 고장의 음악에서 진실한 음악의 깊이를 느낄 수 없었고 또 몇십 년 동안 직업상 프랑스적인 경묘함과 재치와 접촉해온 탓인지 독일적인 깊이에 쏠리는 것이다. (1999)

*

음악은 나에게 있어서 희로애락의 감정을 나타내기 때문에 귀중한 것이 아니다. 그것은 나의 영혼을 위해서 있다. 그것은 양극의 기능을 한다. 하나는 내 영혼을 가라앉힌다. 그리고 다른 한편으로 내 영혼을 고양하여 보들레르가 말하는 '열정enthousiasme'의 경지에 이르게 한다. 그 양자는 다 같이 일상성으로부터의 초탈이다.

나는 오페라를 좋아하지 않는다. 두 가지 이유에서이다. 첫째로 말의 뜻을 충분히 알아들을 수 없기 때문이다. 또 비록 어쩌다가 알아듣는다 해도 그 말들은 흔히 삼류급의 사랑타령이다. 둘째로는, 말은 순수한 소리가 발휘할 수 있는 환기력과 확산력과 다원성을 지닐 수 없어 상상의 영역을 제한하기 때문이다. (1993)

*

음악을 듣는다는 것, 그것은 인간의 지평을 넘어서서 소리의 제전祭典으로 초대받는다는 것이다. 그 제전의 한구석에 숨은 듯이 앉아서 되도록 내 존재를 무화시키고 소리의 마술에 홀려드는 것이다. 이것이야말로 특권적인 상황이다. 이 특권적인 상황은 역설적이다. 내가 음악의 정수精髓를 체험한다고 스스로 생각할 수 있는 것은 악전을 전혀 모르고 감각이 별로 예민하지 못한 덕분일지도 모른다. 만일 내게 악전에 관한 깊은 지식이 있다면 나는 감상자가 아니라 분석자가 되었을 것이다. 또 소리에 예민하게 반응한다면 연주에 대해서 지나친 시비를 했을 것이다. 그 점에서는 무식하고 둔해서 다행이라고 생각한다. (1999)

*

사르트르가 그의 『문학론』 제1장에서 그림에 관하여 말하고 있는 것은 음악에 관해서도 그대로 할 수 있다. 모든 곡의 근원에는 희로애락이 있고 사회적 배경이 있을 것이다. 그러나 그것은 소리 속으로 녹아들어가서, 순화되고 변질되고 경우에 따라서는 그런 근원의 편린도 인지할 수 없을 정도로 소멸될 수 있다. 순수한 소리로 승화한다는 말이다. 따라서 작곡가가 어느 곡을 만들 때 거기에는 이러이러한 근원이 있었다는 것을 상기시키고, 그 표현으로서 곡을 듣게 하는 해설자는 향유의 지평을 제한하는 역기능을 할 뿐이다. 가령 우리는 오늘날 바흐의 〈음악의 헌정〉을 들으면서 프리드리히 대왕의 모습을 떠올리거나 쇼스타코비치Dmitrii shostakovich의 〈교향곡 5번〉이 스탈린 치하 소련의 산물이라는 것을 굳이 상기할 필요가 없을 것이다. 또한 쇼팽과 조르주 상드의 관계, 브람스와 클라라 슈만의 관계를 알아야 그들의 음악을 이해할 수 있다는 말도 타당한 것이 못 된다. 그런 것은 도리어 완성된 예술작품을 창조 이전의 동기로, 혹은 원형질로 환원하는 것이다. 음악의 기능은 회화와 마찬가지로, 아니 회화보다도 더욱 현실세계의 재현에 있는 것이 아니다. 그것은 다른 세계로의 초대이다. 쇼펜하우어가 음악을 가장 순수한 예술이라고 한 것은 지극히 옳은 말이다. (1999)

*

대중음악과 고전음악의 차이는 동일화identification와 원격화distanciation의 차이이다. 음악이 표상하거나 상징하는 것을 '나의 세계, 나의 욕망, 나의 감정' 속으로 끌어들일 때 대중음악이 있고 음악의 대중화가 있다. 반대로 소리의 세계가 나로서는 접근할 수 없는 것이라고 느끼면서도 그 세계에 대한 노스텔지어에 사로잡힐 때(마치 말라르메의 '창공'처럼) 고전음악이 성립한다. 그 음악이 표상하려는 것이 노예의 합창이건 천사들의 화성이건 간에, 그 가락에서 슬픔이나 기쁨을 느낀다 해도 그것은 내가 체험하지 못했고 또 체험할 수도 없는 순수한 슬픔과 기쁨이며 따라서 그것은 숭고하다. 우리의 일상생활은 그러한 승화된 순수감정

의 체험을 허락하지 않는다. (1999)

*

　모든 예술작품은 이중의 의미에서 사회적 산물이다. 그것
은 남들에게 지향하고 호소하는 것이며, 또한 특정한 사회
적 배경을 떠나서 생산될 수 없다. 그러나 그것은 인간을 사
회적 관계 속에 정립시키기 위해서 있는 것이 아니다. 사회
적 산물인 동시에 잠시일망정 사회를 초월한 어떤 경지(심
층적 자아의 발견, 절대적 경지의 체험, 이룰 수 없는 욕망
의 상상적 실현)를 위해서 존재한다. 여기에 예술작품의 존
재론적 모순, 그러나 행복한 모순이 있다. (1999)

*

　라마르틴Alphonse de Lamartine과 황진이—19세기 프랑스
낭만주의의 한 대표적 시인으로 알려진 라마르틴의 「호수
Le Lac」에서 영탄되고 있는 사랑은 말하자면 죽기 살기이다.
"우리가 그렇게도 굳게 약속한 시간과 장소에 당신은 다시
오지 않았으니 나의 시름은 한량없고 내 삶은 허무로 돌아
갔다"는 이 읍소가 어느 정도 성실한 것인지는 몰라도, 다
소 유치하다는 느낌을 씻을 수 없다. "사랑의 기쁨은 한순
간밖에 맛볼 수 없고 사랑의 슬픔은 영원히 가시지 않는
다"는 그 범속한 노래조차 상기시킨다. 그런 한탄의 저변에

는 "나 자신의 슬픈 심정은 죽을 때까지 한결같고 어떠한 수단도 그것을 달랠 수 없다. 시간이 약이라는 말은 나와 같은 항심恒心의 소유자에게는 통용되지 않는다"는 인간조건을 넘어선 교만이 깔려 있다.

이에 반해서 황진이의 「청산리 벽계수야」는 한결 성숙하다. 그것은 시간의 흐름이 무엇 하나 항구적인 것을 남겨두지 않는다는 정당한 인식을 밑에 깔고 있다. 사랑은 시간이 과하는 제약을 넘어설 수 없고 말하자면 순간의 영위이다. 황진이는 그것을 냉철하게 인식하고 있고 그 인식이 주는 체념을 머금은 채 "잠깐만 쉬어 가라"고 호소하는 것이다. 그 호소에는 라마르틴의 "시간이여, 멈추어라!"라는 철없는 외침에서는 찾아볼 수 없는 지혜가 깃들어 있다. (1999)

*

오늘은 1900년대의 마지막 날. 인간들이 자의적으로 정한 연대에 스스로 묶이고 홀려 들어, 전 세계가 새로운 천년을 맞게 된다고 야단이다. 이 나라도 덩달아 야단이다. 온 거리가 치장되고 축제가 벌어지고 있다. 그러나 그것은 꼭 매독으로 썩어가는 육체에 밍크코트를 입히고 문드러진 얼굴에 짙은 연지곤지를 바르는 것과 같은 꼴이다. 황금만능주의에 의한 정신적, 도덕적 타락이 이토록 자심했던 시대는 아마도 없었을 것이기 때문이다.

플로베르나 보들레르가 살았던 서양의 19세기 중엽이 속악한 부르주아지가 지배했던 시대였던 것은 아마도 사실이었으리라. "나는 천하게 생각하는 자들을 부르주아라고 부른다"는 플로베르의 말도, 군중을 매도한 보들레르나 니체의 독설도 모두 부르주아의 속물성을 여실히 규탄한 것들이다. 그러나 그 당시의 부르주아들에게는 부끄러움이 있었다. 금전을 통해서 사회를 지배하게 되었지만 금전보다 더 귀중한 가치가 있다는 것을 스스로 알고 있었기 때문이다. 그래서 그들은 그런 더 높은 가치에 대한 일종의 외경심을 보였다. 그리고 자기들도 그 가치에 참여한다는 제스처를 통해서 자기기만을 했다. 사르트르의 말마따나 플로베르의 독자는 플로베르가 그토록 경멸한 부르주아들이었다. 그리고 오페라극장의 번영을 가져온 것도 예술의 세계를 넘나드는 데서 긍지를 느껴보려던 그 속악한 부르주아지였다.

하기야 이 나라에서도 얼마 전까지만 해도 교양과 정신적 가치에 대한 부르주아들의 열등감정이 있었다. 1960년대에는 그들은 새로 꾸민 호화로운 리빙룸에 책장을 만들고 그것을 브리태니커 백과사전으로, 또 그 무렵에 쏟아져 나온 세계문학전집으로 장식했다. 그러나 이제는 그것은 옛이야기가 되고 말았다. 새로 마련한 리빙룸을 단장하는 것은 이미 책이 아니라 그림이다. 예술 애호 때문에? 천만의 말이다. 오직 투자가 목적이다. 매일 증권시세를 살피듯

이 그림을 쳐다보면서 그것을 시세로 환산하고 있는 것이
다. 대통령이라는 작자가 '신지식인'이라는 야릇한 말을 만
들어내서 지식이 황금알을 낳는 거위인 양 떠들어대고, 또
오직 그런 각도에서만 지식이 소중하다고 생각하고 있으니
말이다. 날이 갈수록 "나는 내 고향에서 이방인이다"라는
실감이 견딜 수 없는 무게로 나를 짓누른다.

　새천년이라고 떠들어대는 지구 전체의 광란—그것이 내
귀에는 인류의 만가처럼, 단말마의 절규처럼 들린다. 인류
가 과연 어느 정도 존속할 수 있을지 의심스럽기조차 하다.
환경은 더욱더 파괴될 것이며, 종교, 민족, 지역 간의 갈등
도 격화되어나갈 것이다. 그보다도 더 중대한 일이 벌어질
것이다. 민주주의의 가면을 쓴 과두정치와 대중조작을 수
반하는 권력이 유전공학과 통신혁명을 이용하면서 올더스
헉슬리가 예고한 바와 같은 신인종을 제조해나갈 것이다.
철두철미하게 제어되고 조종되고, 특정분야에서는 엄청난
능력을 발휘할 수 있지만 내면성은 완전히 소거消去된 그
런 새로운 종이 제조될 것이다. 아마도 100년에서 200년 내
에. 그러니 새천년을 맞으면서 벌어지고 있는 이 야단법석
은 사실은 인간의 자유와 주체성과 존엄성에 대한, 내가 청
년 시절에 결코 양도할 수 없다고 배웠고 지금도 지키려는
그런 가치들에 대한 만가의 시작 같다. (1999)

오늘날 이른바 선진국에서는 위험사상이 없어져가고 있다. 그것은 그만큼 자유가 신장했다는 의미가 될지도 모른다. 그러나 그것은 또한 사상의 자폐성 때문이기도 하다. 바꾸어 말하면, 사상들이 어느 좁디좁은 특정 공간에 갇혀서 확장력을 상실해서 위험하지 않게 된 것이다. 가령 철학은 대학의 철학과에 갇힌 지식이론으로, 심지어 지식놀이로 줄어들었다. 철학적 논의는 각 분야의 전문가들(나는 현상학, 너는 해체이론 등)의 수선스럽고 그들끼리만 알아듣는 특수언어들의 잔치에 불과하다. 문학의 경우도 마찬가지이다. 난삽하고 편협한 문학이론들이 수많은 고도孤島를 이루고 각각 그 안에서 '지지고 볶고' 있다. 기술문명과 대중사회의 엄청난 발달로 말미암아 한국에서도 그 반작용으로 이런 자폐적 지식인들이 앞으로 늘어날 것이다. 그리고 사회적 책임을 등진 이들과 대중을 갈라놓고 있는 틈새에 편승해서 사이비 지식인들이, '거리의 철학자'들이 어느 때보다도 떼 지어 활개를 치며 나타나서 마치 진리를 전달하는 것처럼 대중들의 귀에 솔깃한 말재주를 부리면서 그들을 오도할 것이다. 자폐적 지식인과 사이비 지식인의 양자 사이에서, 지혜로서의 철학과 교양Bildung으로서의 문학을 지향하려는 소수의 사람들이 언제까지 존속할 수 있을지 걱정스럽다. (2000)

　인간사회의 가장 큰 과제는 어떻게 잔혹성을 줄여나갈 수 있느냐는 데 있다는 리처드 로티의 명제는 옳다.

　이 명제에 가장 집요하게 반대하는 것은 아이로니컬하게도 인간을 고통에서 구원하겠다는 어떤 종교들, 특히 기독교이다. 오직 신만이 좌지우지할 수 있는 생명의 거룩함이라는 미명하에 말기 환자에게 안락사의 권리를 거부하고 그의 견딜 수 없는 고통을 지속시키려는 잔인성—신의 이름을 빌린 이 종교적 잔인성만큼 잔인한 것은 없다. 신이라는 허구를 날려버리면 당장에 사라질 이 잔인성, 그러나 영생을 바라는 인간의 어리석음이 그런 가장 간단한 우상파괴를 가로막고 있기 때문에 사라지지 않는 이 잔인성……. 그것에 비하면 단칼에 포로의 목을 베어버렸던 야만적 군졸들의 잔인성은 관대한 잔인성이다.

　그러나 기독교 종사자 중에는 예외적으로 이런 편협한 교설에서 해방된 사람도 있다. 말기 환자의 안락사에 무조건 반대하는 이유가 된 바로 그 생명의 거룩함의 이름으로 도리어 안락사에 찬성하는 다음과 같은 한 목사의 견해는 매우 소중한 것이다. "나의 생물학적 생명의 거룩함은 결국 나의 생물학적 연장에 존재하는 것이 아니다. 그것은 나를 어루만지고 나에게 웃어주고 나를 사랑하는 사람들을 내가 알아보고 그들에게 반응하는 데 있다. 이러한 반응의 능력이 영원히 사라질 때는 나의 생물학적 생명의 의미와 가치 역시 사라진다고 나는 믿는다."(존 셸비 스퐁John Shelby Spong의 말. 제임스 토르James D. Torr, 『안락사Euthanasia』에서 재인용) (2000)

*

교황 요한 바오로 2세가 1995년 3월 25일에 발표한 회칙回勅 '생명의 복음'을 인터넷에서 얻어서 읽고 있다. 이 문헌은 기독교의 허구(죽음을 두려워하기 때문에 만들어진 허구)의 곡절과 구조와 목적을 아는 데 매우 호적한 자료이다.

사사건건 불교의 진리와 대조가 된다. 세계 종교의 상호 이해라는 그들의 허울 좋은 구호에 휘말려 들어가서는 안 되겠다는 생각이 든다. 그것은 기독교의 잔존을 위한 술책의 하나에 지나지 않는 것으로조차 여겨진다.

전지전능한 신의 권위라는 허구. 민중을 다스리기 위해서 만들어진 그 허구를 들먹이면서 그것이 마치 진리인 것처럼 해설하고 있는 기만. 일례로 회칙의 제44항에는 신의 말이라고 하여 다음과 같은 『구약성서』의 한 구절이 인용되어 있다. "모태에서 나오기 전에 나는 너를 알았다. 태중에서 나오기 전에 너를 성별聖別하였다. 민족들의 예언자로 내가 너를 세웠다."(예레미야 1장 5절) 오늘날에 와서는 이 말이 생명의 존엄성을 강조하는 동시에 신에 대한 절대적 복종을 종용하기 위한 한 설화라는 해석을 해도 예수를 믿는 데 별로 큰 지장이 없을 텐데도 불구하고, 그것이 마치 진실인 것처럼 이렇게 덧붙이고 있다. "모든 사람들의 생명은 시작되는 그 순간부터 하느님의 계획에 의거한 것이다."

모든 종교(기독교가 미신으로 치부하는 샤머니즘을 포함하여)는 죽음을 비롯한 가지가지의 고통에 대한 해결책을 찾는 데 그 존재의의가 있다. 한데 그 해결책 제시에 있어서 기독교와 불교만큼 대척적인 것은 없다. 철없는 기독교의 경우는 끝끝내 남아도는 생의 욕망을 기필코 정당화시키려고 한다. 위에서 인용한 탄생의 초월적 필연성의 주장과 영생이라는 허구가 그것이다. 이에 반하여 지혜로운 불교는 고통과 환상으로부터의 해탈을 지향한다.

천주교의 총사령부에서 나오고, 아마도 개신교도들 역시 많은 부분에서 동의할 이 회칙은 나를 기독교로 끌어들이기는커녕 도리어 그것에 대해서 더욱 의심하는 계기가 되었다. 그러자 50년 전의 일이 불쑥 머리에 떠올랐다. 나는 6·25전쟁이 일어나자 석 달 동안이나 인민군에게 점령된 서울에서 벗어나지 못하고 고생을 했는데, 그때 소련정치국에서 간행한 한국어판 『소련공산당사』를 얻어 읽었다. 그 책의 행간에 나타나는 공산당의 술책을 꿰뚫어보면서 나는 그 반인간적 처사에 엄청난 충격과 환멸을 느끼고는 결정적으로 공산주의에 등을 돌리게 되었다. 이번에 읽은 교황의 회칙은 그때에 비할 만한 큰 충격을 준 것은 아니지만, 기독교로 귀의할 수는 없다는 나의 평소의 생각을 더욱 굳혀주기는 했다. (2000)

*

가톨릭교회가 과거의 잘못을 뉘우치기 위해서 공표했다는 문서 '기억과 화해Memory and Reconciliation'를 읽었다. 도대체 제목부터가 위선이다. 기억이라니! 자기들의 의식을 무겁게 짓누르는 죄악들을 얼마큼 고백함으로써 그것으로부터 청정清淨될 수 있다고 자부하는 이 안이하고 뻔뻔한 술책! 그 죄악이 역사적 사실로서, 인류에게 준 엄청난 상처로서 영원히 남게 되었다는 것을 호도하려는 술책이다. 또한 화해라니! 화해는 죄를 저지른 자기들이 내세울 수 있는 권리가 아니라, 희생자가 관대한 마음으로 베풀 수 있는 자비이다. '죄진 자가 보이는 화해의 제스처'는 뻔뻔함의 대표적 경우이다. 이른바 신 앞에서는 오직 용서만을 바라면서, 희생자에 대해서는 용서가 아니라 화해를 요청하다니, 그들이 얼마나 교만한지 알 만한 일이다. 죄의 희생자들을 대하는 마땅한 태도는 오직 속죄뿐이다. 따라서 이 제목은 '역사적 과오에 대한 참회와 속죄'라고 바꿔놓아야 할 터이다.

이 교만과 뻔뻔함은 이 문서의 서론에 포함된 다음과 같은 구절에 잘 나타나 있다. "제2차 바티칸 공의회에 의하면 교회는 화신化身한 말씀의 신비에 견줄 수 있는 강력한 유사성을 가지고 있다." 자기들끼리 "우리 교회는 신성神性의 현세적 나타남이다"라고 정해놓고 그것이 마치 객관적 사실인 것처럼 서술하고 있는 것이다! 현실과 환상을 구별하지 못하고 환상이 현실을 잡아먹는 개개의 정신분열증 환자나 과대망상증 환자에게는 동정이 가지만, 가톨릭교회의 이 집단적 정신분열증과 과대망상증은 공포와 혐오만을 유발할 따름이다. 왜냐하면 그들은 그것을 가지고 권력을 누리고 민중을 협박하고 사회의 합리적 발전을 방해해왔기 때문이다.

그리고 예수가 인류의 죄악을 대속했듯이 교회가 그 아들과 딸들의 잘못을 걸머진다는 교만! "현재와 과거의 아들과 딸들을 현실적이면서도 깊은 통교通交로 껴안는 교회는 또한 과거 잘못의 무게를 짊어지고 기억을 청정하는 유일한 은총의 어머니이다." 마치 잘못의 책임은 교회 자체에는 없다는 듯이, 마치 브루노를 처형하고 '마녀'를 사냥하고 유대인 학살을 묵인한 교황들은 교회의 주인이 아니라 교회의 본뜻을 어긴 종복들이며 교회의 실질적 주인은 신이라는 듯이! 이리하여 그들은 교회 자체는 신비롭고 신성하고 따라서 과오를 저지를 수 없는 신격적神格的 실체로서,

말하자면 예수 그리스도의 메타포로서 모든 죄악의 권위에 위치시킨다. "제2차 바티칸 공의회는 교회의 완벽한 충실성과, 그 성원들인 성직자와 평신도의 취약성을 구별한다." 이런 식의 궤변을 적용하면 다음과 같이 말하는 것도 가능할 것이다. "우리는 선험적으로 확정되어 있는 공산당의 완벽한 본질과 스탈린을 포함한 그 당원들의 취약성을 구별한다."

이렇듯 교황들의 죄과를 인정하지 않을 수 없는 처지에 몰렸으면서도, 구태여 교회 자체의 신격적 무류성無謬性만은 끝끝내 변명하려는 이 구차하고 부조리한 형식주의적 고육책은 참으로 우습기도 하고 딱하기도 하다. (2000)

*

종교는 민중의 아편이라는 마르크스의 말은 이미 사실이 아니다. 오늘날 민중은 정신적 지배자를 자처하는 종교적 억압자들이 억지로라도 먹이려는 아편을 거부하려는 경향을 보이고 있다. 급속히 발전하는 기술사회에서 이 거부는 날이 갈수록 더욱 현저하다.

만일 마르크스가 살아 있다면 "텔레비전이야말로 민중의 아편"이라고 고쳐 말했을지도 모른다. 그리고 이것은 사실이다. 이번에는 현세주의적 지배자들이 이 아편을 통해서 민중을 다스리려 하고, 이 아편은 엄청나게 잘 먹히고 있기 때문이다. 따라서 한 인간이 어느 정도 우중愚衆에 속하게 되느냐, 졸라의 소설 한 제목을 감히 빌리자면 인축人畜에 속하게 되느냐 하는 것은 그가 TV로부터 어느 정도 자유로우냐에 따라서 결정된다.

20세기 최대의 사건은 두 번에 걸친 세계대전도 아니고 공산주의의 생멸도 아니다. 그것은 안이한 유혹으로 주체적 사색의 상실을 유발하고, 문화적 가치의 총체적인 저하를 가져오고, 인간을 다스리기 쉬운 군중으로 만들어놓는 텔레비전의 발명이다. 그것은 날이 갈수록 더욱 '바보상자'가 되어가고 있다. (2000)

*

칸트의 자살부정론─칸트는 다음과 같은 네 가지 항목을 내세우면서 자살에 반대한다. 자연법, 생명의 거룩함, 자율성과 자유, 종교적 입장.

내 생각에는 이 네 가지 중에서 핵심적인 것은 종교적 입장이다. 칸트의 밑바닥에 깔려 있는 것은 기독교적 생명관이다. 그러나 그는 자기의 자살불가설이 기독교적인 생명관에서 비롯되었다는 것을 자신에게, 그리고 특히 남들에게 은폐하려고 한다. 그래야 그의 철학이 이성적이며 객관적 성찰의 소산이라는 풍모를 띠게 되기 때문이다. 이런 술책이 바로 다음 구절에서 스며 나온다. "자살이 용납될 수 없고 혐오스러운 것은 신이 그것을 금지했기 때문이 아니다. 신이 그것을 금지한 것은, 자살이 인간의 내적 가치를 짐승의 가치 이하로 전락시킨다는 점에서 혐오스럽기 때문이다."

여기에서 우리는 그의 독특한 신관神觀을 볼 수 있다. 신은 신비로운 절대자가 아니라 인간과 마찬가지로 합리적인 존재로 조정措定되어 있다. 자살이 혐오스럽기 때문에 신이 그것을 금지했다는 말이 그것이다. 말하자면 신성神性의 합리주의화이다. 되풀이 말하자면 이런 뜻이 될 것이다. '우리가 신의 명령을 따르는 것은 그가 인간의 이성을 넘어서는 신비스럽고 전지전능한 존재이기 때문이 아니라, 그가 인간도 함께 나누어 가지고 있는 이성의 대표적 소유자이기 때문이다. 그리고 우리가 이성적 입장에서 신을 요청하기 때문이다.' 이것이 신과 이성을 타협하려는 칸트의 술책이다. 그러나 이 술책은 토마스 아퀴나스처럼 이성을 신학 속으로 끌어들임으로써가 아니라, 반대로 신학을 이성 속으로 끌어들임으로써 이루어진다. 그래야 기독교 신학에서 벗어나는 동시에 그것을 포섭할 수 있는 철학의 외양이 성립될 테니 말이다.

이런 칸트의 술책(심하게 말하면 자기기만)을, 나는 요새 안락사에 관해 공부하는 과정에서 혹시 참고가 될까 하여 펼쳐본 그의 『윤리학 강의』에서 발견했다. 그러자 칸트 사상의 기독교적 기원, 그리고 그 합리화와 은폐를 위한 철학적 조작은 비단 이 자살론에서만이 아니라, 그의 모든 저작에 걸쳐 여러 가지 양상으로 변주되면서 나타나는 것이 아닐까 하는 생각마저 들었다. 틈이 나면 그런 견지에서 칸트 철학을 해석하려는 책들을 구해서 읽어보고도 싶다.

한데, 바로 어제 나는 깜짝 놀랐다. 이미 백여 년 전에 이 철학적 술책을 간파한 사람이 있다는 것을 알았기 때문이다. 다름 아닌 니체이다. 심심풀이 삼아서 꺼내본 『반 그리스도』 제10항에 이런 기막힌 말이 있었던 것이다. "철학은 신학자들의 피에 의해서 오염되어 있다는 내 말을 독일 사람들은 이해할 것이다……. 독일 철학의 모든 것은 결국 위장된 신학이다." 그리고는 바로 칸트를 지목하고 있다. 형안의 소유자는 시공을 초월해서 우리에게 진실을 알린다. 잘 생각해보면 이 말이 콜럼버스의 달걀과 같은 것일지도 모르지만, 누구나 할 수 있는 듯한 말을 처음으로 한 사람은 역시 위대한 사람이다. 다른 서양 사람들은 등잔 밑이 어두워서, 또 뒤늦게 서양 철학을 접한 동양의 철학자들은 개개의 철학사조나 철학자를 따라가기가 바빠서 그런 전체상을 객체시할 수 없었을 것이다.

다만 니체와 나 사이에 사소한 견해 차이가 한 가지 있다. 니체는 칸트와 같은 위장된 신학자들이 "자기도 모르고 거짓말을 하고 있다"라고 말하고 있지만, 내 생각으로는 적어도 칸트의 경우에는 의식적으로 위장된 언어를 사용하고 있는 것 같다.

기독교의 역설적 공헌—니체라는 이름의 초인적 사상가를 산출하는 부정적 계기를 제공한 것. 기독교가 지배해온 사회라는 환경이 없었다면 니체는 탄생하지 못했을 것이다. (2000)

*

번뇌와 고통으로부터의 해탈을 겨냥하는 불교. 그 해탈의 최고의 경지를 상징하는 부처의 평화로운 모습(서 있건, 앉아 있건, 누워 있건 간에).

이와 반대로 고통을 주는 것을 겨냥하는 기독교의 사도-마조히즘. 그것을 상징하는 예수의 수난상. "너희들도 나처럼 고통을 겪을지도 모른다. 그러니 나를 괴롭혔고, 너희들을 괴롭힐 자들과 싸워라. 그들의 몫은 허위와 지옥이고 우리의 몫은 진리와 천당이라는 확신을 갖고." 예수의 그런 무언의 부탁에 화답하려는 것일까, 내 수중에 있는 한국어판 찬송가에는 다음과 같은 몸서리칠 끔찍한 구절이 있다. "군기를 손에 높이 들고 다 빨리 나아가세 / 진리의 검을 앞세우고 힘차게 싸워보세 / 온몸에 갑주 입고서 담대히 나가보세 / 군기를 들고 나가세 승리는 내 것일세." 이런 구절은 그들이 말하는 진리의 용감한 포교활동을 은유적으로 표현한 것이라 해도, 불교의 포교를 위한 언어에서는 상상도 할 수 없는 적대적, 침략적인 것이다. 저절로 십자군의 횡포가 생각나고, 16, 17세기에 그 엄청난 식민지 수탈의 앞잡이 노릇을 한 교역자들의 모습이 떠오른다. 또한 이슬람 근본주의자들에 못지않은 기독교 근본주의자들의 사나운 표정이 떠오르기도 한다.

나는 부처가 무한히 부럽지만 나 자신은 번뇌와 고통에서 해방되지 못한 채 죽음을 맞을 것 같다. 그리고 마지막으로 눈을 감으려 할 때 누가 "더 살고 싶지 않느냐?"라고 물으면, "아니, 무슨 농담을!"이라고 대답할 것 같다. (2000)

*

눈물바다가 된 이산가족 상봉 장면이 나오는 TV 방송을 잠깐 보다가 끄고, 브람스의 〈바이올린 콘체르토〉를 듣는다.

아내가 다시 켠 TV. 이번에는 김대중이 해방기념일을 위한 식사를 읽고 있다. 신지식인에 의한 국가의 부강만을 강조하고, 무너져가는 이 사회를 바로잡을 도덕적 인간의 긴요성에 대해서는 한마디 없다. 하기야 그 인간의 입에서 그런 말이 나온다는 것은 도리어 도덕에 대한 모욕이 되리라.

TV를 다시 끄고 이번에는 바흐의 〈플루트 소나타〉를 듣는다. 아아, 음악의 기적이여! 나는 같은 자리에 꼼짝 않고 앉아 있는데도 전혀 다른 세계로 들어선다. 평화, 기쁨, 섬세함이 함께 있는 이 세계가 나를 맞는다. 인간이란 이름의 짐승떼가 몰려가는 소리가 저 아래에서 어렴풋이 들려오는 것 같다. 니체는 "위대한 사상은 비둘기 걸음으로 다가온다"라고 말했지만, 그야말로 비둘기 걸음과 같은 이 가볍고 정묘한 소나타가 우악스럽고 저열하게 흥분하는 무리들을 쫓아낸 것이다.

한국의 자랑이라는 한의 문화—기쁨과 찬양의 예술도 아니고, 구원을 향한 형이상적 예술도 아니고 또 반항의 끝에 오는 비극적 예술도 아닌, 억눌린 인간들의 히스테릭한 감상感傷의 문화—그런 원초적인 반응은 왜 이 나라에서 기독교가 이토록 널리 유포되어 있는지를 설명해준다. 이성에 의한 극기와 자기통제가 개입하지 않는 한풀이라는 점에서 한국적 심정과 한국적 기독교 사이에는 본질적인 유사성이 있다. 어떤 개신교 교회에서 목사가 고래고래 소리지르는 가운데, 신도들이 북 치고 장구 치고 손뼉 치고 인사불성이 될 정도로 울어대는 보기 흉한 장면은 한풀이와 천민 기독교의 만남의 대표적인 예이다. (2000)

*

주체의 해체는 구조주의 이후 사상계의 한 유행처럼 되었다. '누가 생각하는가? 언어가 생각한다—누가 행동하는가?

무의식이 행동한다—누가 말하는가? 그것(Ça)이 말한다.'

그런데 여기에서 큰 문제가 생긴다. 우리를 말하게 하고 우리를 행동하게 하는 것이 우리 자신의 의식적, 자율적 선택과 결단이 아니라 우리의 몸속에 이미 담기고 내 의식으로서는 어찌할 수 없는 그 무엇의 작용에 의한 것이라면, 주체로서의 인간은 해체되고 따라서 책임이라는 개념 역시 해체될 수밖에 없다. 나 자신의 주체적 관여의 권외에서 나를 움직이게 하는 것에 대해서 책임을 진다는 것은 정신분열증 환자의 경우와 마찬가지로 어불성설이기 때문이다.

이런 견해에서 한 발자국 더 나가면 오늘날의 포스트모던 사회에서의 인간의 양태, 즉 '주체성 없는 개인'의 양태와 접속된다. 오늘날의 개인은 자율적으로 움직이는 인간이 아니라 타율적으로 움직여지는 인간이다. 대중매체, 대중문화, 금권주의가 사고와 행동의 동기를 만들고 그것에 따르지 않으면 소외되는 사회, 역설적으로 말하면 본래의 의미에서 소외된 자들이 사회의 대세를 형성하고 그 중심에 들어앉아, 소외에 항거하는 자들을 도리어 소외하는 사회(또 흔한 비유를 사용하자면 미친 자들의 사이에서는 정상인이 미친 자로 취급되는 사회—하기야 그 경계도, 포스트모던 시대의 선구적 대표자의 한 사람인 미셸 푸코에 의해서 흐려지고 무너졌지만)에서는 책임과 윤리의 문제가 진정하게 제기되기 어렵다. 주체성보다도 적응이, 정의보다도 이해득실이, 공동체보다도 이익집단이, 한마디로 말해서 가치의 황무지가 생존의 환경이 되다시피 한 이 세상에서 주체성과 정의와 공동체를 섬기려는 자들이 그래도 조금이나마 남아 있는 것이 도리어 신기할 따름이다. 그만큼 새천년의 전망은 밝지 않다. (2000)

*

현대음악의 매력—감정을 노출시키는 것이 아니라 대상을 만드는 것. 이것만큼 대중음악과 거리가 먼 것은 없다. 대중음악의 경우에는 흔히들 말하듯이 그 가락이 '내게 와 닿아야' 한다. 비록 대중음악에 새로운 것, 야릇한 요소들이 있어도 그것은 '나'의 심정, 나의 감정, 나의 욕망과 일치해야 울림을 가져올 수 있다. 다시 말해서 그 말이나 가락이 아무리 새로워도 그것 자체만으로는 힘을 발휘하지 못한다. 새로운 것은 기존의 것 속으로, 야릇한 것은 관례적인 것 속으로 용해되어야 한다.

소리가 만드는 희한한 대상 속으로, 아니 차라리 소리 그 자체의 희한함 속으로 '나'를 용해시키는 것, 즉, 소리가 내게 오는 것이 아니라 반대로 내가 소리를 향해서 다가가고 나 자신을 초월하는 것—여기에 순전한 현대음악과 대중음악과의 본질적 차이가 있다. 한데 이른바 고전음악은 그 양극 사이에 걸쳐 있는 것인지도 모른다. 그것은 때로는 슈베르트의 가곡처럼 내게 와 닿고 때로는 바흐의 〈평균율 그라비아〉처럼 나를 다른 세계로 이끌어 간다. 그러나 그런 구별이 생기는 것은 곡 그 자체에 따른 것이 아니라, 그것을 들을 때의 나의 심경과 환경 여하에 따른 것이다. 슈베르트의 노래가 나를 멀리 가져가고 바흐의 그 곡이 나에게 매우 친근하게 들리는 일도 가끔 있기 때문이다. 음악이 기이한 존재라기보다도 내가 변덕스러운 존재이다. 그러나 이 변덕은 양단간에 나를 순화시키고 행복하게 만든다.

바르톡Bela Bartok의 〈피아노 콘체르토〉 세 곡을 내리 들으면서 떠오른 생각. (2000)

*

목적이 수단을 정당화할 수 있느냐 없느냐는 논의는 예로부터 지금까지 끊임없이 이어져 내려왔다. 가장 현저한 예로, 벌써 50여 년이나 지난 히로시마 원자탄 투하를 두고 아직도 시비가 가려지지 않는다. 전쟁을 종결한다는 목적을 위해서 그 수단을 반드시 써야만 했었는가? 앞으로도 논의는 여전히 계속될 것이다. 그러나 목적과 수단에 관련해서는 다음의 세 가지의 다른 양상을 생각해볼 만하다.

(1) 사용한 수단이 목적의 변경, 변질, 소외, 전도를 가져온다. 흔한 예로 인간은 시간을 알기 위해서 시계를 만들었지만, 시계가 만들어진 후에는 인간이 시간에 묶이게 되

었다. 달리 말하면 인간은 시간의 주인이 아니라 그 노예가 된 것이다. 이런 현상은 오늘날과 같은 산업사회, 테크놀로지의 사회에서 특히 두드러지게 나타난다. 가령 공장은 인간이 이용할 수단(냄비로부터 전자기기에 이르기까지)의 생산을 위한 수단, 즉 수단의 수단이지만, 그것은 마치 한 인격체처럼 되어 생산에 종사하는 인간 자신의 주인이 된다. 인간이 공장을 부리는 것이 아니라 공장이 인간을 부리고 예속시킨다. 그래서 불황의 시기에는 공장을 살리기 위해서 인간을 희생해야 한다. 이른바 구조조정이라는 이름으로 널리 알려진 반목적성이다.

(2) 수단이 먼저 주어지고, 목적은 그 후에 설정된다. 우리는 보통 목적을 먼저 설정해놓고 그 수행을 가능케 하는 여러 가지 수단 중에서 적절한 것을 고른다. 그러나 과거의 어느 때보다도 오늘날의 산업사회에서 더욱 현저하게 나타나는 현상이 있다. 그것은 수단이 사회에 강력하게 뿌리박혀 있거나 쉴 새 없이 새로 생겨나서, 우리는 그 수단에 의해서 이룰 수 있는 여러 가지 목적 중에서 한 가지를 선택한다. 크게는 원자력으로부터 작게는 개인용 컴퓨터에 이르기까지, 이러한 목적과 수단의 구조적 역전현상은 수없이 많다. 예컨대 컴퓨터로 할 수 있는 여러 가지 일들을 생각해보면 된다.

(3) 목적은 힘의 발현을 위한 수단이다. 가령 에베레스트

정복을 목적으로 삼는 것은 그 산을 소유하려는 뜻이 아니다. 운동선수가 상대방을 이기려는 목적을 세우는 것은 그 승리 자체가 값진 것이기 때문이 아니다. 그것은 일상생활에서는 발휘될 수 없는 힘과 지능의 발휘를 위한 수단이다. 올림픽 경기에 참가하는 것은 승리를 위한 것이 아니라 참가 그 자체에 의의가 있기 때문이라고 말한 사람이 있었는데 그 말은 옳다. 그리고 목표로 삼은 산이 높을수록, 상대자가 강할수록, 더 일반적으로 말해서 저항체가 강력할수록 인간은 더욱 잠재력을 발휘하여 그 위대성을 증명할 수 있다. 우리가 찬양해야 할 것은 바로 그 점이다. 그러나 우리는 대부분의 경우에 그것을 오해하고 수단이어야 할 '유사_{類似} 목적'을 진실한 목적으로 여긴다. 그리고 그 오해를 사회적으로, 국가적으로 이용하기까지 한다. 가령 우리 산악회는 에베레스트를 다른 산악회보다 더 여러 번 정복했느니, 우리나라는 국제 축구시합에서 으뜸이라니 하는 식으로 말이다. (2000)

*

백남준—기존 질서의 파괴, 그리고 무엇보다도 예술형식으로 굳어진 기존 질서의 파괴, 그 자신의 말을 빌리면 예술의 '새로운 존재론적 형식'의 창조. 매우 지당한 말이다.

나는 그의 작품을 대하면 기奇라는 글자가 들어가는 여

러 단어가 머리에 떠오른다. 기발, 기상, 기행, 기이, 신기, 기괴, 그리고 기적이라는 단어까지. 연주자가 무대에서 내려와서 관객을 습격하는 퍼포먼스를 누가 감히 생각할 수 있었던가? 동動과 정靜, 동양과 서양, 육체와 음악, 질서가 파괴된 시간과 공간, 그런 것들이 뒤섞여서 요동하는 이미지를 누가 감히 시도할 수 있었던가? 그럼으로써 그 자신의 말마따나 "테크놀로지를 더 정당하게 증오하기 위해서 테크놀로지를 이용하는" 역설을 실천하고, 엘리트문화와 대중문화의 한계를 넘어서면서 낯익은 체제와 가치를 전복하려는 "엄밀하고 자유롭고, 풍요롭고 심원하고 거칠고 서정적인" 예술을 누가 감히 착안한 일이 있었던가?

그러나 그가 베푸는 이 기상천외의 창작에서는 적어도 두 가지의 귀중한 속성을 찾아볼 수 없다. 하나는 니체가 말하는 넘쳐흐르는 생명력이며, 또 하나는 보들레르가 덧없는 것 속에서 찾으려던 영원성이다. 하기야 백남준이 살아 있다면 바로 그런 케케묵은 관념에 쏠리는 나와 같은 '유사 지식인들'에게 철퇴를 가하는 데 그의 목적이 있다고 말하리라. 그러나 나의 입장에서 말하자면 그런 초월적 지향을 내던지고 가치의 황무지에서 기발하게 노는 것에 포스트모던의 한계가 있고 그 점에서 백남준은 아무래도 시대를 초극한 예술가가 아니라 시대의 산물이며 시대의 '총아寵兒'라고 말하지 않을 수 없다. (2000)

"부처를 만나면 부처도 죽여라" 의현義玄의 말 逢者便殺, 逢佛殺佛, 逢祖殺祖—혹시 기독교도가 이 말을 흉내 내서, "만일 신을 만나면 신도 죽여라"라고 말한다면 그것은 생각할 수조차 없는 신성모독이 될 것이다. 불교가 해탈의 종교인 반면에, 기독교는 복종과 의지依支의 종교이기 때문이다. 기독교의 역설로서는 "신은 곧은 것을 곡선으로 그린다"라는 말이 있지만, 이것은 신이 주는 시련과 그 시련 때문에 더욱 굳건해진 신에 대한 신뢰(『욥기』가 그 대표적인 경우)에 관한 것이다. 신의 참뜻을 몰라 일시적으로 신을 원망할 수는 있지만, 신을 죽인다는 것은 생각할 수 없는 일이다. 만일 부처가 자기를 죽이겠다는 말을 들었다면, 그런 말을 한 자는 해탈의 길로 들어서려고 안간힘을 쓰고 있는 것이라고 가상히 여기면서 빙그레 웃었을 것이다. 반대로 유대교의 경우에는 신은 당장에 중벌을 내렸을 것이고, 기독교의 경우에는 예수는 그런 미망迷妄한 자를 불쌍히 여기고 그가 자기에게로 돌아와서 의지하기를 바랐을 것이다. 그는 결코 "나를 죽이는 자가 진실로 신의 나라로 들어가리라"라고는 말하지 않았을 것이다.

한쪽에는 인간의 주체적 능력을 한없이 신뢰하는 종교가 있고, 다른 쪽에는 인간을 불신하고 다스리려는 종교가 있다. (2000)

*

　언어의 굴레—노자는 이렇게 말한다. "아는 자는 말을 안하고, 모르는 자는 말을 한다." 그러나 아는 자인 노자는, 아는 자는 말을 안 한다는 것을 알리기 위해서 말을 했다. 말의 무용설은 말로 나타낼 수밖에 없다. 마명馬鳴이 지적한 대로 "쐐기를 뽑아내기 위해서는 또 하나의 쐐기가 필요하다. 언어가 쓸모없다는 것을 증명하기 위해서는 언어가 필요하다."—이리하여 언어의 무용성, 무능성, 해독성에 관한 무수한 담론들이 인류문화의 한 장을 이룬다. 혹시 깨달음의 과정에서 그런 언어의 한계를 진실로 체득한 사람이 있다면 그는 절대적 침묵으로, 그야말로 불립문자不立文字의 경지로 들어갈 것이다. 그러나 그때 우리는 당황하게 된다. 그가 과연 도통한 것인지, 진리를 추구하다가 지쳐버린 것인지, 혹은 아예 천치가 되어버린 것인지 모르기 때문이다. 바로 여기에 기만의 소지가 있다.

　언어에 의한 사기와 침묵에 의한 사기. 그 양자가 횡행할 수 있다. 언어를 초월한 비논리적, 비합리적인 직관에 진리가 깃든다는 것은 사실일지 모르지만, 거기에는 혹세무민惑世誣民의 소지가 있는 것이다. 가치의 황무지에서 한편으로는 언어를 가지고 노는 사기꾼과, 다른 한편으로는 침묵을 가장한 사기꾼들이 날뛰고 있다. (2000)

스즈키 다이세쓰鈴木大拙, 호적胡適, 케스틀러Arthur Koes-
tler와 같은 서로 이질적인 사람들이 선禪에 관해서 각자의
생각을 피력하고 있는 『선에 관한 대화禪についての對話』라는
문고본을 읽고 있다. 거기에서 호적은 주자朱子의 다음과 같
은 요지의 역설적인 말을 인용하고 높이 평가하고 있다. "공
자도 노자도 훌륭한 후계자를 갖지 못했다. 반대로 선사禪
師들은 언제나 제 후계자를 가질 수 있다. 그것은 그들이 무
엇 하나 분명하게 설파하지 않기 때문이다. 그래서 후세의
사람들은 스스로 사색하고 찾아내려고 한다." 그러나 선불
교의 대가인 스즈키는 이 말에 반대한다. "주자가 그런 말을
한 것은 그가 선을 잘 몰랐기 때문이다. 선사는 교육적 목적
에서 일부러 그런 불설파不說破를 한 것이 아니라, 선사로서
는 그렇게밖에 할 수 없기 때문이다. 그것은 제자가 스스로
터득할 수 있도록 아는 것을 일부러 가리기 위해서가 아니
라, 아무도 전수할 수 없는 것을 제자가 스스로 발견하도록
개인적 노력으로 유도하기 위한 것이다. 선에서는 남에게 전
달하지 않는 것이 아니라 전달할 수 없는 것이다." 그 증거로
서 스즈키는 향엄香嚴의 말을 들고 있다. "내가 말하는 것은
나의 이해방법이다. 아무것도 너에게는 도움이 안 된다." 또
어떤 다른 선사의 역설적인 말도 인용하고 있다. "나의 스승
은 무엇 하나 나에게 설파해준 것이 없다. 그러기 때문에 나

는 일체의 것을 그 스승에게 빚지고 있다."

정도의 차이는 있겠지만, 나는 그런 스승의 역할이 모든 책의 바람직한 역할이라고 생각한다. 모든 책은 독자 스스로 생각하게 하기 위한 계기이며 자극이다. 『지상의 양식』에서 "내 책을 읽고 나면 내던져라"라고 외친 앙드레 지드의 목소리가 들려오는 듯하다. 어떤 한두 책에 한사코 매달려서 그 속에 절대적 진리가 있듯이 확신하는 소박한 사람을 보면 딱하다는 생각이 든다. 그리고 스스로 그런 확신을 할 뿐 아니라, 그 확신을 빙자하여 남들에게 횡포를 부리는 사람과는(가령 『성서』나 『논어』를 내세워서 사상적 독재자가 되려는 사람과는), 나는 타협하지 않을 것이다. (2000)

*

데리다는 역시 유대인이라는 그의 근원에서 벗어나 있지 못한 것 같다. 그가 말하는 '차연différance'은 결국 '숨은 신'과 관련되어 만들어진 말이라고 여겨진다. "신에 관한 모든 담론은 신의 흔적"이라는 생각을 통해서 그는 결국은 레비나스Emmanuel Lévinas 쪽으로 기울고 있다. 그에게서 혁명적인 사고를 기대했던 사람들은 그의 윤리적, 종교적 발언에 엄청나게 실망할 것이다. 그 역시 유대 기독교적 전통에서 벗어나지 못하고 있다는 것을 스스로 고백하고 있는 것이나 다름없기 때문이다. 그것으로부터 역조명해보면, 로고스에 대한 그의 비판과 그의 해체이론(말해지지 않은 것을 읽어내기)은 숨은 신에 접근하고 그것을 찾으려는 전통이 논리적, 철학적 차원으로 전이되어서 만들어진 것일지도 모른다. '결정 불가능성indécidabilité'의 개념을 신앙과 결부시켜, 이삭의 공희供犧와 예수의 죽음을 설명하는 데리다—신이라는 개념의 무근거성을 논리적으로 증명하기는커녕, 그 형이상적 전제를 해체 불가능한 것으로 보고 그대로 인정하고 있는 데리다(그의 『죽음의 선물Donner la mort』에서의 종교관)—가장 혁명적인 것처럼 보였던 사상가들이 노년에 이르러 드러내는 귀소성歸巢性과 인종 중심적 사상의 한 두드러진 예이다. (2000)

2001년
~
2010년

평등이 문제가 되는 것은 오직 자유민주주의 사회에서이다. 왜냐하면 공산주의(과거의 소련, 현재의 북한)에서는 그것은 적어도 민중의 레벨에서는 이미 성립되어 있기 때문이다. 노예로서의 평등이라는 형식으로 말이다. 반면에 자유민주주의 사회는 그것이 자유와 양립되어야 한다는 당위성과, 그 양립이 어렵다는 현실 사이에 찢겨 있다. 역설적으로 말하면, 평등에 관한 논의가 있는 사회는 어려운 문제를 안고 있는 사회이지만, 노예의 사회는 아니다. (2001)

*

베토벤의 음악은 소리의 순수한 향연으로 향유하기에는 너무나 내면적이다. 좀 과장해서 말하자면 너무나 인간적인 냄새를 풍긴다. 그의 음악은 대부분의 경우 나를 '생각하는 나 자신'으로 되돌아오게 한다. 다시 말하면 그의 음악은 나로 하여금 인생과 세상과 자연에 대한 상념으로 유도한다. 한데 바로 이 점이 베토벤 음악의 특색인 동시에 한계이다. 그러니까 내가 베토벤을 자주 듣지 않는 것은, 늙어갈수록 내성이라는 무서운 괴로움("너는 너의 인생으로 무엇을 했느냐"라는 질문의 괴로움)에서 회피하려는 간지奸智의 소산일지도 모른다. 그래서인지 요새는 도리어 젊은 시절에는 큰 가치를 부여하지 않았던 드뷔시나 라벨과 같은 경묘한 음악(존재의 무게에서 해방시켜주는 음악)에 더 끌리는 것이리라―베토벤의 현악사중주 〈라주모프스키〉 세 곡을 들으면서 떠올린 역설적 느낌. (2001)

*

『미셸 푸코의 수난』이라는 재미있지만 깊이는 별로 없는 책을 낸 일이 있는 제임스 밀러가 쓴 「나쁜 글쓰기는 필요한가?Is bad writing necessary?」라는 논문을 읽어보았다.(『링거프랭커Lingua Franca』, vol 9, no. 9)

조지 오웰이 내세운 쉬운 글쓰기의 주장과 테오도어 아도르노의 어려운 글의 옹호를 대조시킨 것이 재미있다. 그러나 이 필자는 정곡을 찌르고 있지 못한 것 같다. 오웰과 아도르노의 일견 상반된 주장 사이에는 모순이 있다기보다도 차원적인 차이가 있다는 점이 지적되어 있지 않기 때문이다.

오웰이 널리 대중과의 소통을 염두에 둔 지식인public intellectual으로서 자유민주주의를 선양하는 입장에 서 있는 이상, 쉬운 글쓰기를 옹호하고 실천하는 것은 당연한 일이다. 한편 아도르노는 그런 글쓰기에 반대하는 것은 아니지만, 자유민주주의가 가져올 범속화를 배척하려고 한다. 그렇다고 해서 그의 취지가 엘리트 계층이 향유할 수 있는 비의적秘義的 진실을 위해서라면 민중이 독재체제나 귀족 정치체제에 의해서 시달려도 좋다는 것은 결코 아니다.

그러나 여기에서 그의 괴로운 선택이 생긴다. (1) 그가 미국으로 망명한 것은 나치즘과 소련 공산주의의 독재를 받아들일 수 없었기 때문이다. (2) 동시에 그는 미국이 대표적으로 보여주는 바와 같은 문화의 대중화, 상업화에 따른 저질화를 필연적으로 수반하는 체제를 받아들일 수 없었다. (3) 따라서 유일한 출구는 자본주의체제하에서 생활할 망정, '행복한 소수'를 위한 '어려운' 글을, 진정하기 때문에 어려운 글을 쓰는 것이다. 어폐가 있지만 리처드 로티의 표현을 빌리자면 '사적 지식인private intellectual'의 처지를 스스로 감수하는 것이다.

나는 오웰과 아도르노가 대표하는 이 두 가지 글쓰기가 오늘날 자본주의적 자유민주주의체제 속에서 모순된다고는 생각하지 않는다. 그 양자는 다 같이 필요하다. 자유민주주의는 오웰과 같은 공적 지식인에 의해서 옹호되고 또 개량되어나가야 한다. 다른 한편으로 그 체제가 가져오는 필연적인 범속화 속에서도 진실을 찾는 소수의 사적 지식인이 없다면 문화는 급전직하로 타락할 것이다. 다만 문제가 있다. 그것은 이 소수의 사적 지식인의 담론에 귀를 기울일 청중을 어떻게 하면 늘려나가느냐는 것이다. 그 역할을 담당해야 하는 것이 대학일 텐데, 다른 나라는 고사하고 한국의 대학이 과연 그런 '구지식인'(김대중이 말하는 '신지식인'이 아니라)을 양성해나갈 수 있을지 걱정이 된다. (2001)

*

에드워드 사이드Edward Said의 『동양취미』나 롤랑 바르트의 『신화』가 보여준 바와 같은, 정치적, 사회적인 차원에서의 언어적 기만에 대한 고발은 매우 귀중하다. 그러나 이런 고발은 매우 오랜 전통의 것이다. 과거와 현재의 훌륭한 사상가나 작가나 시인들은 모두 기존 언어가 가리고 있는 진실에 대한 폭로와 무관하지 않다.

그러나 과거에는 많은 경우에 이 고발은 더 좋은 사회에 대한 희망이나 신념과 표리일체되어 있었다. 몽테스키외가 『페르시아인의 편지』를 쓴 것은 타자의 시선을 통해서 절대왕권제도를 비판하고 더 합리적인 정치제도의 수립을 겨냥한 것이었다. 졸라가 『나는 고발한다』에서 당시의 정치권력의 위선적 언어를 정면으로 공격한 것은 정의롭고 이성적인 사회주의의 도래를 단단히 믿고 있었기 때문이다. 20세기 중엽까지만 해도 적어도 서구에서는 공산주의에 대한 환상이 자본주의사회를 지배하는 언어에 대한 고발과 한 쌍을 이루었다. 그것이 사르트르의 경우이며 바르트의 경우이기도 하다.

한데, 벌써 사이드와 부르디외가 화제에 오르는 1980년 내외가 되면 양상이 달라진다. 사회주의에 대한 환상이 무너진 이 시대에서 우리는 그들을 읽으면서 어떤 대안이 있는가, 그들이 의지하거나 그들의 이론을 필요로 하는 정치 세력이 존재하는가 하는 의문을 갖게 된다. 국부적으로는, 사이드는 그때까지도 가시지 않은 서양의 자기중심주의와 식민주의를 고발하고, 부르디외는 특권계급의 반성을 촉구하는 공헌을 했다고 볼 수 있다. 그러나 그들의 비판은 오늘날 서양에서 비롯된 세계화된 후기 자본주의의 횡포, 자유와 민주주의의 가면을 쓴 물질만능주의의 만연을 다소라도 견제할 힘을 가지고 있는가? 혹은 모든 담론과 행위를 허용하고 삼킬 수 있을 만큼 무섭고 엄청난 소화력을 가진 이 허위의식으로 가득한 사회에서, 기껏해야 '양심의 소리'라는 상징적 행위에 지나지 않고, 소수의 식자들 사이에서 맴돌다가 어느 틈에 또 다른 담론으로 지양되는 그런 담론이 아니겠는가? 아무래도 후자가 현실인 것 같다. 그들의 독자나 대화의 상대자는 실권을 쥔 정치가도 자본가도 아니다.

그러나 다른 한편으로 생각하면 오늘날의 지식인은 가시적 효과가 없다는 것을 알면서도 비판과 고발의 언어를 이어나가는 것 이외에는 다른 길이 없다. 양심적인 지식인은 그의 말이 지배자에 의해서 경청되지 않는다고 해서 침묵할 수도 없고, 더더구나 지배자의 편으로 변절할 수도 없기 때문이다. 도대체 양심의 소리라는 것이 역사의 원동력이 된 일이 있었던가? 18세기의 계몽사상은 구체제를 무너뜨리기 시작한 신흥 부르주아지의 대변자가 아니라 과연 그 원동력이었던가?

그러나 양심의 소리의 유무는 그 사회의 품격을 나타내고 바람직한 문화의 바로미터가 되어왔다. 그리고 그런 소리들의 누적 효과에 한 가닥 희망을 걸어본다는 것, 그리하여 이 타락한 자본주의가 더 '인간적'인 방향으로 전환하기를 바란다는 것은 결코 터무니없는 환상은 아닐 것이다. (2001)

*

뉴욕의 최고층 건물이며 이른바 선진자본주의를 상징하는 월드 트레이드 센터가 항공기에 의한 테러로 무너진 끔찍한 사건이 일어난 지 오늘로 3일째다. 예상대로 이슬람 원리주의자인 오사마 빈 라덴의 사주에 의한 소행이라는 발표가 있었다. 내 머리에는 그것은 십자군의 포악한 만행에 대한 역사적 복수라는 생각이 스쳐 지나갔다. 수백 년이 지나도 폭력에 대한 보복은 폭력으로 이루어져야 하는가?

아무튼간에 나는 이 기회에 이슬람 원리주의기 무엇인지 알아보려고 인터넷이 제공하는 자료를 이것저것 뒤져보았다. 그중에서 Ilyas Ba-Yunus라는 이름의 한 철학박사가 쓴 「The Myth of Islamic Fundamentalism」을 읽었다.

미국에 사는 파키스탄 출신의 이 학자의 말로는, 그 용어는 이슬람에 대해서 반감을 품고 있는 유럽 사람들이 그들의 이데올로기를 거부하는 '진실한 이슬람'에 대해 붙인 부당한 명칭이며, 그런 원리주의는 존재하지 않는다는 것이다.

그에 의하면 오늘날 자각적인 이슬람교도들은 서구화의 기도가 실패로 돌아가자, 이슬람으로의 회귀를 통해서 국가재건의 길을 찾고 있다고 한다. 한데 내 생각에는 바로 이 점이 그들의 근본적 잘못이다. 서구화(그것은 자유민주주의를 기간基幹으로 하는 근대화를 의미하는 것이겠지만)가 그들의 나라에서 이루어지지 않는 것은 자유민주주의 이데올로기에 한계가 있어서라기보다도, 도리어 폐쇄적인 이슬람의 지배자들이 그 수용을 원리적으로 가로막고 있기 때문일 것이다. 서구화가 될 수 없었다고 해서 '이슬람으로의 회귀'를 획책하는 것은, 이란과 이라크 등의 경우에서 보는 바와 같이 이슬람의 이름을 빌린 압제와 독재로 회귀하려는 반동적인 반응에 불과하다. 그것은 서구 문명을 받아들인 터키의 예로 반증될 수 있다.

특정종교를 국가의 근본원리로 삼고 자유민주주의(윈스턴 처칠의 말마따나, 지금까지는 인류역사에서 가장 덜 나쁜 정치제도)가 이루어질 수는 없다. 유럽의 한복판에 자리잡은 프랑스의 경우에도 민주주의는 대혁명 이전부터 가톨릭교회의 편협성에 대해서 전개한 역사적 투쟁과 20세기 초의 정교분리政敎分離에 힘입어 이루어진 것이다. 이른바 세속화의 과정 없이는 자유민주주의는 존재할 수 없다. 극단적으로 말하면 이슬람교와 기독교 같은 일신교의 손아귀에서 풀려나지 않는 한 신정정치로부터의 해방은 실현될 수 없다.

하기야 오늘날의 서양을 모델로 삼은 이 자유민주주의의 도입에 문제가 없는 것은 아니다. 그것은 합리적 사고방식과 개인주의의 전제 위에 세워진 것인데, 그것이 서양과 다른 문화권에서 전통적 사상이나 관례와 상충한다는 것은 너무나 뻔한 이야기이다. 한데 이 상충은 다만 자유민주주의의 수용을 위해서 전통을 초극함으로써 해결될 수 있는 것은 물론 아니다. 더구나 오늘날처럼 타락한 자본주의가 가져온 고삐 풀린 개인주의에 의해서 공동체가 위기에 처한 시대에는 더욱 그렇다. 따라서 가령 동양 삼국의 전통을 이루어온 유교에서의 공동체주의는 재평가되어야 한다. 그러나 이것이 결코 전통으로의 회귀를 의미해서는 안 된다. 공동체의 유지 내지는 재건, 억압 없고 자율적인 개인주의라는 두 가지 요청 사이에서의 줄타기야말로 전 세계가 지향해야 할 초미의 과제이며, 이슬람 문화권이라고 해서 그 줄타기를 거부하고 독재적 신정정치에 집착해서는 안 될 것이다. 그 파키스탄 출신의 교수처럼, 이슬람이 경제, 가족, 정치, 종교 네 분야에서 세계 최고의 이념을 따르고 있다고 말하는 것은 한심할 뿐 아니라 걱정스러운 일이다. (2001)

*

마르크스주의의 잘못은 모순이 없는 사회를 건설하려는 지나친 포부에 있다. 그것은 계급 없는 사회의 환상에 끌려서 다음의 두 가지의 것을 몰랐다. 첫째로 모든 사회에는 어떤 종류의 모순과 갈등이 반드시 내재해 있다는 것이다. 개인의 욕망과 공동체적 유대 사이의 갈등이나, 특히 자유와 평등의 동시적 요청과 같은 것이 그것이다. 또 하나는 살만한 사회란 그 모순을 없앤다는 불가능한 기도로 나서는 것이 아니라, 그것을 상황에 따라서 실용주의적으로 완화해나가는 사회라는 것이다. 가령 자본가의 이기주의적 지향에 대한 견제장치를 사회 정책적으로 마련함으로써 평등 지수가 증가하게 만드는 것이 그것이다. 반대로 어떤 좌익 정권이 들어서서 극단적인 분배정책을 쓰기 때문에 자본가의 의욕이 꺾일 위험이 있을 때는 이른바 규제 완화를 통해서 이익추구 자유의 범위를 넓혀나갈 수밖에 없을 것이다.

또한 치열한 경쟁을 통해서 사회의 밑바닥에서 솟아나 부자가 될 가능성이 열려 있는 체제를 만드는 것도 자유와 평등 사이의 모순을 누그러뜨리는 방식 중 하나이다. "짓눌리고 가난에 시달리는 당신도 당신의 의욕과 노력과 창의성 여하에 따라서는 크게 출세하고 부자가 될 수 있다. 가령 빌 게이츠를 보라"라고 말하면서 삶의 의욕을 북돋는 사회, 그러면서도 동시에 이렇게 말하는 사회가 바람직하다. "당신이 성공한 것은 당신의 실력이나 창의성에 의한 것만은 아니다. 그 성공은 가난한 사람들을 포함한 공동체가 당신을 도와주고 지탱해준 덕택이다. 따라서 당신은 당신의 뒤를 돌아보고 공동체에 빚을 갚고 그것을 발전시켜야 할 응분의 책임이 있다. 이것이 이른바 '노블레스 오블리주'의 정신이다." 그런 것을 어려서부터 가르치면서, 왜곡되고 매우 불충분한 형식일망정 평등사상을 완전히 사상捨象하지 않는 자본주의적 인간을 기르는 나라가 그나마 미국일까? 소위 '아메리칸 드림'에는 이런 윤리적 자각이 다소라도 함께 배어 있는 것일까? 혹은 서양의 자본주의적 개인주의의 도입으로 근대화를 이루면서도, 의義와 예禮라는 유교적 윤리의 재해석을 통해서 그 지나침을 견제하는 힘을 동양 삼국에서 기대해보아야 할까? 그렇지 않으면 미구에 우리가 예측할 수 없는 사태가 생겨서 자유와 평등 사이의 균형이 어느 정도 성립하는 기적이 태어날 것인가? 자유를 위해서 평등을 희생하고 평등을 위해서 자유를 희생하는 어리석음을 거절하는 한, 우리는 현실, 갈등, 불안, 희망이 얽힌 착잡한 미로에서 가지가지의 시도를 이어나갈 수밖에 없을 것이다. (2001)

*

환상 한 토막—벌써 새천년의 희망을 등지고 세계가 더욱더 격동하고 있다. 근본적 이유 중 하나는 이성의 확립을 방해하는 종교에, 특히 유대교, 기독교, 이슬람교라는 세 가지 일신교에 있다. 세계평화를 위한 나의 환상은 이 독선적인 세 종교의 청산이라는 환상과 표리일체가 되어 있다. 그것들을 완전히 쓸어낼 절대자가 또 다른 신의 형태를 띨망정 홀연히 나타나면 좋겠다는 엉뚱한 꿈조차 꾸어본다. 『요한묵시록』이 그리고 있는 것과 같은 대이변을 일으켜서 그것들을 없애버릴 완전히 이질적인 신 말이다. 다만 하나의 조건이 있다. 그것은 그 새로운 신이, 독선적이며 무자비한 짓으로 평화와 이성을 짓밟아온 재래의 세 신들을 몰아내고 나서는 자신도 자살하거나 영원히 사라진다는 조건이다. 그렇지 않으면 그를 믿는 어리석은 무리가 대신 나타나서 또다시 그의 이름을 빌려 권력을 휘두르고 횡포를 일삼으며 이성의 길을 가로막을 것이기 때문이다.

내가 잘 아는, 그리고 나를 잘 아는 매우 소견 넓은 한 기독교도는 신을 매도하는 나의 이런 독설을 듣고는 껄껄 웃으면서, 그것은 내가 신에게 가까이 가려는 역설적 증거라고 말했다. 그러나 나로서는 그런 해석은 지나친 아전인수로밖에는 여겨지지 않는다. (2001)

*

오래간만에 쇼스타코비치의 〈제5교향곡〉을 들었다. 스탈린 정부로부터 이데올로기 비판을 받고 사회주의적 요소를 넣으라는 지시에 따라 만들어진 곡이라는 것이 해설서에 쓰여 있다. 아마도 행진곡적인 리듬이 그런 요청을 반영하고 있는 것인지도 모른다.

그러나 문학이나 회화가 아닌 기악器樂은 부럽기도 하다는 생각이 든다. 이런 행진곡적 리듬이 과연 사회주의 이념과 직결되어 있다는 객관적 증거는 아무 데도 없다. 비록 쇼스타코비치 자신이 진심에서 사회주의 리얼리즘의 강령을 음악에 도입했다 하더라도(그것은 사실이 아니지만), 우리는 그 곡의 기원을 우리의 감상과 결부시킬 필요는 없다. 그 기원은 미학적 차원으로 승화되어서 자취가 없어지고, 오늘날 우리는 전혀 다른 입장에서 들을 수 있기 때문이다. 일반적으로 훌륭한 예술작품일수록 그 사회적, 역사적 기원으로부터 초월하여, 수용자에 의한 다양하고 '엉뚱한 해석'의 여지를 매우 넓게 제공하는 법인데, 유성언어를 매체로 사용하지 않는 기악의 경우에는 그 여지가 극대화될 수 있다. 만일 쇼스타코비치의 그 교향곡을 들으면서 스탈린 시대를 상기하는 사람이 있다면, 그는 좋게 말해서 예술기원론을 예술작품과 혼동하는 어리석음을 범하는 것이며, 나쁘게 말해서 예술을 모르는 것이다.

설사 예술기원론 입장에 서서 그 교향악을 살핀다 하더라도, 우리는 쇼스타코비치가 어떻게 스탈린의 명령을 따르면서도(차라리 따르는 척하면서도), 그 명령을 넘어서는 음악을 만들었느냐는 점에 주목해야 할 것이다. 음악이론을 모르는 나로서는 그 점을 전문적으로 밝힐 수는 없지만, 나는 그 곡을 들을 때마다 침사沈思와 약동, 서정과 열정, 어둠과 밝음, 슬픔과 기쁨의 희한한 대조와 변화를 실감한다. 다시 말하면 작곡가에게 강요된 이념적 구속은 앙드레 지드가 말하는 바, 걸작의 생산에 필요한 예술적 구속으로 승화된 것이다. 비록 그것이 지드가 의미했던 스스로 과한 구속은 아니었지만 말이다.

이런 점에서 나는 북한의 음악에 기대해본다. 물론 기악에 한정된 이야기지만, 이념적 구속을 겪는 것이 안이한 음악으로, 혹은 저질의 선전음악으로 흐리지 않고, 새롭고 희한한 악상을 탄생시키는 계기로 이용될 법도 하기 때문이다. 김정일의 면전에서는 "이 곡을 들어보십시오. 이 부분의 리듬이나 테마가 얼마나 우리 공화국의 이념을 드높이 구현하고 있습니까!" 하고 말해야 하는 작곡가, 그러나 사실은 불가항력적인 구속이 아이로니컬한 효과를 발휘했기 때문에 희한한 걸작을 생산한 작곡가가 아마도 있으리라고 상상해본다. 유성언어를 이용하는 작가나 시인에 비하여, 그리고 형태를 만드는 화가나 조각가에 비하여 기악의 작곡가는 한결 자유로운 사람들이다. 사람의 목소리가 끼어들지 않는 순수한 소리는, 더구나 그 소리들의 연속은 기표記表만이 객관적으로 존재하고 기의記意는 수용자에 의해서 천 가지 만 가지로 다르게 주어지는 일종의 불완전 기호이다. 비록 독재적 권력에 의해서 억압되어 있다 하더라도 기악의 작곡가는 이렇듯 기의를 부여하는 수용자의 자유에 기대할 수 있다. 남는 문제는 작곡가 자신의 의욕과 창조성과 저항력 여하에 있다. (2002)

*

홉스봄Eric Hobsbawm이 『전통의 발명The Invention of Tradition』에서 하는 말은 옳은 것 같다. 어떠한 전통도 결정적으로 자리 잡는 법은 없다. 시대적 요구에 따라 가변적으로 '발명'되고, 그것이 이념으로 제도화되기도 한다.

내가 생각해본 예로서 일본의 경우가 그렇다. 근대화가

시급했던 19세기 후반에는 "봉건제도와 신분제도에 묶여 있던 일본의 전통은 나쁘다. 신유불神儒佛 세 종교는 과학적 정신과 자아의 발전을 저해했다. 그 모든 것을 타파하여 서양을 모델로 삼는 문명화를 촉진해야 나라의 독립을 보전할 수 있다"라는 것이 뜻있는 식자들의 공론이었다. 그 대표자가 후쿠자와 유키치福澤諭吉이다. 그러나 유형적 차원에서는 근대화의 과업이 대체적으로 성공리에 끝나고, 또 서구의 현실(산업사회의 비인간화, 자유와 평등의 이원성, 과거 식민지와의 불편한 관계, 학생혁명 등)이 문제화된 시점, 메이지유신 이후 백 년이 지난 1968년 내외의 시점에 이르자 이야기가 일변한다. 이때가 되면 다시금 양재洋才보다도 화혼和魂이 강조되고, 일본적 전통의 재평가를 시도하는 지식인들이 득세한다. 일본이 근대화될 수 있었던 저력은 그 옛날 한반도나 중국으로부터 전달된 선진문명을 주체적으로 소화하면서 일본의 독특한 문화를 형성해온 연면한 전통에서 비롯되었다는 것이 강조된다. 내가 1973년에 동경에 몇 달 있었을 때, 일본인의 사상의 잡거성雜居性을 예리하게 비판한 마루야마 마사오丸山眞男의 견해를 시효 상실이라고 규탄했던 한 동경대학 교수의 말이 생각난다. 그 무렵부터 일본은 다시금 급속히 내셔널리즘으로 달려가고 전통은 그것을 정당화하기 위해서 새로 짜여졌다.

전통 발명의 또 하나의 예—이른바 아시아의 네 마리 작은 용들, 즉 한국, 대만, 싱가포르, 홍콩의 발전은 유교적 전통 덕분이라는 리콴유의 발언. 그러나 그것은 전통의 발명이라기보다 차라리 독재정치를 정당화하기 위한 전통의 날조에 가깝다. 그 반증이 되는 것이 또 하나의 전통의 날조라고 할 수 있는 김대중의 주장이다. 그는 유교의 가부장적 전통을 들먹이는 리콴유에 맞서서, 민주주의를 강조하고, 적어도 한국에는 민주주의 전통이 연면히 지속되어왔다는 억설을 편다. 둘 다 가당치 않은 이야기이다. 다만 이 두 사람의 논쟁을 계기로 자유, 인권, 민주주의, 경제적 발전과 같은 주로 서양에서 유래된 것으로 알아온 이념들과 유교적 전통과의 관계를 더욱 다각적으로 그리고 더욱 심도 있게 살피게 된 것은 좋은 일이다. 그러나 다른 한편으로는 정치적 의도와 권력을 정당화하기 위한 전통의 발명 내지는 날조에 대해서는 철저히 경계하고 그 허위를 폭로하는 것이 지식인의 중요한 책임 중 하나라고 생각한다. (2002)

*

언제나 사회적 억압은 있어왔다. 그러나 1960~1970년대까지만 해도 그 억압은 주로 신분과 인습에서 비롯된 것으로 의식되었고, 그것이 사랑타령에 반영되었다. 대중가요의 주조는 "당신과 나 사이에 저 바다가 없었다면"이라는 한 구절에 의해서 상징되는 것 같았다. '바다'라는 말이 사랑을 방해하는 일체의 억압적인 것을 대표한다고 생각하면 된다. 다시 말하면 사랑은 구원의 원리인데, 그것이 너와 나를 갈라놓고 있는 '바다' 때문에 이루어지지 않는다는 것이 당시의 대중가요가 먹혀들었던 이유이다. 한데 이러한 사랑의 신화, 즉 영원하고 삶의 보람이어야 할 사랑의 성취가 억압 때문에 불가능하다는 인식은 비단 대중가요만이 아니라, 라신Jean Racine으로 대표되는 17세기 프랑스 고전극에서도 확인할 수 있다. 물론 테마가 같다고 해서 라신의 비극적 파토스와 대중가요의 사랑타령이 동질적이라는 말은 결코 아니다. 대중가요는 외부의 억압에 의한 사랑의 좌절을 애수로, 한탄으로, 체념으로, 절규로, 그리고 때로는 엷은 기대로, 다시 말해서 내면화된 존재의 파토스가 아니라 센티멘탈리즘으로 물들여져 있으며 그래야 서민에게 먹혀들어가는 것이기 때문이다.

한데 안이한 감상으로 흘러들었지만 그래도 정감이 있고 때로는 서정미조차 풍기는 사랑타령은 그 후 사라져갔다. 억압의 성질이 달라졌기 때문이다. 이른바 산업화가 급속히 진행되고 기술사회가 자리 잡아 나가고 생존경쟁이 치열해지자, 억압은 무엇보다도 노동과 관련해서 이야기되기 시작했다. 직장을 가진 사람은 직장 내에서의 과중한 노동과 경쟁 때문에, 취직이 안 된 사람은 불안과 초조감 때문에 이른바 스트레스에 시달리게 되고, 대중가요는 그 스트레스를 날려버리기 위해서 동원되었다. 격렬한 리듬과 거친 말과 광란 같은 몸짓이 촉촉한 사랑타령을 쫓아내고 자리 잡았다. 사랑 대신에 섹스가, 마음 대신에 육체가, 감상感傷 대신에 경련이 자리 잡았다.

별수 없는 일일 것이다. 그러나 맛없고 멋없는 세상이 되었다는 느낌을 지울 수 없다. 그런 생각을 하고 있었기 때문인지, 오늘 밤 TV를 트니, 이동기의 클라리넷을 통해서 흘러나오는 애수에 젖은 재즈 멜로디가 유난히 가슴에 스며든다. (2002)

*

『코란』을 읽다가 마주친 한 구절—"이교도들은 신의 벌을 받고 회한으로 탄식할 것이다. 그들은 결코 지옥의 불에서 빠져나오지 못할 것이다." 끔찍하기도 하다. 이슬람교만이 아니라 신의 징벌을 내세우면서 협박을 일삼는 일신교는 하루빨리 없어져야 한다는 생각이 절실하다. 그러자 이런 말이 부지중에 입에서 새어 나온다. "불교가 제일 건전하구나. 중들만 정신 차린다면 더 좋겠지만!" (2002)

*

《조선일보》 5월 9일 자에 나온 사진. 희대의 정치적 모사꾼 김대중이 희대의 패륜아 마이클 잭슨에게 '敬天愛人'

이라고 손수 쓴 종이를 보여주고 있다. 이 장면만큼 포복절도할 소극笑劇을 나는 일찍이 본 일이 없다. 어떠한 기상천외의 장면도 이 장면만큼 모독적이며 낯을 찌푸리게 하지는 않을 것이다. (2002)

*

모차르트의 〈레퀴엠〉을 들었다. 이러한 음악을 듣거나 미켈란젤로와 같은 천재의 작품을 볼 때마다 기독교는 실로 '위대한 거짓말'이구나 하는 생각이 절로 난다. (2002)

*

요새 김만중의 『서포만필』을 하루에 몇 장씩 읽고 있다. 씹어볼 만한 책이다. 그 비판이 날카롭고 대담할 뿐 아니라, 오늘날에도 유효하다. 가령 유, 불, 도가 시대의 진전에 따라 이론화, 추상화되어온 경향을 예리하게 지적하고 있다(주자의 경우가 그 극심한 예이며, 그에 대한 김만중의 고발은 매우 중요하다). 그리고 공자, 부처, 노자의 본뜻을 되새겨야 할 필요성이 설파되어 있다. 다시 말하면 그 본래의 실용주의적인 정신으로 되돌아가고 허황된 형이상학에서 해방되어야 한다는 것이다. 그래서 그의 글쓰기는 리처드 로티를 연상시키기도 한다.

그러나 바로 이러한 연상 때문에 자칫하면 사상적 위기

에 빠질 가능성이 있는 것을 경계해야 한다. 뒤늦게 동양이나 한국의 고전에서 발견한 독창적이며 근본적인 사상에 홀려서, 서양사상과의 지나친 유사점 내지는 동질성을 찾아보거나, 혹은 서양사상을 통해서 얻어온 방법론이나 분석정신을 버려서는 안 되기 때문이다. 이런 경향은 특히 젊어서 서양을 공부하다가 뒤늦게 동양을 발견한 사람에게 자주 일어날 수 있는 일이다. 마치 자신의 정체성을 되찾은 듯이 말이다. 내 머리에는 가령 실학의 매력에 끌린 나머지 "실학의 실은 알이요, 알은 얼이다"라는 식의 무당의 사설 같은 말을 하면서 마치 철학의 진수를 찾아낸 것처럼 감격하고, 박정희 독재의 이데올로기라는 슬픈 역할을 한 말년의 박종홍 선생의 이미지가 떠오른다.

　일반적으로 말해서 뜻깊은 사상가를 제 나라에서 찾아낸 것이 곧 자신의 정체성을 회복한 것이라고 느낄 때부터 지성의 위기가 시작되는 것이다. 하기야 한국인이 박지원, 정약용, 김만중, 한용운과 같은 선인들의 글을 읽으면서 크게 감동하고 그들이 제 나라 사람들인 것을 기뻐하는 것을 탓할 수는 없다. 그러나 그들이 던지는 빛을 자신의 후광으로 삼을 뿐, 그들이 지닐 수 있는 보편성과 아울러 그 한계를 동시에 생각해보지 않는다면, 필경 정저와井底蛙의 신세를 면치 못할 것이다. 그것은 마치 월드컵 축구에서 한국 팀이 좋은 성적을 얻은 것에 흥분해서 그것이 자신의 승리

인 줄 알고, "이제야 한을 풀었다"라고 소리치는 우중愚衆과 다름없는 짓이다. (2002)

*

1994년에 파리에서 사 온 레코드 생각이 났다. 〈La Musique française〉라는 제목으로 드뷔시, 라벨, 포레 등의 작품을 엮은 염가판 레코드인데, 두 시간여에 걸쳐서 들었다.

역시 프랑스적인 경묘함과 재치가 새삼스럽게 느껴진다. 내 멋대로 생각하는 것인지는 몰라도 프랑스 음악에서는 '위대성'이라는 특성을 여간해서는 발견할 수 없다. 그러나 그 위대성의 결핍이 오늘은 도리어 고맙다. 아마도 깊고 내면적인 음악은 지니기가 너무 무겁고, 그런 경묘하고 감각적인 선율을 다시 반기고 필요로 하는 나이가 되었기 때문인지도 모른다. '다시'라는 부사를 쓴 것은 이십 대 시절에도 그랬던 것 같은 생각이 들었기 때문이다. 그러나 그 이유는 정반대일 것이다. 그 옛날에는 그런 가벼움과 감각적인 것에 육체가 동했기 때문이었을 것인데, 지금은 육체가 천근만근 무겁기 때문이다. 그래서 아마도 그 무거움을 그나마 마음의 가벼움으로 벌충하려고 하는 것인지도 모른다. (2002)

*

한 후배가 선물로 준 임동혁(1984년생)의 피아노곡을 담은 EMI판 레코드를 틀었다. 참으로 반갑고 기쁘다. 마르타 아르헤리치Martha Argerich가 추천한 청년인데, 과연 추천받을 만하다. 첫 부분에 실린 쇼팽의 몇 곡은 대가의 솜씨에 손색이 없으며, 녹음도 기막히게 좋다. "임동혁 만세!"라고 외치고 싶을 정도이다. 그러나 그다음으로 실린 슈베르트의 〈즉흥곡〉 다섯 곡은 실망이다. 능란하게 친 것 같지만, 슈베르트가 살아나지 않는다.

그러자 이런 생각이 들었다. 가장 소박하고 쉬운 것 같은 슈베르트의 이 곡이야말로 연주하기에 가장 어려운 곡이 아닐까 하는 생각. 기교를 넘어서는 기교가 있어야만 소담한 들국화 같은 슈베르트 곡의 진가를 표현할 수 있을 것 같다. 피아노를 갓 배운 아이들도 치는 이 곡들이 사실은 무르익은 대가들만의 몫일지도 모른다. (2002)

*

학술원이 마련해준 며칠간의 중국 여행—서안西安과 둔황敦煌을 구경하면서 받은 두 가지 깊은 인상.

(1) 진시황릉秦始皇陵에서 나온 병마용兵馬俑과 막고굴莫高窟의 대조—자신의 영화와 권력과 영생을 증거하기 위하여 만들게 한 무수한 병사와 말들의 조형. 그러나 그 자신은 사라지고 용상들만 남았다. 만일 그것들에 예술적 가치가 있다면, 그 가치를 가져온 것은 아이로니컬하게도 인간

의 철없는 허영심이다. 영원히 살겠다던 진시황은 사라지고 남은 것은 그에게 혹사당한 인간과 짐승들의 용상이다. 마치 이 용상들이 살아남음으로써, 그 주인의 존재의 덧없음을 더욱 확실히 증거하고 비웃는 듯하다. 그들은 이렇게 말하고 있는 것 같다. "보라, 황제라는 이름의 착취자여! 우리는 지금도 이렇게 존재한다. 그러나 그대는 없다. 그대가 없음으로써 우리는 존재한다!"

이와 대조적으로 일어난 일이 막고굴의 불상들. 혈거 생활을 하면서 그 불상들을 새긴 사람들은 진시황과는 반대로, 자신의 삶의 무상함을 예술의 근본 동기로 삼았다. "우리의 무상이 그대에 대한 찬양을 더욱 절실하게 만들어주나이다"라고 그들은 경건히 되풀이하면서 그 숱한 불상을 그리고 새겼을 것이다. 삶의 덧없음을 동기로 삼은 이 예술의 고귀함이여! 진시황릉의 병용들 표정이 모두 증오, 원한, 절망, 비굴을 나타내 보이는 반면에, 이 불상들의 모습은 자비로 가득 차 있다. 그 자비를 형상화하기 위해서 생명을 바친 공장工匠들에게 진정 자비를 베풀고, 자비를 통해서 그 공장들을 지금껏 살아남아 있게 해준 것이다. 가히 '지는 자가 이기는 자'라는 역설이 예술적으로 실현되었다고 할 만하다.

(2) 둔황에서 위먼관玉門關으로 향하며, 황량하게 펼쳐진 고비를 뚫고 직선으로 난 폭 좁은 아스팔트의 길을 시속

120km로 달린다. 그 황량하고 척박하고 메마른 풍토가 장대하기까지 한 이 사막 군데군데에 자란 왜소한 나무들. 미량의 새벽이슬이 베푸는 수분으로 생명을 유지할 수 있도록, 작은 입이 가시로 변해 있다. 생명을 거부하는 이 황무지에 저항하면서, 그러면서도 이 황무지를 터전으로 삼으면서, 생명의 뿌리를 박으려는 풀잎과 같은 그 가냘픈 나무들의 고집—생명은 위대한 것인가, 혹은 철없는 맹목적 의지인가? 그 힘이 무섭기까지 하다. (2002)

*

지금 브람스의 〈제1교향곡〉을 듣고 있다. 늙은이에게는 교향곡의 장대한 소리는 너무 과중하다고만 생각돼서 근년에는 협주곡이나 소나타만을 들어왔는데, 오늘 아침에는 왜 그런지 웅장한 음악을 요구하는 육체의 소리 같은 것이 들려와서 이 곡을 몇 년 만에 튼 것이다.

그러자 1995년에 이 레코드를 샀을 때 그 껍데기에 다음과 같은 말을 적어놓은 것이 눈에 띈다. "음악은 '당신들과 같은 존재는 하찮다'는 것을 우리에게 가르쳐주기 위해서 있다. 그 점에서 사르트르가 『구토』에서 표명하고 있는 음악관은 옳다. 음악이 인간 감정의 표현이라니 당치않은 소리다. 이 교향곡은 바로 그것을 가르쳐준다."

나의 음악관은 지금도 변함이 없다. 나의 경우에는 어쩌면 음악이 종교의 대용과 같은 기능을 해왔는지도 모른다. 신의 존재를 믿을 수 없으면서도 언어를 넘어선 초월적 경지에 대한 노스탤지어를 채워주는 것이 어떤 종류의 고전 음악인 것 같다. 대중음악에 대한 염증이 나날이 더해가는 것도(한때 심심치 않게 들었던 일본의 유행가도 이제 신물이 난다), 나이와 더불어 초월의 욕구가 한층 더 깊어가기 때문일지도 모른다. 그러나 나의 음악적 취향을 이렇게 일방적으로 단언할 수 있을까? 근래 드뷔시나 라벨이 베풀어주는 감각적인 곡들에 끌리는 이유는 무엇일까? 초월적인 것에 대한 향수와 감각적인 것의 인력이 양립할 수 없는 이유는 없을 것 같다. (2002)

*

읽기에 관한 상식적인 이야기—요새는 별로 화제에 오르지 않지만, 내가 학생 때만 해도 '테제희곡pièce à thèse'이니 '테제소설roman à thèse'이니 하는 용어가 널리 퍼져 있었고, 진실한 문학작품은 그런 종류의 것을 넘어서야 한다는 것이 역설되었다. 왜냐하면 그런 것은 정치, 사회, 도덕 등의 분야에서의 악이나 타락을 고발하고 작가 자신의 신념을 표명하기 위한 수단으로 이용된 문학, 이른바 '권선징악'이라는 목적을 위한 글쓰기로 치부되었기 때문이다. 가령 실증주의적 결정론을 규탄하고 보수주의적 가치를 부활시키려던 부르제Paul Bourget의 『제자(弟子, Le Disciple)』 따위가 그 범주의 대표적인 것으로 자주 언급되었다. 그리고 그 용어는 좀 더 외연이 넓어져서, 작가가 자신의 사상이나 신념을—그것이 비록 반체제적이며 혁명적이라 하더라도—세상 사람들이 깨닫게 하려는 분명한 교훈을 주려는 목적을 위해서 꾸민 모든 작품을 가리키는 것이 되었다. 입센의 『인형의 집』이 그 예로 올랐다.

1953년에는 자크 로랑Jacques Laurent이라는 신진 소설가가 사르트르는 부르제와 마찬가지로 테제문학의 작가라고 비판하는 얄팍한 책을 냈다. 그 두 사람은 정반대의 사상가 같지만, 제 사상을 선전하고 그것으로 독자를 계몽하려는 의도에서는 마찬가지라는 이야기였다. 『구토』는 후일 『존재와 무』로 집약된 그의 철학 해설서에 불과하고, 『닫힌 방』은 대타관계의 상극성이라는 주제의 형상화에 지나지 않고, 『파리떼』는 실존주의적 윤리의 대중화일 따름이라는 말이다.

하기야 작품을 오직 그렇게만 읽어야 하고 그렇게 읽는 것이 정도正道라면, 그리고 그런 읽기가 작품의 뜻을 완벽히 밝히는 것이며 다른 해석의 여지를 남기지 않는다면, 문학작품을 대하기가 얼마나 편하겠는가! 그러나 편한 만큼 얼마나 재미없는 것이겠는가! 한데 세상에는 그런 식으로 모든 문학작품을 테제문학으로 환원하려는 사람들이 많다. 작품의 다의성, 모호성, 심층적 의미에 대한 관심을 아예 제쳐놓고, 가령 '작품에 나타난 작가의 사상'을 조리 있게 설명하려는 연구자들을 보면, 그들은 모든 문학을 테제문학으로 보려는 것 같다. 나는 연전에 철학과 문학의 관계를 주제로 삼은 어느 철학자들의 모임에 나가서, 『구토』가 '고독한 존재양식을 택한 서양적 합리주의자의 뒤틀린 담론'이라는 취지의 발표를 했는데, 그때 사르트르를 전공한다는 한 철학자의 맹렬한 비판을 받은 일이 있다. "『구토』는 『존재와 무』의 주제들의 형상화이므로 그 철학책에 소설의 의미가 모두 밝혀져 있는데 무슨 터무니없는 헛소리냐"는 것이 그의 반박의 요지였다. 문학작품이라는 허구는 기껏해야 철학의 시녀이므로 담론으로서의 독자적 가치를 지니지 못하며, 그 의미는 오직 일의적—義的인 철학적 해석에 의해서 주어진다는 식의 케케묵은 생각을 오늘날에도 가지고 있는 철학자들이, 내 글을 트집 잡은 그 답답한 철학자 이외에도 여럿 있는 것을 그 모임에서 알게 되어 참으로 한심스러웠던 일이 생각난다. (2002)

*

상호적인 접근을 쉽게 하여 서로 친숙한 공생관계를 만들겠다는 정신에서 시작된 인터넷이 젊은 철부지들에 의해서 즉각적인 부화뇌동附和雷同을 위한 수단으로 악용되어 우려할 만한 선거결과가 나왔다. 에밀 졸라의 『제르미날』에 나오는 좌익선동가 에티엔 랑티에를 연상시키는 데마고그demagogue 노무현이 차기 대통령으로 당선된 것이다.

그러고 일주일이 지나, 나는 지금 니체의 『우상의 황혼』을 읽고 있다. 니체는 여기에서도 이성理性의 전횡을 고발하고 있다. 그가 보기에는 바로 그 사태가 데카당이다(얼마나 아이로니컬한 일인가! 이 데카당이라는 말을 니체가 처음으로 얻어들은 것은, 그와는 대척적인 사상을 가진 보수주의자 폴 부르제가 보들레르의 『악의 꽃』을 비난한 글을 통해서였으니까). 그러나 니체가 고발한 이성의 전횡은 어디까지나 서양 전통사상의 경우이며, 동양, 특히 한국에도 적용될 수 있는 것은 결코 아니다. 한국에서 전개되고 있는 것은 정반대로 정서의 전횡이다. 1930년대에 히틀러의 연설을 들은 소박한 청소년들을 열광시켜, 순식간에 나치즘으로 쏠리게 했던 그런 종류의 정서 말이다.

이성이 전횡하기는커녕 이성이 마땅하게 행사된 역사가 없는 이 나라에서는 도리어 그 기능이 최대한으로 강조되어나가야 한다. 냉철한 분석과 판단과 예측의 과정을 거쳐 문제를 해결하고 목표를 설정하려는 이성의 작업이 지나친 정서에 의해서 밀려나서는 안 된다. 가령, 우리로서 가장 중요한 과제의 하나인 민족통일이 "우리의 소원은 통일"을 고래고래 외치고 밤낮으로 기도회를 한다고 해서 실현될 수 있는 것은 아니다. 만일 통일의 조건, 방법, 원칙, 당위성, 가능성에 대한 치밀하고 객관적인 성찰과 판단을 거듭하지 않고 이른바 의욕과 민족 정서에만 끌린다면 그 결과는 병보다도 나쁜 약을 주는 결과를 가져올지 모른다. 나는 내년부터 새로 들어설 노무현 정권이 과연 그런 이성적 절차를 밟아갈지 걱정스럽다. (2002)

*

베토벤의 〈삼중협주곡〉을 들으면서 생각한 일. 많은 경우에 한 가지 소재로 만든 작품이 매우 심오한 예술성을 지니는 반면에, 복합적인 소재를 사용한 작품에는 도리어 깊은 의미가 담기기 어렵다. 바로 베토벤의 이 곡과 그의 정감 있고 깊이 있는 여러 피아노 소나타를 비교해보면 알 수 있는 일이다. 지나치게 소박한 비유일지도 모르지만, 독자獨子에 대해서는 부모의 사랑이 집중되는 반면에, 자식이 많으면 그 사랑이 흩어져서 밀도가 엷어지는 경우와 같다는 느낌이 든다. 〈삼중협주곡〉의 경우에는, 전면에 내세운 세 악기(피아노, 바이올린, 첼로)에 대해서 두루 배려하고 그것들을 공평하게 부각시켜야 한다는 의식이, 한 곬로 깊이 파 내려가는 것을 불가능하게 만들고 있는 것 같다. 그나마 베토벤과 같은 천재니까 그 대곡을 그 정도라도 소화했지, 재주가 모자라는 작곡가라면 그 세 가지 독주 악기 사이에서 갈팡질팡했을 것이다. 이런 이야기는 여러 권으로 된 대작을 쏟아내는 오늘날의 작가들에 대해서도 적용할 수 있을 것이다. (2003)

*

머지않아 죽음을 맞을 늙은이가 새삼스럽게 릴케를 읽는다는 것은 썩 어울리는 일은 아니다. 50년 전에 프랑스로 떠날 때에, 당시 약혼 중이었던 아내에게 동경에서 사서 보낸 『말테의 수기』의 일어 문고판이 누렇게 겨른 채로 굴러다녀서 펼쳐 보았을 따름이다.

감수성이 지나치게 예민한 청년에 걸맞은 추상적이며 모호한 불안, 제 딴에는 심각하지만 허황된 불안이 1920년대의 청년들에게는 절실했으리라고 생각하면서, 다시 말해 나 자신은 이중의 의미에서(동양인이기 때문에, 그리고 나이 때문에) 그런 불안과는 거리가 멀다고 느끼면서, 그 시적 텍스트를 이리저리 더듬어보았다. 그러다가 몇 마디 재미있고 통찰력 있는 표현과 마주쳤다. 특히 다음의 구절—"신이 그 자신의 내부의 소리만을 듣게 하려고 일부러 귀를 막아버린 음악가"가 곧 베토벤이라는 것이다. 그러자 나는 이 말의 진정성을 확인한 것처럼 느꼈다. 그의 〈첼로소나타 제5번〉의 2악장의 그 깊은 슬픔—이것은 외부의 어떤 사상事象과도, 가령 죽은 애인이나 자신의 죽음과 같은 것과도 아무 상관 없는 신비롭기까지 한 슬픔의 표현이다. 이 소리는 분명히 릴케가 말하듯, 세상의 소리를 더 이상 듣지 못하게 되니까 비로소 표출될 수 있었던 내밀한 소리이다. (2003)

*

지난 며칠 동안 바흐의 〈평균율 클라비어〉에 홀려 있다. 경묘하고 장중하고, 맑고 거룩한 이 소리들 앞에서는 내 숨소리조차 없애버려야 할 방해자이다. 미가 모든 것을 초월하는, 무엇보다도 '나'라는 존재를 초월하는 절대자라는 것, 그것은 오직 절대적 무 속에서만 피어오르는 궁극적 존재라는 것을, 바흐의 기적 같은 소리들이 가르쳐준다.

30여 년에 걸친 나의 음악 듣기는 결국 그 어떤 것과도 바꿀 수 없는 이 곡의 성역에 이르기 위한 도정이었나 보다.

(2003)

*

모택동의 말—"자본가 계급은 피부이다. 지식인은 피부에 난 털이다. 피부가 죽어버리면 털도 나지 않는다."(쳉녠鄭念, 『상하이上海의 기나긴 밤』 일역 상권에서 재인용) 그러나 모택동은 다음과 같은 말을 그 뒤에 덧붙이는 것을 잊었거나 고의적으로 생략한 것 같다. "피부가 죽어버리면 털도 나지 않지만, 사람도 곧 죽어버린다." (2003)

저녁을 먹고 나서 다시 〈평균율 클라비어〉를 듣고 있다. 눈을 감는다. 모든 것이 순식간에 사라지고 무한히 펼쳐진다. 그리고 그 무한으로부터(무한을 뚫는 것이 아니라 그것에서 태어나듯이) 절묘한 소리가 들려온다. 인간조건에 속하지 않는 소리, 인간조건을 지워버리는 소리가 들려온다. 이 소리의 연속이 절대적 행복을 이룬다. 그것은 어떠한 다른 예술도 베풀 수 없는 기적이다. 그의 시대가 과한 제한적 양식과 기법이 도리어 그의 음악의 현재성을, 그리고 영원성을 만들어주고 있다는 점에서, 그것은 최고의 의미에서의 고전주의의 산물이다. (2003)

*

서경덕, 이황, 이이 등의 이기론을 읽다가 생각난 일.

어느 특정한 시대의 특정한 사회에는 특정한 담론의 테두리에 의해서 지배되는 인식론적 한계가 있다. 15, 16세기의 한국에서는 모든 현상과 본질을 이理와 기氣의 관계로 인식한다는 테두리 밖에 있는 다른 철학적 담론의 양식을 생각할 수 없었다. 다른 양식의 담론으로 그 테두리를 돌파 내지는 폭파한다는 것은 더더구나 생각할 수 없었다(답답한 것은 이기론이 지금도 사상의 궁극적 이해방법이라고 고집하는 자폐적이며 우원迂遠한 주장을 하는 사람들이 있다는 것이다).

마찬가지로 소크라테스 이전의 철학은 우주의 제일 원리에 관한 담론과는 다른 영역을 생각하지 못했고, 서양 중세의 철학은 신에 관한 논의라는 테두리에 묶여 있었다. 또한 니체를 따라 말하자면, 동서를 막론하고 과거의 모든 담론은 소위 '진리'의 추구라는 테두리 속에 갇혀 있었다. 아마도 니체의 이 인식이 인류 최대의 인식론적 단절이었을 것이며, 그것에 비하면 그 이전에 일어났던 변화—가령 서양에서의 우주의 궁극적 원리→이데아→신→인간→과학→주체로 옮아온 담론의 테두리의 이동은 사소한 변화에 불과하다. 왜냐하면 그 모두가 그 나름대로 진리의 추구였기 때문이다.

한데 포스트모던의 시대는 특정된 테두리가 거부된 시대(데리다의 해체론이 그 대표적 경우), 니체의 소원대로 '진리를 향한 의지'가 소멸된 시대이다. 그러나 불행히도 그것은 니체의 궁극적 소원인 '힘을 향한 의지'에 의해서 초월되지는 못했다. 따라서 역사상 가장 혹심한 니힐리즘 시대의 도래라는 결과를 가져왔다. "진리라는 관념을 처분해 버렸기 때문에 우리는 이제 진실한 자유를 갖게 되었다"라는 그의 외침은 마르크스의 유토피아만큼이나 헛되게 들린다. 니체의 희망은 어긋났을 뿐 아니라, 도리어 그가 그렇게도 경멸했던 우중愚衆의 전성시대가 대신 들어앉았기 때문이다. 앞으로도 예측할 수 없이 발전할 대중매체와 정보 전달기술은 아예 정신적 가치라는 관념 자체를 소멸시켜버 릴지도 모른다. (2003)

*

죽음을 넘어서는 가장 정직하면서도 쉬운 길은 그것을 싱거운 것으로 만드는 것이다. 마치 먼 길로 나서거나 친구 와 헤어지는 사람처럼 "안녕히!"라는 한마디를 남기고 홀연 히 사라지는 것이다.

나는 오랫동안 사르트르의 사상이나 작품에 죽음의 그 림자가 드리워 있지 않다는 점에 그 한계가 있다고 생각해 왔다. 죽음에 대한 깊은 사유나 죽음의 의식에서 퍼져나오 는 역광이 있어야 삶이 더 깊은 뜻을 지니고 더 비장해지고 더 영웅적이 될 텐데, 사르트르의 글은 그런 면모를 보여주 지 못해서 실존적이라기보다 관념적이라고 생각해왔다. 그 래서 강의시간에도 사르트르보다는 도리어 말로나 생텍쥐 페리나 카뮈처럼 죽음과 맞서서 치열하게 사는 길을 보여 준 작가를 더 자주 들먹였다.

그러나 내게도 이제 죽음이 가깝다는 생각이 떠나지 않 게 되자 큰 변덕이 생겼다. 죽음이라는 것이 별것 아니라 어 느 날 그냥 없어져버리면서(일본말에서 죽는 것을 '없어진 다なくなる'라고도 한다. 나는 이 담백한 표현이 아주 마음에

든다), 생존에 종지부를 찍는 자연현상에 불과한데 그것을 가지고 그렇게 야단을 떨 필요가 있겠느냐라고 생각하고 있다. 생각하고 있다기보다 생각하려고 애쓰고 있다고 말하는 편이 더 옳을 것이다. 그러자 사르트르가 죽음의 문제를 크게 다루지 않은 것이 그의 사상적 한계이기는커녕 매우 지당한 일이라고 느껴지고, 또 그 자신이 죽으면서 보여준 그 늠름한 태도가 부럽기도 하다. 죽음에 큰 의미를 두지 않는다는 것은 죽음을 두려워하지 않고 마치 인력의 법칙이나 사계의 변화처럼 필연적인 것으로 그것을 받아들인다는 뜻인데, 그렇게 죽음을 수용하는 것은 오직 '무감동의 지혜'의 소유자만이 향유할 수 있는 특권이다.

이런 수다를 떨자니, "철학 한다는 것은 죽는 법을 배우는 것이다"라고 매우 심각하게 말했던 몽테뉴가, 후일 흑사병이 창궐했을 때 아무렇지도 않게 죽어가는 무지한 농민들을 보고 그 담담한 태도를 부러워한 일이 생각난다. 또한 죽음이 무엇이냐는 제자의 질문에 대해서 "사는 것이 무엇인지 아직 잘 모르는데 어찌 죽음을 알 수 있겠는가?"라고 대답하면서 사후의 세계 따위를 문제로 삼지 않았던 공자의 현세주의가 생각나기도 한다. 인생에서 가장 배우기 어려운 것은 식자우환識字憂患에서 벗어난 그런 현인들의 초월적 지혜이다. (2003)

*

　자연을 찬양하는 인간의 능력에 대한 감탄—베토벤의 〈전
원교향곡〉을 들으면서 우리가 감탄하는 것은 자연을 찬양할
줄 아는 인간의 능력과 그 능력을 상징적, 집중적으로 표상
하는 작곡가의 또 다른 능력이다.

　베토벤은 그런 능력을 표현하고 발휘하기 위해서 여러
악기를 대규모로 이용했다. 한편 거문고는 자연을 찬양하
면서도 정반대의 말을 하는 것 같다. "저는 이 빈약한 소리
의 미세한 울림으로밖에는 당신을 찬양할 수 없습니다. 그
소리는 당신과 인간 사이의 무한한 거리를, 깊고 위대한 당
신의 존재 앞에서 절실하게 느껴지는 인간의 무력을 나타
낼 따름입니다." 대자연 앞에서의 이런 겸허와 인간 존재의
왜소함에 대한 자각이야말로 역설적으로 거문고의 매력을,
서양사람으로서는 얼른 실감하거나 표현하지 못하는 매력
을 이루는 것이다. (2003)

*

　하이데거는 이미 1935년경부터 형이상학 이후의 시대가
시와 사유와 정치의 세 가지 차원에서 도래하리라고 예언
하고 있다. 그러나 70여 년이 지난 지금에도 그 도래의 확
증은 없고, 그것에 대한 논의만 무성하다.

　다만 확실한 것이 하나 있다. 그것은 오늘날 포스트모던

의 문화가, 하이데거가 예견한 바와 같은 형이상학적 시대의 소멸에 뒤따르는 '다른 시작Anderer Anfang'은 아니라는 것이다. 그것은 진리가 들어앉을 수 있는 '빈터Lichtung'를 열어 보이기는커녕, 시와 사유를 일체 거부하는 황무지의 문화이다. 그것은 하이데거가 넘어서기를 바랐던 형이상학적 시대를 도리어 그리워하게 하고 그 회귀를 바라게 하는 그런 니힐리즘의 문화이다. (2003)

*

얼마 전에 만난 M군의 말—"음악을 들을 때는 눈을 감는 것이 좋네. 비단 집에서 레코드를 들을 때만이 아니라 음악회에 가서도 나는 눈을 감는다네. 그러다가 졸고 마는 경우가 가끔 있기는 하지만. 아무튼 비싼 돈을 내고 간 음악회에서조차 눈을 감는다니 이상한 녀석이라고 생각하겠지. 그럴 바에야 무엇하러 가느냐고 물을 거야. 하지만 나로서는 두 가지 이유가 있다네. 첫째로 아무리 좋은 오디오 시스템을 갖추고 아무리 좋은 환경을 만들어도 레코드의 소리는 음악당에서 울리는 생생한 소리와는 비교도 안 되는 빈약한 것에 불과하다네. 내가 잘 아는 어느 음악가의 표현을 빌리자면, 그것은 음악당의 외벽에 작은 구멍을 하나 뚫고 거기에 한쪽 귀를 대고 듣는 효과밖에는 나지 않는 거라네. 그래서 나는 되도록 실연實演을 들으러 가지. 한데, 기껏 연주회에 가서 눈을 감는 이유가 무엇이냐고? 그 이유는 내가 설익은 인간이어서 그런지, 시각과 청각의 두 가지 기능을 동시에 충분히 발휘할 수 없기 때문일세. 지휘자나 연주자의 동적인 모습에 홀려 들면서도 음악 자체에 빠져드는 양면적 재주가 없을뿐더러, 눈으로 보는 광경이 청각적 이미지와 환상의 형성을 방해한단 말일세. 눈을 감을 때야 비로소 음악은 인간이 내는 소리라는 차원을 넘어서지. 큰 소리는 아득한 먼 곳으로부터 밀려와서 나를 압도하는 파도이며, 반대로 작은 소리는 나를 아득히 멀리로 끌고 가는 요정과 같은 희한한 느낌을 체험할 수 있단 말일세. 그래서 나는 양단간에 소리의 마력에 의해서 완전히 끌려드는 열락悅樂을 얼마간 향유하게 되는데, 자네도 연주회에 가면 한번 시도해보게. 그렇게 하는 것이 도리어 밑천을 뽑는 것이 될 테니까."

요새는 몸이 무거워서 음악회나 전람회에 가는 일이 드물지만, 혹시 기회가 있으면 M군의 권고를 따라보려고는 한다. 나 역시 음악은 인간 조건의 묘사나 반영이 아니라, 그 너머를 지향하는 소리의 향연으로서 독특한 가치를 지니는 것이라고 늘 생각하고 있기 때문이다. (2005)

*

Truth라는 말의 뜻은 이미 '진리'가 아니라 '진실'이라는 실용주의자 리처드 로티의 반反근본주의적 주장에는 분명히 일리가 있는 것 같다. 그의 말을 직접 들어보자.

"실용주의적 이론을 따르자면, truth는 철학적으로 흥미로운 이론을 구성할 대상으로 기대해야 하는 종류의 어떤 것이 아니다. 실용주의자의 생각으로는 이른바 truth란 모든 진실한 진술이 나누어 가지고 있는 속성을 가리키는 이름에 불과하다. 그것은 가령 '어제는 비가 왔다' '사랑은 미움보다 낫다' '2 더하기 2는 4'와 같은 진술에 공통적인 것이다."(바이네스K. Baynes 외 3인 편, 『철학 이후After philosophy』)

이 말은 형이상학을 주종으로 삼아온 과거의 철학에 대한 반성으로서 귀담아들을 만한 것이다. 그러나 진리로서의 truth의 개념은 문학에서는 여전히 중요하다. 다만 문학에서 진리라는 개념이 옹호될 수 있는 근거는 철학의 경우와는 다르다. 지난 2500년간 철학의 역사는 "나는 이미 진리를 발견했다"라는 무수한 자의적이며 독선적인 주장들의 경합으로 이루어져 있는 데 반하여, 문학이 보여주는 값진 것은 발견된 진리의 제시가 아니라, 진리를 찾아가는 고행, 그것도 많은 경우에 좌절로 끝나고 마는 그런 고행의 궤적이다. 내 머릿속에는 누구보다도 보들레르, 말라르메, 카프카, 블랑쇼와 같은 이름이 떠오른다. 만일 이러한 진리를 향한 고행을 문학에서 배제한다면(사실 포스트모더니즘이 그

렇게 하고 있지만), 문학에 인생을 바친다는 것은 참으로 무가치한 짓이 될 것이다. (2005)

*

"남을 보고 웃는 자는 우등감정을 느끼는 자"라는 뜻의 베르그송의 말은 옳다. 인간은 기계가 아닌데도 기계적 동작을 하다가 실수하는 사람(가령 규칙적인 리듬으로 계단을 다 내려왔는데 층계가 하나 더 있는 줄 알고 헛디뎌서 휘청거리는 사람)을 보고 웃는 이는 "나는 기계가 아닌 인간이기 때문에 저런 실수는 하지 않는다"라는 것을 스스로 확인하는 셈이다. 채플린 영화의 많은 장면들을 보고 우리가 웃는 것은 바로 그런 우등감정에 의한 것이다.

그러나 이 우등감정은 웃는 그 순간에만 머물러야 한다. 그다음 순간은 "나 역시 언제나 기계적인 동작으로 인간으로서의 자율적 행위를 배반하는 오류의 가능성을 지니고 있다"는 자기반성으로 이어져야 한다. 그래야만 웃었던 자는 바람직한 자각적 인간, 즉 취약하고 변덕스럽고 한정된 인간조건을 인식하는 인간이 되고, 타자의 실수를 이해하는 '길동무fellow traveler'가 될 수 있다. 베르그송을 따라서 '생의 비약'만을 강조하는 것은 진실한 인간 이해라고는 할 수 없다. (2005)

*

　기독교에 대한 나의 편견(?)—치질치료를 받고 누워 있었던 지난 3일간, 『성서』와 『부처의 가르침』이라는 사화집을 함께 들추어보았다.

　기독교에 대한 의심이 날이 갈수록 더 짙어만 가는 느낌이다. 예수를 한 인간으로 남겨두지 않고(내가 엔도 슈사쿠遠藤周作의 『예수의 생애』를 재미있게 읽은 것은 그가 예수를 오직 고난을 겪고 초월을 바라는 한 인간으로 다루고 있기 때문이다), 영생의 신화와 기적의 신화를 곁들여서 그를 신격화하고 그 허구를 위장하고 정당화하고 필연화하기 위해서 전개해온 그 모든 궤변들, 그리고 그 허구를 진실로서 받아들이고 따르게 하기 위한 감언이설과 협박 공갈(원죄와 속죄, 신의 섭리, 최후의 심판, 영생의 약속, 지옥과 천당), 그리고 또 인간의 자력에 대한 불신("너희들은 오직 '나'를 통해서만 하늘나라에 갈 수 있다" 등등)—그 모든 것의 기원이며 집대성으로서의 이른바 『성서』—인류가 이 끔찍한 허위로부터 해방될 날은 오지 않을 것인가? 절대와 초월에 대한 인간의 지향은 끝끝내 그런 허위의 구실을 제공할 것인가? 이런 점에서 인간의 자발적 각성과 갱생의 가능성을 긍정하는 본래의 불교가 서서히 기독교라는 거대 허위와 자리를 바꾸어갈 수는 없는 것일까? 절대로의 도달의 어려움을 괴롭게 인식하는 동시에, 인간 스스로의 노력에 의한 그 성취를 내다보는 종교, 말하자면 휴머니즘과 일체가 된 초월주의는 불가능한 것인가?

우상이나 신화의 경우를 제외하고 현실적 인간을 신으로 섬기고 받드는 종교는 내가 아는 한에는 이 세상에 둘밖에 없다. 기독교와, 황제를 이른바 '현인신現人神'으로 날조한 과거 일본의 '황국교'가 그것이다. 마호메트는 신의 사도일 따름이며 신의 아들이 아니다. 석가모니는 신과는 아무런 관련이 없는 모범적 인간이며 따라서 스승일 따름이다.

다 같이 죄 이야기를 해도, 원죄가 아닌 현세에서 저지른 죄를 이야기하는 이슬람이 기독교보다는 한결 관대하고 한결 덜한 테러리스트이다. 하기야 코란을 보면 아담과 이브는 『구약성서』에서와 마찬가지로 지혜의 나무 열매를 따 먹은 죄로 낙원에서 추방된다. 그러나 그것이 인간을 영원히 옥죄는 원죄를 구성하지는 않는다. "그 후 아담은 주님으로부터 특별한 용서의 말씀을 받고, 주님은 마음을 바꾸어 그를 대했다. 진실로 주님은 생각을 고쳐먹는 분이다. 주님은 한없이 자비로운 분이다."(『코란』, 2장 33절~35절) (2005)

*

십여 년 전에 옥타비오 파즈Octavio Paz는 이렇게 말한 일이 있다. "만일 오늘날과 같은 추세가 계속된다면, 아마도 이 세계는 어느 날 두 계층의 사람으로 갈라질 것이다. 한

쪽에는 책을 읽는 사람들로 구성된 강자의 계층이 자리 잡고, 다른 쪽에는 텔레비전을 보는 사람들이 있을 것이다. 그때가 되면 하향적 민주주의가 가장 끔찍한 불평등을, 다시 말해서 지식의 불평등을 초래할 것이다."《르 마가진 리테레르》, 1993년 12월호)

　이때만 해도 파즈는 또 하나의 무서운 계층의 대두를 충분히 내다보지 못했던 것 같다. 다름 아니라 정보를 섭렵하기 위해서건 게임에 빠져들기 위해서건 컴퓨터에 눌어붙는 계층 말이다. 따라서 오늘날에는 세 계층이 있는 셈이다. 아니다. 실질적으로는 두 계층밖에 없다. 주로 늙은 세대로 구성된 텔레비전파와 그보다 한결 더 많은 젊은층으로 구성된 컴퓨터파가 그것이다. 한데 그들은 파즈의 예측과는 정반대로 '책 읽는 강자'의 계층을 도리어 소외시키고 완전히 주변적인 존재로 만들어버렸다. 따라서 앞으로의 추세는 파즈가 생각한 바와 같은 '지식의 불평등'이 자리 잡는 문화가 아니라, 지식이 약자의 오나니슴으로 전락하고, 또 더욱 나쁜 일로 하향적 민주주의에 봉사하고 그것에 적응하고 종속되는 문화가 될 것이다. 지식은 정신적 창조로의 길을 개척해나가는 대신에, 텔레비전파와 컴퓨터파를 위한 더욱 교묘하고 편리한 도구를 개발해나가는 데 동원될 것이다. 그리고 사회는 '책 읽는 강자'가 아니라 하향적 민주주의를 제도화하고 그것을 위해서 투자하는 '책 읽지 않

는 타이쿤들tycoons'에 의해서 지배되어나갈 것이다. (2005)

*

데리다의 간지奸智—해체론으로서는 윤리학이 성립될 수 없다는 것을 안 데리다는 그러나 윤리적 요청이 공동체의 존속에 불가결하다는 것을 모든 사람들과 마찬가지로 알았다. 그래서 그는 정의, 민주주의, 공동체와 같은 개념은 해체될 수 없다는 주장을 내세운다. 그리고 절대성과 보편성을 띠는 그런 개념에 의지하여 그는 윤리적 문제에 관해서만은 철학자가 아니라 '신념의 사나이'로 변모하고 종국에는 유대교적 메시아니즘으로 귀착한다. 우리는 데리다의 이러한 약삭빠른 꾀 자체를 해체해야 한다. 유대인이라는 그의 버릴 수 없는 주체가 그려 보인 흔적들을 추적해야 한다. 그가 후설 비판에서 음성 중심주의를 배격하는 것은, 아마도 토라Torah라는 문서가 그의 생애의 시초부터 가장 중요한 것으로 남아 있었기 때문이리라. 그리고 말년에 무슨 예언자적인 신탁神託처럼 내세운 '미래의 민주주의'라는 환상 역시 토라의 소산일 것이다. (2005)

*

텍스트 지상주의자들(구조주의자로부터 데리다에 이르기까지 지시대상referent을 텍스트에서 쫓아낸 사람들, 언어적 아카데미즘이라는 감옥에 스스로 갇혀서 자기들 사이에서 언어가 맴돌게 하는 사람들)의 답답함. 그들은 문학이 문학을 위해서 있다고 믿는 일종의 자폐증 환자들이다. 마치 건축이 건축을 위해서 있고, 의복이 의복을 위해서 있다고 주장하는 것과도 같다. 그래서 문학연구의 결과가 체험의 현장으로, 삶의 한복판으로 뻗어 나가지 못한다. 그런 점을 생각하면 문학을 진리 추구와 유기적으로 관련시킨 하이데거, 블랑쇼, 바타유와 같은 언어의 반항아들은, 바르트나 데리다와 가깝다기보다는 차라리 문학을 고차원의 교양과 결부시켜서 생각한 매슈 아널드Matthew Arnold와 가깝다는 극언極言조차 해볼 만하다. (2005)

*

아리스토텔레스의 『형이상학』 제2권 제1장에는 대충 다음과 같은 말이 있다. "진리의 탐구는 한편으로 보면 어렵고 다른 한편으로 보면 쉽다. 아무도 바람직하게 진리에 도달할 수 없지만, 또한 아무도 진리탐구에 완전히 실패하는 사람도 없다. 모든 사람이 사물의 본질에 관해서 어떤 진실된 말을 한다. 그리고 개인적으로 보면 그들은 진리를 밝히는 데 공헌한 바가 거의 없거나 전혀 없지만, 그들의 발견을 모두 합하면 상당한 양이 될 것이다."

그러나 지난 2500년간의 모든 철학자들의 발언을 산술적으로 모아보면 아리스토텔레스가 시사했듯이 궁극적 진리가 어렴풋이나마 떠오르면 좋겠지만, 사실은 전혀 그렇지가 않다. 그 이후 철학자들은 자기가 진리의 편린만을 간신히 찾아보았을 뿐이라는 겸손한 태도를 보인 일이 없다. 도리어 그들은 소수 회의주의자를 제외하고는 자기의 주장이 진리 그 자체라고 외치는 교만을 보여왔다. 그리하여 선배를 비판하고 정반대의 입장에 서서 다른 이론을 펴나가면서 경합하는 과정이 철학의 역사가 되었는데, 그 역사적 과정이 진리로의 단계적 접근이었다는 보장은 전혀 없다. 그러다가 드디어 니체가 나타나 진리라는 개념에 치명타를 가하고 그 후손인 데리다가 그것을 해체해버렸다. 이리하여 진리의 부재가 곧 진리라는 역설이 생긴 것이다. 그러나 인간은 과연 이렇게 도달한 니힐리즘에 안주할 수 있을 것 같지는 않다. 아마도 미구에 형이상학적 진리를 위한 담론이 다시 지배적인 담론으로 자리 잡을지도 모른다. (2006)

*

　일단 신의 존재를 설정하고 나면 그것에 별의별 속성과 능력을 부여하는 것은 누워서 떡 먹기이다. 마치 인형을 사주면 그것에 가지가지의 다른 옷을 만들어 입히고 가지가지의 장식을 바꾸어 다는 어린애들의 놀이와 같다. 초자연적인 존재성과 권능, 창조주, 체현體現, 기적, 섭리, 은

총, 구원, 징벌, 파괴, 내세, 천국, 부활, 최후의 심판, 지복천년…… 그리고 그런 모든 아이템을 희랍신화처럼 여러 신에게 분유分有시키지 않고 전지전능하고 무한한 유일신에 몰아준 것이 바로 기독교이다.

이런 허구가 생기고 그것이 판을 치는 이유는 뻔하다. 그것은 설명될 수 없는 것을 설명하고 전화위복을 바라고 죽어서도 다시 살고 싶다는 철없는 욕심을 부리는 인간의 어리석음의 소산이다. 그리고 이 어리석음이, 허구를 집대성하고 이론화하고 그 바탕에서 중생을 다스리려는 교회라는 조직체를 지탱해주고 그것이 권력을 누리게 해준다.

몽테뉴의 표현을 빌리자면 벌레 한 마리도 만들지 못하는 인간은 그 어리석음 덕분으로 역사상 무수한 신을 만들어내고, 그 이름을 내세워 자신을 속이고 괴롭히고 노예화해왔다. 기독교는 오늘날 그 역사의 정점에 서서 권세를 부리고 있는 한 종교에 불과하다. 그것이 언제까지 존속될지는 모르지만, 그 지배자들이 가장 두려워하는 것은 인간의 어리석음으로부터의 해방이며, 그들이 가장 힘쓰는 것은 인간을 어리석음의 상태로 유지하는 방도의 강구이다. 그들이 지어놓은 장대하고 화려한 건물, 그들이 가하는 금기와 협박, 그들이 조장하는 죄의식과 열등의식, 그리고 또한 그들이 비쳐 보이는 포상과 구원의 환영, 그 모든 것이 인간을 어리석음 속에 묶어두려는 술책이다. (2006)

*

　레비스트로스와 같은 사람들은 이렇게 말한다. "서양이 지금까지 문명의 이름으로 자랑삼아온 합리주의적 정신, 역사적 진보, 인간의 존엄성 따위의 개념은 결코 보편적 진실이 아니다. 그것을 오늘날에도 패러다임으로 내세우려는 것은 지구상의 많은 귀중한 고유문화의 부정이며, 새로운 서구 제국주의의 표현이다."

　서양인이 자신들의 과거를 뒤돌아보고 또한 이른바 후진사회의 이질적 문명을 발견하면서 이런 반성을 하는 것은 분명히 일리 있는 일이다. 그러나 그것은 동시에 후진사회를 후진상태로 머물게 하는 결과를 가져온다. 현실세계는 문화의 다양성을 인정하고 존중하는 사람들이 지배하는 세계가 아니라 약육강식의 세계이기 때문이다. 고유문화의 집착과 서구에서 비롯된 테크놀로지의 배척은 고유문화가 아무리 값지고 테크놀로지가 아무리 부정적 측면을 지니고 있다 하더라도 현실적으로 새로운 제국주의의 희생자를 만들어낼 뿐이다. "자연으로 돌아가고 고유문화를 지키자"라는 구호만큼 제국주의자들의 구미를 돋우는 구호도 없을 것이다.

　어떤 면에서 보면 레비스트로스 등이 보여주는 고유문화의 옹호는 헤르더J. G. Herder의 '민족정신Volkgeist'의 변형과 같다. 그러나 그것은 헤르더의 민족정신이 저항과 투쟁의 원리가 되었던 것과는 반대이다. 오늘날 서양의 지식인들이 후진국의 고유문화를 옹호하는 행위가 아무리 진심의 소산이라도, 그것은 후진국 사람들의 현실적 인식을 둔화시킴으로써 본의 아니게 새로운 제국주의를 조장하는 결과를 가져올 것이다. 따라서 그들은 후진국 사람들에게 이렇게 말해야 한다. "당신들의 전통문화는 인류사에서 매우 귀중한 것이다. 그러나 당신들이 현재의 빈곤에서 벗어나기 위해서는 서양의 합리주의와 테크놀로지를 도입할 수밖에 없을 것이다. 그것은 필경 전통문화와의 충돌을 가져오리라. 당신들의 고민도 또한 우리들의 우려도 바로 그 점에 있다. 그러니 양립되기 어려운 그 두 가지를 어떻게 양립시키고 나아가서는 조화시킬 수 있는지 서로 머리를 맞대고 생각해보자."

나는 1951년에 나온 레비스트로스의 『종족과 역사*Race et Histoire*』를 읽으면서부터 줄곧 그런 생각을 해왔다. (2006)

*

"죽는다는 것은 영혼이 육체와 분리되는 것 이외의 다른 것이겠는가?…… 우리가 무엇에 대한 순수한 지식을 소유하기를 바란다면 우리는 육체와 분리되어 오직 영혼으로써 사물 그 자체를 바라보아야 한다. 우리는 죽은 후에야 우리가 원하는 것을 가질 수 있고 지혜를 사랑한다고 주장할 수 있을 것이다."

이것은 플라톤의 대화편의 하나인 『파이돈』에서 죽음 직전의 소크라테스가 한 말로 되어 있다. 여기에는 영혼불멸, 영혼과 육체의 이원론, 육체에 대한 불신과 고발, 사물의 본질을 관조하는 영혼의 능력 등과 같이 그 후 서양철학과 기독교의 근간이 될 사상이 예고되어 있다. 한데, 이 텍스트는 의심을 자아낸다. 『변명』에서 영혼불멸에 대해서 부정적인 생각을 피력했던 소크라테스가 여기에서는 그것을 강력히 주장하고 있다니 얼른 이해하기가 어려운 것이다. 그래서 이 구절은 플라톤이 소크라테스를 빙자하여 자신의 생각을 피력한 것이라고 말하는 사람들이 많은데, 아마도 그 말이 옳을 것이다.

아무튼 정신은 상위의 실체이며 초월적 진리를 지향하는 기능인 반면에, 육체는 현세에 묶여 있고 더구나 정신의 작업을 방해하는 하위의 존재라는 이원론은 데카르트를 거쳐 여러 가지로 변주되면서 서양사상을 지배해왔다. 그런 점에서 볼 때 메를로 퐁티의 철학은 이중의 의미에서 혁명적이다. 첫째로 육체를 복권시켜 감각의 소재所在로만 치부되어오던 육체에서 삶의 현장 그 자체로서의 근본적 의미를 발견했으며, 이와 아울러 철학의 문제를 형이상학적 진리와 관련된 인식론의 굴레에서 해방시켜 인간의 실존이라는 전혀 다른 각도에서 제기한 것이다. 푸코, 데리다, 들뢰즈 등으로 이어지는 포스트모던 시대의 새로운 철학도 메를로 퐁티와의 관련하에서 살필 때 그 양상과 한계가 더 잘 드러나리라는 생각이 든다. (2006)

*

프랑수아 줄리앙François Jullien이 지은 『양생Nourrir sa vie』을 읽고 있다. 제목이 암시하듯이 장자莊子에 관한 이야기이다. 그것을 읽으면서 한편으로는 반갑고 다른 한편으로는 의심이 간다. 반가운 이유는 서양인의 동양관이 이제는 에드워드 사이드가 말하는 이른바 오리엔탈리즘과는 근본적으로 다르게, 동양의 지혜를 자기들의 것으로 삼으려는 경향을 짙게 띠고 있다는 것을 이 책도 보여주고 있기 때문이다. 저자에 의하면 오늘날 기독교에서 탈피하여 초월적 세계에서 행복을 찾으려는 전통이 사라지고, 혁명이나 조국과 같은 대의大義를 위한 희생정신이 자취를 감추어가고, 또한 조직사회가 가한 스트레스에 시달리는 서양에서, 다시 말하여 허울 좋은 환상에서 깨어나 삶에 대한 의심이 쌓여가는 서양에서, 이제 의지해야 할 유일하고 진정한 실체는 오직 개인이며, 실천해야 할 윤리는 개인의 건강과 생명의 보전과 행복의 실천, 즉 장자가 말하는 양생이라는 것이다.

분명히 일리 있는 말이다. 그러나 장자로서 서양의 현실을 진정 넘어설 수 있는지 나는 의심스럽다. 왜냐하면 장자의 사상은 무엇보다도 유례없는 난세에 대한 절망이 가져온 철저한 개인주의인데, 서양에서 전통사상의 무너짐은 그런 난세의 결과가 아니기 때문이다. 서양에서 실지로 전개되고 있는 현실은 어느 때보다도 풍요롭고 자유롭고 평화롭게 보이는 환경이다. 다만 테크놀로지에 의한 인간의 소외가 걱정스럽고, 맹목적인 고도성장이 과연 인간의 행복을 가져올 수 있느냐는 것이 초미의 문제로 대두되고 있는 것이다. 나는 그런 문제가 정치적, 사회적 테두리에서 벗어난 개인주의적 양생에 의해서 해결되리라고는 생각하지 않는다. 만일 오늘날 서양의 환경에서 장자적인 양생을 개인 윤리의 으뜸으로 삼는다면, 그것은 무책임한 짓이며, 장자가 살았던 사회와는 정반대로 물질적 풍요와 상대적 평화가 자리 잡힌 사회의 진을 빨아먹고 사는 기생충과 같은 짓에 불과하다. 그것은 일종의 응석이다. 지식인이 해야 할 일은 도리어 파편처럼 흩어진 이기주의적 개인들을 다시 모아서 공동체 속에서의 조화와 사랑이 이루어질 수 있는 원리를 구상하는 것이다. 그 구상에 있어서 서양을 지배해온 기독교와 형이상적 인간관의 허구가 이미 시효상실했으며, 동양사상의 수혈이 필요하다면 그것은 노장老莊사상이 아니라 유교의 근본 개념인 인의예지仁義禮智일 것이다.

『장자』에 관한 한 가지 코멘트―만물제동萬物齊同, 대소일

개大小一概, 가불가일관可不可一貫, 생사일조生死一條, 소위 무차별의 세계로의 회귀야말로 진리 그 자체로의 회귀이며, 불행은 분별과 차별로부터 시작한다는 장자의 주장. 그것을 익살스럽게 설명한 우화의 하나로서 혼돈渾沌 임금에 관한 이야기가 있다. 그에게 신세를 진 남해의 왕과 북해의 왕이 은혜를 갚으려고, "사람은 누구나 이목구비의 일곱 구멍이 있어 보고 듣고 먹고 숨 쉬고 하는데 혼돈에게는 그것이 없다. 그러니 구멍을 뚫어 사람의 얼굴을 만들어주자" 하여, 매일 한 구멍씩 일곱 구멍을 뚫어주었더니 혼돈은 그 때문에 죽고 말았다는 이야기이다. 이것은 우주를 인간 중심주의적으로, 다시 말해서 분별적 사고로 해석하려는 어리석음에 대한 풍자이다. 그러나 『장자』에는 근원적으로 작용하는 분별적 사고가 있다. 그것은 당장 제1편인 「소요유」에 나타나는 '소지불급대지小知不及大知'라던가 지인至人 신인神人 진인眞人 성인聖人의 범주화는 장자가 적어도 인식과 도덕의 주체인 인간에 관해서만은 차별을 짓고 심급을 설정하고 있다는 것을 말해준다. 따라서 역설이 생긴다. 인간의 행위를 포함한 우주의 사물과 현상을 무차별한 혼돈으로 귀일歸一시키는 능력을 갖춘 사람은 소지小知가 아니라 대지大知의 소유자에 한하고, 그 혼돈 속에서 안주할 수 있는 최고의 사람은 오직 성인이기 때문이다. 인식 주체 및 도덕 주체와 관련된 이 기본적인 차별, 그 나름의 분화적

사고와 엘리트주의를 도외시하고 『장자』의 무차별주의만을
강조하는 것은 마땅한 일이 아니다. (2006)

*

위암이라는 진단을 받았다. 극히 초기의 암이긴 하지만
식도 바로 밑에 생겨서 내시경 수술이 불가능하고 외과수
술로 위 전체를 들어낼 수밖에 없다는 의사의 말이다. 별수
없는 일이다. 앞으로 산다는 것은 다만 연명하기 위한 것이
라는 생각이 들어서 다소 우울하다. 염담恬淡이라는 단어
를 자꾸만 되뇌면서 자신을 달래본다.

수술 날짜까지 약 3주 남아 있다. 그 시간이 황량한 사막
처럼 펼쳐져 있다. 수술 후 괴로움을 겪을 때는 이 사막이
마치 다시 되돌아갈 수 없는 화원처럼 그립겠지만.

재미있는 소설이라도 읽으면서 그 사막과 같은 시간을
채워보려고, 며칠 전부터 읽어 내려오던 쿤데라의 『농담』을
계속해 읽었다. 한 권의 소설을 끝까지 읽은 것은 참으로 오
래간만이다. 그런데 세상에! 이렇게도 철저한 페시미즘이,
이렇게도 신랄한 아이러니가 또 어디 있겠는가? 모든 일이,
모든 인물이 하나도 맞물리는 일이 없다. 모든 것이 착오
의 연속이다. 인생의 디테일 하나하나가 농담에 지나지 않
는다. 모든 것을 뜻 없고 부조리하게 만드는 농담에 지나지
않는다. 카프카의 절망을 극단까지 몰고 간 듯한, 현대문학

최대의 걸작 중 하나이다. 그리고 나 개인으로서는 생명을 좌우하는 큰 수술을 목전에 두고 그 페시미즘의 에센스와 만났다는 것이 또한 쓰디쓴 농담이다. (2007)

*

위 제거 수술을 받은 후로는 몸을 섬기느라고 고생이다. 사용되어야 할 육체가 이제는 주인이 되고, 사용자였던 정신은 그 육체라는 주인의 비위를 맞추어야 할 하인이다. 육체는 때로는 편안한 상태를 보이면서 정신의 봉사에 보답하고, 또 때로는 반대로 염치없이 불쾌감과 통증조차 드러내면서, 정성을 바치는 정신에게 불안과 섭섭함을 안겨주기도 한다. 하루에 일고여덟 번씩, 한 끼에 극소량을 죽이 되도록 씹어서 30분씩이나 걸려 먹는 것이 괴롭다. 연명을 위해서 사는 꼴이다.

음악을 들으면서 소일했다. 진은숙의 현대음악을 FM에서 들려주었다. 음악은 이미 평화도 조화도 환희도, 또 불안이나 절규조차도 아니다. 그것은 기이하고 기괴한 소리, 사물들(산천초목이 아니라, 인위적으로 만든 정체불명의 사물들)이 내는 거칠고 신경질적이고 뒤섞인 소리이다. 발상은 재미있지만, 노스탤지어가 없는, 즉 인간의 그리움이 없는 잡음이다. 그것은 '인간적, 너무나 인간적'인 세계를 거부하려는 뜻이겠지만, 결과는 '비인간적, 너무나 비인간적'

인 혼돈이 되고 말았다. 장자가 말하는 모든 존재를 귀일歸
一시키는 그런 혼돈이 아니라, 갈라지고 쪼개진 파편들의 산
재散在로 이루어진 혼돈 말이다. 그 혼돈을 새로운 것으로
받아들이려는 신세대의 감각에 깊이와 높이는 없다. (2007)

*

펠라기우스Pelagius라는 흥미로운 수도승의 존재를 알게
되었다. 교회권력의 시녀가 된 아우구스티누스와 사상적
투쟁을 벌인 수도승이다. 그는 원죄를 부정하고 신의 은
총보다는 자유의지를 강조한 탓으로 마침내 이단으로 내
몰린다.

원죄, 신의 은총, 구령예정설救靈豫定說 등의 허구를 이론
화하여 그것을 억압의 도구로 이용한 가톨릭교회의 횡포
가 중세 말까지 천 년간 지속할 수 있었다는 사실은 인간의
어리석음의 가장 명백하고도 수치스러운 증거이다. (2007)

*

리처드 도킨스Richard Dawkins의 『신이라는 미망God De-
lusion』을 읽었다. 재미있다. 그러나 동어반복이 많아 뜨문
뜨문 읽을 수도 있다. 또 무신론의 입장을 진화론에 의거해
서 정당화해온 다른 많은 논자들의 입장을 답습하고 있기
도 하다. 다만 그런 단점과 관례에도 불구하고 이 책이 널

리 읽힐 수 있는 것은 많은 흥미로운 에피소드(특히 미국의 개신교 원리주의자들의 뻔뻔하고 완고한 작태들의 예시)와 저자의 매우 대담한 필치 때문일 것이다.

내게 가장 깊은 인상을 준 것은 그가 서양의 민중을 기독교라는 미망으로부터 해방시키겠다는, 사명감에 가까운 포부를 지니고 있다는 점이다. 그의 담론은 단순한 무신론의 주장이 아니라, 개인적, 집단적으로 의식의 심층에까지 스며들어 독선과 자기검열과 방어기제에 이용되고 있는 절대적 권위의 미신에 대한 도전이다. 역설적으로 말하면 나는 이 책을 읽으면서 기독교라는 미신에서 해방되기가 서양인으로서는 얼마나 어려운가를 잘 알 수 있었다. 그것은 19세기 후반기의 우리나라에 있어서 부정적으로 작용했던, 그리고 지금도 그 흔적이 남아 있는 모든 폐쇄적 관행과 심성(소박한 미신, 시멘트 덩어리처럼 굳어진 유교, 소아병적인 민족주의, 타자에 대한 경계와 공포)으로부터의 탈피가 얼마나 어려웠는지를 연상시킬 만한 것이다.

나는 이 책을 읽으면서 한국의 기독교에 관해서 평소에 느껴온 것을 180도 뒤집어야겠다는 생각이 들었다. 나는 기독교가 이 땅에서 뿌리를 내리지 못하고 해파리 떼처럼 떠다니면서, 재래적 미신을 그대로 간직하고 또 이용하고 있는 가짜들과 위선자들과 사기꾼들을 기르는 데 크게 공헌했다고 생각해왔다. 그러나 이제는 뿌리를 내리지 못한 것을 참으로 다행으로 여겨야 할 것 같다. 만일 뿌리를 단단히 내렸다면 그 뿌리를 뽑아내는 것이 서양에서처럼 매우 어려울지도 모른다. 앞으로도 선남선녀들의 의식의 장식품 정도로만, 그리고 우민들의 위안거리 정도로만 머물러 있었으면 한다.

책을 읽다가 도킨스가 인용한 재미있는 두 구절을 만났다. "한 사람이 미망에 사로잡히면 우리는 그것을 정신착란이라고 부른다. 그러나 많은 사람들이 미망에 사로잡히면 우리는 그것을 종교라고 부른다"(이 구절은 피어시그 Robert Pirsig의 유명한 소설 『선과 모터사이클 관리술』에 나오는 말인데, 나는 전에 이 소설을 면밀히 읽고 장문의 논문까지 쓴 일이 있는데 지금은 그것을 만난 기억조차 나지 않는다. 한심한 일이다). 또 한 구절은 다음과 같은 세네카 Lucius Annaeus Seneca의 말이다. "종교는 서민에게는 진정한 것으로, 어진 사람에게는 거짓된 것으로, 통치자에게는 유용한 것으로 받아들여진다." (2007)

*

쓰다 소키치津田左右吉가 오래전에 쓴 책 『지나사상과 일본支那思想と日本』(岩波新書, 1938)을 읽었다.

여기에서는 인도사상과 중국사상의 본질적 차이를 통쾌하게 지적하고 있다. 전자는 종교에서, 후자는 정치에서 발상한 것이며, 양자 사이에는 어떠한 공통점도 없다는 매우 정당한 견해이다. "따라서 인도문화와 중국문화를 총괄하여 동양문화라는 하나의 호칭 속으로 포함하는 것은 전혀 무의미하다고 말할 수밖에 없다."

그러나 소극적 의미에서는 공통성이 있다. 그것은 양자가 모두 비체계적, 비분석적이라는 것이다. 단적으로 말해서 양자에게 다 같이 아리스토텔레스가 없었던 것이다. 하기야 저자인 쓰다도 곧이어 이 점을 지적하고 있지만, 동서 간의 그 차이를 철저하게 추구하고 있지는 않다. 이른바 동양적 후진성이 거기에서 유래하는데, 아이로니컬하게도 오늘날(아니 이미 1930년대부터 베단타Vedanta에 홀린 올더스 헉슬리Aldous Huxley처럼) 일부 서양인이 동양에서 사상적 실존적 출구를 찾는 것은 바로 그 때문이다. (2007)

*

KBS 교향악단이 말러의 〈교향곡 3번〉을 연주하는 장면이 TV로 중계되고 있다. 제4악장은 니체의 『차라투스트라는 이렇게 말했다』에서 따온 〈밤의 욕망〉—그러나 쾌락이 영원하기를 바라는 철없는 인간의 욕망이 성취되지 않는 데서 오는 비탄. 그리고 제5악장은 그 비탄을 넘어 신을 통한 구원의 희구. 마침내 제6장에서 궁극적 평화의 찬가.

엄청난 아이러니! 신의 끔찍한 독재로부터의 해방을 외

친 차라투스트라를, 인간의 철없는 욕망의 표현으로 보고 그것으로부터의 구원을 신에게 희구한다는 역로를 보여준 말러! 니체의 우렁찬 고함에도 불구하고 서양인에게는 진정 기독교적 신을 빼놓고는 구원의 길은 없는가? 이 교향곡에서 제5악장은 아예 없애고 제6악장으로 연결하여, 이 제6악장에서는 차라리 불교적 평화를 찬양했으면 좋았겠다는 엉뚱한 환상이 번뜻 떠오른다. 니체를 극복하는 한 가지 길, 그것은 그가 극복하려던 기독교로 되돌아가는 것이 아니라 불교적 인생관을 껴안는 것이다. 따라야 할 것, 그것은 신이라는 미망이 아니라, 최고의 인간이며 교사로서의 부처, 니체의 초인조차 초극할 초초인超超人으로서의 부처이다. (2007)

*

　내가 파스칼을 본떠서, 죽음에 이르는 비참한 인간조건에 대한 마땅한 상념을 회피하기 위하여 꾀하는 모든 행위, 이른바 디베르티스망(divertissement, 적절한 번역어가 떠오르지 않아서 파스칼이 사용한 원어를 그대로 표기해둔다)이 진정치 못하고 불성실한 짓이라고 생각해온 것은, 육체가 비교적 건강했고 아직 젊어서, 죽음이 추상적인 것으로, 기껏해야 남의 체험으로만 머물었던 시절의 일이다. 진실한 실존은 죽음을 외면하는 것이 아니라, 반대로 그것을 응시하고 수용함으로써 넘어서는 데 있다고, 하이데거의 용어를 빌리자면 죽음을 페르빈덴verwinden하는 데 있다고 생각해왔다.

그러나 진정치 못하고 불성실했던 것은 도리어 나 자신이다. 나는 그런 건방진 상념으로 내가 건강하다는 것을 스스로에게 증명해온 것이다. 남들이 금연을 권고하면, "나는 담배를 피우다가 죽어도 여한이 없으니 내게 금연이란 말은 꺼내지도 마시오"라고 대답할 수 있는 사람은 그가 아직 폐암에 걸리지 않았다는 것을 증명하려는 것과 마찬가지로 말이다. 만일 그가 폐암으로 죽게 되었다는 것을 알게 되는 날에는 일찍 금연하지 못한 것을 후회할 것이다. 담배 때문에 죽었다는 사실에는 아무런 메리트도 없기 때문이다.

마찬가지로 죽음을 직시하고 그것에 대비하면서 살아야 한다는 대언장어大言壯語는 실제로 죽음이 닥쳐올 때는 별다른 효과를 못 낼 것이다. 사후의 구원이니 영생이니 하는 따위의 미망의 포로가 되지 않는 이상(파스칼이 디베르티스망을 배격한 것은 결국 그런 미망의 포로가 되기 위해서였지만), 그것은 한낱 마조히즘이나 자학에 불과하다. 그것보다는 차라리 디베르티스망을 통해서 죽음을 잊고 삶이 주는 쾌락을 향유하다가 어느 날 죽음에 이르는 병이 닥쳐오면 그때에 가서 죽음과 마주 대하는 쾌락주의자가 인생을 더 알차게 사는 사람이다. 평생을 두고 죽음과 맞선다고

해서 더 좋은 대처방법이 마련되는 것은 아닐 것이다. 또한 죽음이 목전의 현실로 닥쳐오면 죽음에 대한 장구한 상념이 거짓된 것이라고 느끼게 되고, 그것을 휴지장처럼 날려버리게 될지도 모를 일이다. 그때가 되면 실효 없는 죽음의 집념 때문에 더 많은 즐거움을 체험하지 못했다는 후회만이 남을지도 모른다. "이만하면 짧은 인생이 줄 수 있는 기쁨은 충분히 향유했지" 하고 흐뭇해하면서 홀연히 죽어가는 사람이 있다면 그런 사람이야말로 세상에서 가장 행복한 사람이다. (2007)

*

어느 인용어 사전에 오든W. H. Auden의 말이라고 하여 이런 구절이 실려 있는 것을 보았다. "시인은 무엇보다도 정열적으로 언어를 사랑하는passionately in love with language 사람이다."

이 말은 자칫 오해를 불러올 수 있다. "정열적으로 언어를 사랑한다"는 말은 무슨 뜻일까? 만일 그것을 "언어에 흠뻑 빠져들고 있다, 언어를 익애溺愛하고 있다"는 뜻으로 취한다면, 그런 것은 진실한 시인의 길은 아니다. 그런 종류의 사람은 스스로 시인이라고 자처하는 많은 한국 문인이 그렇듯이, '말의 설사 환자'밖에는 못 될 것이다. "정열적으로 언어를 사랑한다"는 것은 이미 사랑이 이루어졌다는 뜻이 아니라, "정열적으로 구애하고 있다"는 뜻이어야 한다. 그리고 모든 구애가 그렇듯이 이 언어에 대한 구애에도 유혹의 고행이 따르고 때로는 실연의 괴로움이 따를 수 있다. 정복하기 어려운 짝사랑하는 애인처럼 언어 역시 쉽게 내 사랑에 응하지 않는다. 그것은 새침하고, 변덕스럽고 정체를 드러내지 않으며 내 사랑을 매정하게 뿌리칠지도 모른다. 따라서 이 사랑은 시련과 같은 것이며 격투와도 같은 것이다. 그 사랑이 마침내 승리한다는 보장은 아무 데도 없다. 진실한 시인은 어쩌면 이 사랑의 격투에 지쳐서 죽을지도 모른다. 보들레르, 말라르메, 그리고 카프카라는 산문으로 시를 쓴 위대한 시인. (2007)

*

일본에 사는 중학 동문이 보내준 『일본의 원령日本の怨靈』이라는 책을 읽었다. 재미없다는 느낌과 재미있다는 느낌이 교착한다. 재미없는 이유는 원령 이야기를 하다가 헤이안平安 시대의 권력투쟁 자체를 지루하게 서술하고 있기 때문이며, 재미있는 이유는 비합리적인 것에 대한 생각을 자극하기 때문이다. 구약성서에서 기술되고 있는 사항들이 연상되어서 몇 가지 두서없이 적어본다.

(1) 원령의 복수—배반당한 신의 복수.

(2) 원령의 진혼을 위한 제의祭儀—신의 노여움을 가라

앉히기 위한 공회.

(3) 무당과 점쟁이에 의해서 이루어지는 원령의 특정화特
定化—신관과 사제(그 원조는 모세)에 의해서 이루어지는
신의 성격과 권능의 특정화.

(4) 진혼된 원령이 베푸는 평화—신이 베푸는 은총.

(5) 신에 대한 신앙과 원령에 대한 믿음은 많은 점에서
동질적이다. 오늘날 전자가 정당한 반면에 후자는 옳지 않
다고 생각하는 것은, 전자가 제도화, 일원화됐지만, 후자는
흔히 전자에게 억압당해서 약화되고 흩어진 상태로 남아
있기 때문이다. 그 전형적 예가 과거에 유럽에서, 그리고 최
근까지도 미국에서 자행되었던 마녀사냥이다. 마녀사냥에
있어서는 이른바 마녀(악마 즉 원령이 들린 사람)로 판단
된 자를 퇴치할 뿐 아니라, 기독교적 원리주의의 독재를 위
하여 일부러 마녀를 날조하고 그를 응징한다는 조작조차
서슴지 않았다.

(6) 이상의 지적은 미신과 종교의 기원이 동일하다고 주
장하는 데 일조가 될 것이다. (2007)

*

프랑스의 문학이론을 서술한 책에서 인용된 다음과 같
은 니체의 말을 만났다. "겉으로 보기에는 대립하고 있는
것 같으나 다 같이 해로운 결과를 가져오는 두 가지 영향

이 오늘날 우리의 교육기관을 지배하고 있다. 하나는 문화의 최대한의 확대와 확장으로 향하는 경향이며, 또 하나는 문화 그 자체의 축소와 약화로 향하는 경향이다."

문화가 엘리트의 전유물이어야 한다는 생각을 품고 있었던 니체로서는 교육의 보편화에 따라서 그것이 우중愚衆으로까지 확대되면 그 질이 떨어진다는 것을 염려한 것은 당연한 일이다. 한데 그가 표명한 바와 같은 우려는 현대에는 우중의 문화참여뿐만 아니라 이른바 문화산업과 목전의 실리를 위한 교육 때문에 더욱 절실한 것이 되고 있다. 문화 그 자체에 대한 배려는 대학교육에 있어서 그 어느 때보다도 심하게 내몰리고 있다. 진리탐구를 위하여, 세계와 삶을 더 깊이 이해하기 위하여 시류에 역행하는 것이 대학의 가장 중요한 책무의 하나라는 생각은 특히 대학운영 책임자들에 의해서 부정되고, 이른바 구조조정이 인문학의 극단적인 축소 쪽으로 이루어져 나가고 있다. 오늘날의 추세로 보아서는 별수 없는 일이라는 생각이 들기도 하지만, 다른 한편으로는 머지않아 대중문화와 실리교육이 문화를 병탄竝呑해버릴 것 같다. 그래서 인문학 교육과 연구를 위한 작은 엘리트 고등교육기관이 마치 군계일학群鷄一鶴처럼 존립할 수는 없을까 하는 환상조차 떠오른다. (2007)

"죽는다는 것은 모차르트를 못 듣는 것이다"라는 유명한 말을 남기고 이 세상을 떠났다는 앨프리드 아인슈타인Alfred Einstein이 지은 『음악의 위대성Greatness in Music』에 이런 구절이 있다. "소위 '독일음악'이라는 개념은 거장들의 작품이 있은 후에 형성된 것이며, 그 반대가 아니다."

너무나 당연해서 평범하게 들리기까지 하는 말이다. 이른바 독일음악을 만든 것은 바흐, 모차르트, 베토벤, 슈만, 브람스, 바그너 등의 음악이며, 독일음악이라는 어떤 실체나 본질이 원래부터 잠재해 있어서 그것이 그런 작곡가들을 통해서 현실화된 것이 아니라는 뜻이다.

한데, 나는 이런 상식이 흔히 잊혀진다고 느꼈다. 가령 한국문학이라는 개념이 그렇다. 아인슈타인을 모방해서 말하자면 이광수, 이상, 한용운, 정지용, 그리고 오늘날 최인훈이나 이청준과 같은 일련의 시인들과 작가들이 한국문학을 만들었으며, 그들이 한국문학의 이름으로 이미 존재하는 변함없는 정신이나 본질을 구현해왔다고 말하는 것은 잘못이다. 더구나 한국문학이라는 개념의 내용은 고정된 것이 아니라 시대에 따라 움직이고 변화하는 것이기도 하다. 모차르트와 쇤베르크를 함께 묶어 그것을 독일음악이라고 말할 때, 그것은 그들이 독일말을 국어로 삼는 땅에서 태어나고 다 같이 작곡을 했다는 공통성을 의미할 따름이며,

그 두 사람에게 어떤 본질적 동일성을 찾아볼 수는 없는 일이다. 마찬가지로 이광수와 이청준의 작품을 두고 다 같이 한국문학이라고 부를 수 있는 것은 그 두 사람이 한국인이며 한국어로 작품을 썼다는 뜻에 불과하며, 그 이외에 두 작가 사이에 어떤 본질적 동일성을 찾아볼 수는 없다.

개념의 위기는 그것이 늘 움직이는 흐름을 사상捨象하기 쉽다는 데 있다. 독일음악은 독일인이 만든 음악이라는 뜻이며 한국문학은 한국인이 만든 문학이라는 뜻에 지나지 않는다. 그것은 모두 세계를 새로 보고 새로운 감각과 지각을 창조하려는 부단한 욕망의 표출이며, 온 세상의 모든 사람들을 향하여 팽창해나간다. 독일음악이니 한국문학이니 하는 따위의 총괄적 개념은 자칫하면 민족정신이나 민족전통의 환상 때문에, 움직이고 달라지는 현실의 인식을, 부단히 생성되는 새로운 '사건'의 인식을 가로막는 일이 많다. 이 위험은 이른바 민족주의로부터 아직도 탈피하지 못하고 있는 한국에서 더욱 심하다. (2007)

*

가토 슈이치加藤周一의『일본문화에 있어서의 시간과 공간』을 최근 한 달째 드문드문 읽고 있다. 오늘은 그중 마지막 부분에 나오는 다음과 같은 구절과 마주쳤다. "예술적 창조성은 자국―또는 고향―의 문화가 주는 조건의 특수성을 철저하게 추구한 극한에 있어서, 예술의 보편성을 향하여 뚫고 나가는(초월하는) 운동에 의해서만 성립하는 것이다."

이 말은 결코 새로운 것이 아니다. 이른바 '개별성 속의 보편성'이라는 명제의 변종이다. 그러나 양의적이다. 개별성이 내포하는 보편적 의미에 대한 명석한 의식을 가지고 개별성을 추구할 때라야 비로소 창조성이 담보된다는 것인가? 혹은 보편성의 획득이라는 목표를 의식화하지 않아도 개별성의 철저한 추구는 필연적으로 보편성으로의 길을 튼다는 것인가? 아무튼 간에 '개별성 속의 보편성'이라는 명제는 오늘날까지도 예술적 창조의 요체로 되어 있다. 그렇다면 이 명제는 어느 정도 진실이며 어떤 조건하에서 진실인가? 이와 관련하여 한 가지 구체적인 경우를 생각해보자. 그것은 일본의 개화기 이전에 우키요에浮世畵가 서양에 영향을 준 것에 관한 것이다. 서양인이 생각 못한 그 수법이 그들을 놀라게 하고 일부 서양화에 도입되었다는 것은, 과연 우키요에라는 개별성에 보편성이 깃들어 있기 때문일까, 혹은 이국적 취미(그것은 개별성 그 자체에 대한 주목과 호기심으로 말미암아 전통문화에 대한 반성과 도전을 유발한다) 때문일까? 말을 바꾸면 낯선 지역의 예술적 표현이 새로운 시각과 수법을 초래한다는 사실은 그것에 보편성이 있다는 증명이 되는 것인가? 혹시 보편성이라는 말은 일과적—過的이며 일시적인 자극을, 주는 자나 받는 자가 다 같이 과장하고 정당화하기 위한 편리한 용어일 따름이 아닐까? 요컨대 예술에서 보편성이란 성립될 수 있는 개념 인가? 희랍예술이 시대를 넘어서서 우리에게 호소하는 것 은 누구나 보편적으로 인지할 수 있는 어떤 불변의 진리를 간직하고 있기 때문인가, 혹은 그것이 내포하는 많은 요소 들이 시대마다 사람마다 다르게 발견되고 다르게 해석되 기 때문인가? 내 생각은 후자로 기울고 있다. 보편적 가치 를 지닌 예술작품이란 진리와 관련된 것이 아니라, 그것이 내장하고 있는 풍부하고 다양한 요소들과 관련된 것이다. 더 쉽게 말해서 새롭고 뜻있는 이야깃거리를 거의 한없이 제공해주는 예술작품이 보편성 있는 예술작품이다. (2007)

*

TV가 '한국의 멋과 향기'라는 프로그램의 일환으로서 대 금大笒을 언급하면서 "우리의 고유한 정서를 지켜나가자!" 라고 힘주어 떠들어댄다. 언제나 이런 촌스러운 방어기제 에서 해방될 것인가? 언제나 한국의 멋이 세계성을 획득할 수 있다는 것을 주장할 이론이 설득력 있게 마련될 것인 가? '한국적인 것'이 세계적인 것이라는 안티테제가 아니라 (세계화에 항거하는 지방문화가 아니라), 세계화할 수 있는 소인을 지닌 것으로서 부각될 수 있다는 점에 주목하면서 작업을 이어나가는 사람들이 왜 그렇게도 적은가?

그 이유 중 하나는 타자의 문화에 대한 매우 의식적인 등한시, 아직도 열등감정에서 연유되는 등한시에 있다. 타자와의 실존적 접촉 내지는 실존적 갈등이 의식의 드라마로서(우선 개인의 차원에서, 그리고 가능하다면 집단의 차원에서) 이어지지 않기 때문에, 한국적인 것과 타자적인 것(특히 서양적인 것)은 본질적으로 섞이거나 융합될 수 없는 것처럼 남아 있다. 대학에서의 동양철학과 또는 한국철학과와 서양철학과의 분립, 국사학과와 서양사학과의 분립, 또한 국문과, 영문과, 불문과 따위의 분립은 그 점에서 매우 상징적이다.

겉으로는 이미 소화하고 심지어 극복한 듯한 거드름을 부리기도 하지만 사실은 아직도 지배적인 존재로 남아 있는 서양, 사실은 비판적으로 성찰하지 못하기 때문에 겁을 먹어 송두리째 배격하거나 반대로 겉멋이 들려 송두리째 추종하는 서양, 그것이 아직도 우리의 태도인 듯하다. 그러기에 그 앞에서 자신을 상대적으로, 그러나 떳떳하게 내세우지 못하는 것이다. 겉으로는 그렇게도 배격하는 서양중심주의가 얼마나 뿌리 깊게 우리의 의식에 박혀 있는지는, 서양인이 동양이나 한국에 홀리는 듯한 태도를 보이면(가령 그들 중 몇 사람이 중이 되었다거나 한국의 발전을 높이 평가한다거나 혹은 한국말을 썩 잘한다거나 김치를 잘

먹는다면), "그것 봐라!" 하고 자랑스럽게 떠들어대는 대중 매체에 여실히 반증되어 있다. "서양인도 드디어 우리 문화의 우수성을 인정했다"라는 말은 가치 판단의 기준을 여전히 서양에 두고 있다라는 사실을 의미한다. 그런 자랑이 얼마나 처량한 것이냐는 점은 뒤집어 생각해보면 금세 알 수 있다. 일례로, 17~18세기에 있어서조차, 몇몇 동양인이 기독교도가 되었다고 해서, 서양 사람이 "그것 봐라, 우리 종교가 세상에서 제일이라는 것이 증명되었다!" 하고 자랑하지는 않았다. 그들로서는 그것은 당연한 일이었다. 마찬가지로 파리나 런던 한복판에 거대한 불교 사원이 생긴다면 우리는 그것이 당연하고 도리어 만시지탄晩時之歎이 있다고 생각해야 할 텐데 그렇지가 않은 것이다.

한국문화를 좋아하는 서양인이 많으니까 한국문화가 우수한 문화라는 따위의 비굴한 서양중심주의에서 벗어나서, "우리가 가지고 있는 가치를 서양인들이 이해하지 못하는 것은 안타까운 일이며, 그들이 그것을 이해하도록 하여야 한다"라고 당당히 말할 수 있는 시대, 옛날에 동양에 온 서양 선교사들이 보편적 가치의 이름으로 기독교를 퍼뜨렸듯이, 우리 역시 그들에게 보편성을 내세워 한국의 문화를 터득하게 하는 시대가 이제 열려야 한다. 그러기 위해서는 우선 서양문화를 깊이 이해하는 사람들과 한국문화를 성찰하는 사람들 사이의 긴밀한 대화와 협력이 필수적인데, 소아병적인 민족주의(그것은 오늘날에 있어서는 서양에 대한 열등감정에 불과하다)에 사로잡혀 있는 사람들이 식자 간에도 아직 많은 것은 한심한 일이다. (2008)

*

르 클레지오Le Clizio가 〈노벨문학상〉을 탔다. 짧은 글 몇 가지를 제외하고는 읽어보지 못한 이 작가에 관해서 다소의 정보를 얻으려고 《르 몽드Le Monde》에 실린 기사를 인터넷으로 보았더니 두 가지 재미있는 코멘트가 실려 있다.

(1) 그는 지난 8년간에 걸쳐 한국에 여러 번 왔다. 작년에는 이화여대에서 강의도 했다. 그는 한국의 가장 후미진 곳까지 답사하면서 그가 찾는 기원의 징조들을 한국의 신화와 무속에서 발견했다. 그는 "자신의 역사와 문화에 긍지를 가지면서도 거들먹거리지 않는 주변국으로서의 운명을 지닌 한국에 매혹되어 있다."

(2) 미국에서는 르 클레지오의 유목민적인 태도에 대해서 의문부호를 다는 지식인들이 있다. 그는 현대의 유럽 문명의 대각對角에 서서, 원시적 상태를 유지하는 타자들의 문화를 발견하고, 전자를 깎아내리는 한편 후자를 높이 평가한다. 그는 이 후자의 문화들의 변동성(이른바 근대화를 위한 요청과 그것이 가져오는 문제)을 충분히 이해하지 못하고 있다.

위의 (2)의 비판이 옳다면(나 자신은 그것이 옳다고 생각하지만), 르 클레지오가 한국을 좋아하는 것은 이 땅이 아직도 원시적 문화(이 말이 듣기 거북하다면, 근대화에 의해서 소멸되거나 은폐되지 않은 원형적 문화)를 온존溫存하고 있기 때문이다. 이것은 또 다른 오리엔탈리즘이다. 그의 태도는 타히티를 찾은 고갱, 또 이미 수십 년 전에 한국의 농촌과 재래시장에서 인류문화의 원형을 찾아보러 온(유럽에서는 오늘날 그것이 자취를 감추었으니까) 레비스트로스의 태도와 같다. 루소의 후예이기도 하다. 아니다. 루소에게는 없던 얄미운 태도이다. 제 나라에서 비롯된 기술문명을 이용하면서도(비행기가 없었다면 그가 이 동방의 '변경'까지 어떻게 올 수 있었겠는가?) 그 문명에 환멸을 느끼는 자가당착의 이 서양인. 한국이라는 나라는 그런 서양인들의 아르카디아Arcadia 반응, 즉 회고적 유토피아를 충족시키기 위해서 존재하는 '변방'의 나라인가? 그런 한국이라면 참으로 처량하다. 그럼에도 불구하고 서양인이 한국을 좋아한다면 그 이유를 캐묻지 않고 덩달아 기뻐하는 철없는 지식인들! 르 클레지오와 동일한 이유에서 한국을 좋아하는 서양인보다는 차라리 한국을 욕하는 서양인이 한결 고맙다는 생각이 든다. (2008)

르 클레지오의 『사막』을 완독했다. 처음에는 지루했다. 그러다가 도중에서부터 그 시적 문체에 끌렸다. 그러나 마지막에는 실망했다. 지적으로 처리해야 할 문제들(문화권의 차이, 식민지 문제, 원시사회가 근대화 과정에서 마주치는 고민 등)을 정서적 언어로 희석시켜놓았으니까 말이다. 『검은 오르페우스』를 썼던 당시의 사르트르, 또 심지어 『콩고기행』을 썼던 지드의 반식민주의적 태도가 한결 합당하다.

번잡한 문명의 도시 마르세유로 나와 있다가 제 고향인 고난과 죽음의 아프리카 땅으로 되돌아가는 여주인공 랄라의 이야기를 읽으면서 내 머리에는 아주 못된 비유가 떠올랐다. "똥파리에게는 똥통이 고향이다." 한데 랄라를 똥파리로 만들어놓은 것은 르 클레지오이다. 랄라에게 의식의 분열을 일으키게 하지 않고(르 클레지오로서는 주인공을 그렇게 설정할 수밖에 없었을 것이다. 왜냐하면 그런 테마는 지적 처리를 요구하는데 그에게는 그런 능력이 없기 때문이다), 그녀를 고향으로 되돌아가게 하는 것이, 즉 고난의 땅에서 자폐적이며 애처로운 행복을 되찾게 하는 것이, 유럽 식민주의와 유럽 기술문명에 대한 저항이라고 생각한 르 클레지오는 가장 나쁜 현상유지파이며 신종 제국주의자이다.

그나마 지적知的 자세를 보이고 있는 듯한 대목—1910~
1912년간의 프랑스 기독교도들의 침략에 의해서 저항군이
전멸하고 죽음과 무덤만이 지배하는 땅으로서의 아프리
카를 그린 것. 그것은 분명히 식민주의에 대한 고발이지
만 1980년에 와서 이 이야기를 되풀이하는 것은 큰 의미
가 없다. 1980년이면 아프리카 문제는 이런 회고적 견지(서
구인으로서는 회고적 참회)에서 벗어나서 이른바 근대화
의 태동과 관련해서 제기했어야 했을 것이다. 마치 1940년
대에 사르트르가 민족해방의 견지에서 아프리카의 문제
를 다루었듯이.

르 클레지오는 이런 종류의 문제의식을 전혀 보이지 않
고 결국은 감정적인 언어로 시종하고 있다. 그의 소설에서
는 아프리카로 돌아간 랄라가 아이를 낳고 젖을 먹인다. 그
것은 고통, 절망, 죽음을 넘어선 생명의 찬가이다. 그러나
이 생명의 찬가를 사회적, 정치적 콘텍스트와 무관하게 부
른다는 점에 반문명주의적 서양인 르 클레지오의 한계가
여실히 드러난다. 그는 아프리카 사람들에게 이렇게 말하
려는 것 같다. "여러분은 인류의 근원적 실존을 지금까지
도 이어온 이 지구상의 매우 귀중한 존재입니다. 우리 서구
인은 그것에서 떠났기 때문에 여러 불행과 재난을 겪고 있
습니다. 나는 여러분이 가난과 질병이라는 고통을 겪으면
서도 제발 근대화나 산업화를 꾀하지 말고 자연을 등지지

않는 인류생활의 원형을 그대로 간직하기를 바랍니다. 문명화나 근대화가 얼마나 비인간적이며 마음의 사막을 가져오는지 오늘날의 서양을 보십시오. 내 소설에서 랄라가 마르세유를 버리고 아프리카의 본향으로 되돌아간 것은 그 때문입니다." 소박하면서도 얄밉고 이기적인 자연주의자로서의 서양인이 '미개사회'라는 이름의 낙원에 대해서 하는 주문이다. (2008)

*

이른바 고유문화의 옹호─문화적 상대주의의 입장. 그러나 그 옹호는 일률적으로 정당화될 수 있는 것은 아니다. 두 가지로 대별할 수 있다.

(1) 사회적, 생존적 필연성과 결부되어 있지 않은 고유문화─가옥, 복식, 놀이, 음악, 음식 등 한 공동체가 전통적으로 이어온 양식과 관례와 풍습. 이런 고유문화는 긴 역사를 가지고 있다고 하나, 반드시 꼭 그런 형태와 내용을 갖추어야 할 필연성이 있었던 것은 아니었다. 가령 김치는 한국의 독특한 음식이지만 한국에는 반드시 김치가 존재해야 했다는 필연성이 있었던 것은 아니다. 그런 고유문화는 또한 가변적이다. 가령 오늘날 한국인의 가옥은 서양식으로 바뀌고, 일상생활에서는 양복이 한복을 대체했다. 그리고 지금처럼 서양문명을 따르는 추세가 계속된다면 개고기를 먹

지 않게 될지도 모른다. 그러나 이런 풍습의 변화는 진리나 무슨 본질적 가치와는 아무런 상관이 없고, 다만 새것이 주는 편익과 취미에 따라, 많은 경우에 부분적으로 이루어지는 것이 보통이다. 서양식 가옥이 한옥을 완전히 밀어낸 것은 아니고 트럼프나 화투 때문에 윷놀이가 소멸되는 것은 아니다. 일반적으로 말해서 이런 고유문화는 결코 소멸되어야 할 것이 아니라, 도리어 보존되어야 한다. 더구나 사라져 갈 위기에 처한 고유문화의 보존은 더욱 시급하다. 그것이 어느 한 종족이나 민족의 특별한 우수성을 증거한다는 뜻에서가 아니라(강대국은 물론 약소민족도 다 같이 빠지기 쉬운 민족중심주의를 선양한다는 뜻에서가 아니라), 인류의 무한히 다양한 창의성과 지혜를 담고 있기 때문이다. 여기에 문화적 상대주의의 근본정신이 있다.

(2) 사회적, 생존적 필연성 때문에 생긴 고유문화—가령 식인食人, 고려장, 샤머니즘. 이런 고유문화는 사회적, 생존적 여건이 달라지면 전적으로 사라지고 또 사라져야 마땅하다. 가령 식인의 경우. 아즈텍족이 태양신에 인신공회를 하고 나서 그 시체를 먹은 것은 척박한 풍토에서 단백질을 보충하기 위한 것이었다. 또한 다윈에게 강한 인상을 주었다는 푸에고 인디언은 식량이 부족하면 가장 먼저 노파를 죽여서 먹어치웠다. 만일 식량문제가 해결되었는데도 불구하고, 생존과 공동체 유지를 위하여 불가피했던 이러한 살

인을 고유문화라는 이름으로 보존하기를 원한다면 그것은 잔인성의 극치가 될 것이다. 그러나 세상에는 정도의 차이는 있지만 사회적, 기술적 여건의 변화에도 불구하고 타성에 의해서 혹은 혹닉惑溺에 의해서 구습이 지양되지 않는 경우가 허다하다. 또한 구습의 유지를 위하여 새롭고 보다 합리적인 문명을 받아들이지 않으려는 경우조차 있다. 샤머니즘, 신분제도, 남존여비, 독재정치, 원리주의적 일신교…… 그 모든 것을 필연화했던 여건이 이미 사라지면 그것은 역사적 기록으로만 남아야 하며, 현실적으로 잔존하는 것은 결코 바람직하지 않다. 인권, 인간의 존엄성, 정언명령과 같은 이념의 보편화는 악습이 되어버린 바로 이러한 종류의 고유문화의 지양과 표리일체가 될 때야 가능할 것이다. (2008)

*

누구나 다 알다시피 예술작품에 관해서는 "그것은 객관적으로 진실인가?"라는 질문은 합당하지 않다. 그것이 철학의 포부(늘 좌절되는 포부이지만)와 근본적으로 다른 점이다. 철학적 주장은 "그것은 객관적으로 진실이 아니다"라는 판단에 의해서 타격을 받는다. 그리고 철학자들 사이에서 주고받는 이 타격의 연속이 철학사를 형성해왔다. 한데 그 연속이 진실로 영구불변한 객관적 진리에 한 걸음이라도 더 가까이 다가가는 생성의 과정이라는 보장은 없다.

이에 반하여 객관적 진리를 내세우지 않는 예술은 바로 그 무능 때문에 호소력을 가진다. "나는 이렇게 인식하고 생각하고 느끼고 있다. 나와 같이 인식하고 생각하고 느끼는 사람들이 있기를 바란다"라는 겸허성에 예술작품을 발표하는 이유가 있고 또 그 생명이 있다. 왜냐하면 이 겸허한 인식과 생각과 느낌은 무수하고 다양하며, 우리는 우리의 지적, 도덕적, 미적 삶을 위해서 상황에 따라 그중에서 어떤 것을 선택하고, 또 그 선택을 시시각각 바꾸어나갈 수도 있기 때문이다. 우리는 가령 셰익스피어로부터 베케트로, 보들레르로, 노신으로, 이청준으로 두서없이 옮겨 다니면서 인생의 가지가지 표현에 접하고, 그 덕분에 세상과 인간을 이해하는 지성의 힘을 기르고, 또한 취하고 분노하고 슬퍼하고 기뻐할 수 있다. 그것이 풍요로운 삶이다. (2009)

가면의 역설—배우들은 무대에 설 때 가면을 쓴다. 가령 안티고네, 햄릿, 노라, 블라디미르, 춘향이라는 이름의 가면. 그것은 관객들로 하여금 일상성과 통념의 두꺼운 가면을 벗어던지고 자신의 진모를 응시하게 할 수 있는 필수적인 요건이다. 가면을 벗기기 위해서는 가면이 필요한 것이다.

지금까지 적어온 나의 토막글들도, 그것을 읽어주는 독자들이 잠시라도 또 다소라도 가면을 벗어던지기를 기대하면서, 내가 서투르게나마 써온 오죽지 못한 가면이었는지도 모른다.

인상印象과 편견偏見

초판 1쇄 펴낸날 2013년 2월 15일

지은이 정명환
펴낸이 양숙진

펴낸곳 (주)현대문학
등록번호 제1-452호
주소 137-905 서울시 서초구 잠원동 41-10
전화 02-2017-0280
팩스 02-516-5433
홈페이지 www.hdmh.co.kr

ISBN 978-89-7275-647-7   03810

* 책 값은 뒤표지에 있습니다.